希望之线
きぼうのいと

[日] 东野圭吾 著
张舟 译

南海出版公司

新经典文化股份有限公司
www.readinglife.com
出　品

希望之线

序章

  日语中有个词叫"逢魔之时",指的是傍晚天色晦暗的那段时间。按字典的说法,这个词是由意为灾难降临时的"大祸之时"一词衍生而来的。从前没有路灯或其他照明设施,每到日落时分,盗贼和人贩子便蠢蠢欲动,的确祸事连连。不过现在,人们远眺夕阳不会感到晦气,反倒会乐观地预测明天天气不错。
  "和傍晚相比,还是这个更吓人。"汐见行伸看着天空中赤红的朝霞,生出一种不祥的预感。
  走廊对面传来孩子们说话的声音,至于脚步声则应该是尚人的。行伸几次提醒过他声音太大会打扰到邻居,要他多加注意,可他从来不听。
  行伸穿着睡衣来到客厅,明年春天即将升入初中的女儿绘麻正啃着烤面包。行伸说了句"早上好",女儿没有回应。她正盯着放在身边的折叠镜。对她来说,比起和父亲道早安,前额的刘海好不好看更重要。

"早上好,起得好早啊。"怜子捧着托盘从厨房走出来,"尚人,早饭好了,快来吃!"尚人不见踪影,于是她望向行伸,"孩子他爸,你也吃点?"

"我还不想吃。"行伸拉出餐椅,坐了下来。

客厅的门猛地打开,尚人进来了。快到十一月了,他还穿着运动衫加短裤,膝盖上因练习足球而受的伤已经结痂。行伸向儿子问早,尚人回了句"早上好"。小学四年级的儿子倒是依然乖巧听话。

"真的没问题吗?"行伸来回打量尚人和绘麻,一个刚开始吃早餐,另一个已经吃完烤面包、正在打理刘海。

"又来了。"怜子开始收拾餐具。

"绘麻,我在问你话呢!"

"怎么了?"女儿终于看向父亲,却皱着眉头。

"就你们两个真的没问题吗?"

"真啰唆!"绘麻坐到沙发上,开始检查背包。

"孩子他爸,你担心过头了。"怜子说,"我已经说过很多次了,他们又不是去什么陌生的地方。"

"我知道,但也不是坐上新干线就能到,换乘很麻烦的。"

"没问题,我已经仔细查过了。"绘麻用不耐烦的口吻说道。

"还要换乘公交车。"

"我知道了,你能不能别再说了!"绘麻起身离开客厅,然后砰的一声,粗暴地关上自己房间的门。

行伸不知所措,看向妻子。"这是什么态度啊。"

"她讨厌被当成小孩子看。"怜子苦笑。

"可她确实还是个孩子啊。"行伸嘀咕着,看了看尚人。小学四年级的儿子默默地嚼着香肠,根本没听父母在说什么。两个孩子能只靠自己去那地方吗?行伸半信半疑。

那地方是指怜子位于新潟县长冈市的老家,岳父母一直住在那里。每年秋天,怜子都会带着孩子回去省亲。绘麻和尚人上的是附属于私立大学的小学,在秋季考试前会放一周左右的假。

长冈市面积很大,依山傍水,富有自然气息,有很多可供孩子玩耍的去处。怜子的姐姐家离得不远,几个表亲家的孩子与绘麻和尚人年纪相仿。孩子们每天一起玩耍,临别时总会哭鼻子。

今年怜子有事脱不开身,怎么也凑不出一个完整的假期。她是自由职业者,做花卉装饰工作,临时来了几单无法拒绝的委托。怜子本想取消省亲,但孩子们不答应。

"那就我们两个去好了。"说这话的是绘麻。

行伸认为不可行,可怜子却觉得这样可能也不错。她查好换乘方式后,说就让孩子们自己去吧。"绘麻明年就要上初中,尚人也已经十岁了。我觉得他们两个没问题,就让他们去冒险吧。大家都说父母胆子太小的话,孩子没法真正成长。"

怜子把话说到这个份上,行伸难以反驳。他也清楚,为了孩子的成长,有时候需要冒点险。

十六年前,行伸遇到了怜子。怜子是行伸供职的建筑公司新来的员工,没多久两人就成为工作搭档。行伸主要负责独栋住宅的室内改造,带着怜子一起拜访客户家,提供咨询服务并给出解决方案。行伸对带新人这件事并无不满,毕竟带着年轻的女员工上门时,客户会更亲切一些。

男女相处的时间长了,要么是根本不想在工作以外的时间看到对方，要么就是日久生情。行伸和怜子属于后者。他们私下里也经常见面，自然而然地开始考虑结婚。

初识三年后，两人举办婚礼，那时行伸三十三岁，怜子二十五岁。不久后怜子怀孕，生下了第一个孩子绘麻。行伸抱着这个皱皱巴巴、面色通红、柔弱纤细的小生命，心想这下可不能轻易辞去工作了。

两年后，怜子又生下一个男孩。生产时行伸全程陪护，但过程太过顺利，他反倒觉得自己很多余。行伸对怜子说："好像不怎么痛嘛。"怜子瞪了他一眼，说："孩子他爸，那下次再怀孕你来生吧。"

一家四口过着平凡的生活，搬家、被孩子的考试折腾来折腾去……他们共同经历了许多，仍然乐在其中。近来绘麻有些叛逆，不过行伸并不在意：女孩子都这样，有段时间不想和父亲说话。行伸知道今后的生活还会起起伏伏，只希望全家齐心协力，身处逆境也不气馁，努力生活。

目送绘麻和尚人出发时，他改变了想法，决定以后多给孩子们一点信任。

这天是星期六，但行伸下午要上班。他负责的某个项目已进入收尾阶段，有些事需要确认。几个下属也因同样的理由来公司加班。他们开完会，正商量着要不要喝几杯再回家时，地面突然晃动起来。行伸急忙抓紧身边的办公桌。众人纷纷议论："是地震，还挺大的！"

地面不再晃动后，行伸和众人一起赶往公司大厅，那里有电视。大厅中已有几个人站在电视前。

看到屏幕上映出的图像和文字，行伸不由得倒吸一口凉气。震中在新潟。

他取出手机，给家里打电话。电话很快就接通了。

"是我。你要说地震的事,对吧?"怜子的声音听起来十分紧张。

"对,你和那边联系过了吗?"

"给老家打电话打不通,我正要联系姐姐。"

"明白了,我马上回家。"行伸刚挂断电话,脚下又摇晃起来,他踉跄了一下。这次是余震。东京都这样了,震中会是什么情况?他的心跳开始加速。

行伸离开公司,急忙往家赶。各地的电车班次都乱了套。听到上越新干线脱轨的消息,他背脊一凉。灾情到底有多严重?

回到家时,怜子正在客厅中间站着,往大箱子里塞行李。电视里正在播报灾情。

"有什么进展吗?"

"刚刚我打通了姐姐的电话,她说不清楚老家的状况。现在他们那里也很混乱,没法静下来说话。"怜子回答的时候手也没停下。

"你在做什么?难不成你想直接过去?"

"那不然呢?都联系不上了!"

"冷静一点!不了解当地状况,两眼一抹黑就往那里跑,太危险了,而且余震还一直没断。再说了,你准备怎么去?你不知道新干线出事了吗?公共交通都瘫痪了!"

"那你说该怎么办!"

行伸挪到电视前,拿起遥控器不停调台。"除了收集信息,还能怎么办!"

屏幕上映出了脱轨的新干线和化作瓦砾的城市,已经有很大一片区域中断供电。这令行伸想起了阪神淡路大地震。当时死了六千多人,这次又会如何?

身后的怜子还在收拾行李,不做些什么她根本静不下心来吧。行伸很理解她的心情,于是也没再说什么。

他来到卧室,给笔记本电脑接上网线。各种新闻漫天飞舞,但他找不到任何可以用来确认孩子们平安无事的信息。山体滑坡、道路塌陷、建筑倒塌……屏幕上净是这些不吉利的字眼。

苦闷的时间一分一秒逝去。怜子试图与能够想到的所有住在新潟的亲朋好友取得联系,但电话完全打不通。行伸从网上查到有重大灾害应急热线,仿佛祈祷般输入怜子老家的电话号码,却没有听到任何留言。

凌晨,电话铃响了,不是手机,而是家中座机。行伸看了看液晶屏,倒吸一口凉气。液晶屏上显示的是新潟县的区号。他咽了口唾沫,拿起电话的子机,应了一声。

"深夜打扰,多有失礼。这里是新潟县警察局,请问是汐见家吗?"电话那头传来一个男人的声音。

"是的……"他用力握住子机,在心底祈祷千万别是坏消息,但这祈祷没能成真。

对方说出了绘麻和尚人的名字,接着说道:"真的非常遗憾……"

姐弟俩在紧邻长冈市的十日町市内遇难。岳母开车带两人一起去买东西,她购物时,姐弟俩正在附近的商住两用楼一层,那里有一家游戏厅。

商住两用楼是一栋高四层的旧楼,因最初的地震剧烈晃动,墙面倒塌。姐弟俩想赶紧逃出来,但慢了一点点。二十米左右的高墙瞬间瓦解,直接砸向已经跑到门口处的两个孩子。

附近的居民发现后试图救援,但仅凭人力很难做到。等起重机吊起墙面，从下面挖出孩子们的尸体时，距离地震发生已有将近两个小时。赶来的医生当场确认两人已无生命迹象。

此时岳母正因腿部受伤被困在医院的候诊室里。她不知楼墙倒塌，也不知外孙和外孙女被压在下面，谁都联系不上，只能干着急。

女孩的钱包里装着电话卡和写有长冈市内电话号码的便条，于是警方得以确定身份。电话号码的主人在自家附近的小学避难，他看了警察提供的两个孩子的照片，放声痛哭，回答说那是自己的外孙和外孙女。这个人自然是怜子的父亲。

地震次日下午，行伸在小学操场一角的帐篷里再次见到两个孩子，悲痛万分。他本想来得再早些，但一路极不通畅，铁路和公路都有部分路段禁止通行。

绘麻和尚人的脸上没有明显的外伤。绘麻头部受伤，尚人被鉴定为受压致死。两人应该都是当场死亡，没受什么苦，这算是最大的慰藉了。

怜子蹲在孩子们的遗体前，呻吟似的哭泣着。行伸只是久久地伫立在一旁。他的大脑一片空白，根本无法思考，整个人仿佛失忆了一样。岳母哭着道歉的声音空洞地从他耳边掠过。

三天后，汐见家在自家附近的殡仪馆举行葬礼，许多年龄相仿的孩子从学校赶来。面对着并排摆放的两副小小的棺椁，孩子们行注目礼，双手合十，放入鲜花。行伸恍惚地望着眼前的光景，不知道今后自己和妻子的人生还有什么意义。

此后，行伸夫妇的生活变得空虚而乏味。两人日日思念孩子，家中堆砌着满载回忆的物品。每次看到年龄相仿的孩子，他们都会忆起往日的幸福时光，眼底发烫。

7

怜子不再工作。她把自己关在家里，整天望着孩子们的照片和他们没写完的作业本。她不再像从前那样哭泣，也许是眼泪已经流干了。行伸不在家时她不怎么吃饭，日渐消瘦。

行伸指出这一点时，她总是说无所谓。"我一点也不饿。一个人吃饭的时候我忍不住会想，我吃饭到底是为了什么呢？就算死了也无所谓，我还挺想死的。"

行伸提醒她，别随便开这种玩笑。

"我没有开玩笑。"怜子的眼神令行伸感到害怕，"孩子他爸，杀了我好吗？"随后她突然嘴角下垂，"啊，对不起，你已经不是孩子他爸了。"

对痛失爱子的夫妇二人来说，年末热闹的节庆氛围近乎酷刑。行伸一看到圣诞节的装饰，胸口便掠过一阵剧痛，仿佛无数细针刺进内心深处最敏感的部分。

某天晚上，两人讨论如何过年。以前一家人都会去怜子的老家过正月。那附近有很多滑雪场，绘麻和尚人在上小学前就开始学习滑雪了。

"有什么好讨论的，哪儿都不去也行。"怜子无精打采地看着行伸，"你总不至于想去长冈吧？"

"今年肯定不会去了，老家那边估计也不方便吧……"怜子的老家没有受到太大影响，岳父母在避难所只待了一周左右，但周边还有一些区域比较危险。

"不光今年，明年、后年……从此以后再也不用去了。"怜子咬牙切齿地说。

"别这么说，那毕竟是你的老家啊。"

怜子缓缓摇了摇头，直视行伸。"说实话，你是不是在怪我？"

"怪你什么？"

"是我让他们去的，你肯定在怪我，对吧？当初你反对两个孩子自己去，我却说让他们去。如果听你的话，两个孩子就不会死了，你是这么想的吧？"

"我没这么想过。"

"你骗人！葬礼那天晚上，你不是一边喝着威士忌一边嘀咕吗？说什么早知道就不该让他们去，早知道就拦住他们。"

行伸哑口无言。葬礼当晚他醉得厉害，可能确实说过类似的话。他的确很后悔，为什么就没有拦住他们呢？

"对不起，"怜子说，"听你的就好了。你肯定很恨我吧？"

"没这回事。孩子们自己出门和地震无关，就算你陪他们一起去，地震一样会发生。"

"如果我去了，孩子们可能就会待在家里。"

"只是'可能'而已，谁也说不好会发生什么。"

"那为什么葬礼那天晚上，你要说那种话？那是你的心里话吧？你觉得是我的错吧？你说实话！"

"够了！别再说这些没用的话了！"行伸忍不住吼出声。

怜子趴倒在桌上，纤瘦的肩膀伴随着呜咽声上下起伏。

行伸走上前，把手覆在她的背上。"怜子啊。"

"嗯？"

"我们要不要从头来过？"

怜子仍然趴在桌上，但呼吸渐渐平缓。"什么从头来过？怎么从头来过？"

"我们再生一个孩子，把他养大。"

怜子缓缓起身，双眼通红。"你是认真的？"

"我看起来像是在开玩笑吗？我们再这样下去就完了，必须想办法振作起来，为此，我们必须先找回人生的意义。对我们来说，人生的意义只可能是孩子，你不这么认为吗？"

"孩子啊……"怜子呼出一口气，抬起头来，"可是我都已经快四十了。"

"也有人在这个年纪生孩子。"

"可我一直没能怀上第三胎啊。"生下尚人后，夫妇二人抱着"怀上就生下来"的心态，并未采取避孕措施，但正如怜子所言，她一直没有怀上第三胎。

"顺其自然可能不行，我们去医院看看吧。"

怜子瞪大了眼睛。"孩子……"她低语着，似乎恢复了些活力。

"这主意不坏吧？"行伸的嘴角微微上扬。他不禁想，自己有多久没对妻子微笑过了？

两天后，经怜子的熟人介绍，他们来到一家专治不孕的机构。面容和善的院长向他们介绍了排卵监测、人工授精、体外受精等方法。"也有人在最后一次分娩的十多年后又怀上了，四十岁左右还有希望。"院长斩钉截铁的话语在行伸心中有力地回响。

从这天起，夫妇二人开始接受不孕治疗，同时也终于开始向前迈步。他们对发生在自己身上的变化感到讶异：原来抱有目标竟是如此美妙！

正如他们预想的那样，治疗过程困难重重。两人一早就放弃了排卵监测和人工授精，决定采用体外受精，但依然无法成功。每次尝试失败，怜子都很是沮丧。行伸尽力不流露出哪怕一丝失望，但也免不了日渐消沉。

经济负担很重，怜子身心承受的压力更是令人担忧，还是放弃吧——行伸的想法渐渐趋于消极，却不知该如何开口。

治疗进行了十个月，一天，怜子从机构回来时，行伸见她脸上洋溢着灿烂的笑容。不等她开口，行伸便已心领神会，心中充满一种超越预感的确信。

"难不成……"

"嗯！"怜子点了点头，"你喜欢男孩还是女孩？"

行伸走近怜子，紧紧拥抱眼前这具孕育着新生命的纤细身体，久久无言。男孩还是女孩？这并不重要。

装饰在架子上的照片映入眼帘，那是死去的两个孩子的照片。行伸想起，明天距离那场地震刚好一年。

新的生命也许是绘麻和尚人送来的礼物，他不禁这样想。

1

料亭旅馆"辰芳"的退房时间是上午十一点,今天最后动身的是一对来自保加利亚的老年夫妇。两人身材高大,并排在换鞋处一站,衬得玄关有些拥挤。

芳原亚矢子走到格子门外等待两人。天空湛蓝,空气干燥,此时最适合享受秋日出游的快乐了。

来自异国的夫妇也走出旅馆。那位先生满面春风,用英语对亚矢子说着什么。如果亚矢子没听错,对方说的应该是:"非常感谢,料理很美味,我们享受到了优质的服务。"于是亚矢子也用英语答道:"客人满意是我们的荣幸,请务必再度莅临。"这些话近年来几乎每天都挂在嘴边,所以亚矢子对答如流,只是对发音没什么自信。

"FUKU,"那位太太说,"很好吃。"她说的是河豚。[①] 昨晚他们追加了双份河豚刺身。

[①] 河豚的日语发音是 FUGU,外国人的发音不够准确。

"谢谢。下次我会为两位准备十人份。"

夫妇二人笑了，应该是听懂了这句玩笑。

"再见。"那位先生说完，与妻子并肩离开。亚矢子低头致意，然后目送他们离去。

这时，和服衣襟下响起手机的来电提示音。亚矢子看了看液晶屏，上面显示"户田医生"。她倒吸一口凉气，一丝不祥的预感在心中掠过。"您好，我是芳原。"

"我是户田。请问现在方便通话吗？"一个低沉的男声问道。

"可以。是不是出什么事了？"

"刚才病人说胸口痛，痛感比平时强烈。我做了常规处理，现在情况还算比较稳定。不过，"户田继续说道，"考虑到这几天病情的变化，我有事想先和您商量。您今天能过来一趟吗？"

"没问题。"亚矢子立刻答道，"我现在马上过去，可以吗？"

"那太好了。我和护理中心沟通一下，您过来的时候和工作人员打个招呼就行。"

"好的。"

"我在这里等您。"

"多谢。"亚矢子挂断电话，做了个深呼吸。户田想商量什么？那个人的病情已不可能好转，或许是时候做最坏的心理准备了。

亚矢子回到旅馆，寻找副经理的身影，只见他正在前台和员工说话。听完她的说明后，副经理白净的脸一僵，只说了一句"这样啊"。此时此刻，想必他也不好随意发表感想。

"听医生的语气，不像两三天能解决的事情，我想还是先做些准备比较好。你整理一下发生紧急情况时需要联络的名单吧。"

"明白了，我会处理。"

"拜托了。"

亚矢子打开前台内侧的门，穿过办公室，进入走廊。这条走廊穿过辰芳，通向旅馆背后她自己的家。

她回房间换上长裤，走出玄关，招手拦下一辆路过的出租车。

出租车进入二十二号县道后便一路南下，路上花了二十多分钟。平时亚矢子会自己开车，但今天她没有心思悠闲地握着方向盘。

亚矢子从包里掏出手机拨号，两次呼叫音后电话便接通了。

"您好，这里是胁坂法律事务所。"一个女声说道。

"百忙之中打扰，非常抱歉。我姓芳原。请问胁坂律师在吗？"

"胁坂外出了。您有急事吗？"

"倒也不算。等他回来后，您能否转告有一个姓芳原的人来过电话？"

"好的，没问题。"

"拜托了。"亚矢子挂断了电话。她知道胁坂的手机号码，不过胁坂可能正在面见客户，她不想打扰对方。

亚矢子眺望窗外，思绪万千。她试着想象户田将要告诉自己的事，不由得紧张起来。她又转念一想，堂堂辰芳的老板可不能因为父亲生病而惊慌失措，毕竟人生在世，难逃一死。

出租车驶过小桥，在十字路口右转，一栋白色建筑很快映入眼帘。这栋楼高大方正，的确很有大型综合医院的气势。

亚矢子在正门前下车，大步踏入医院。缓和医疗楼的入口在右后方的走廊尽头。她乘电梯来到三层，向护理中心的柜台走去。身穿淡粉色制服的年轻护理师抬起了头。

"您好，我姓芳原，户田医生说有事要和我商量。"

"请稍等。"护理师拿起手边的话筒，交谈两三句后，仰起头看着亚矢子说道，"户田医生请您去谈话室等他。"

亚矢子点点头。谈话室就在旁边，明亮宽敞，窗外的风景相当不错，屋中桌椅也十分雅致。院方的确体贴，这样患者与探病者能够尽可能舒适地度过所剩无几的谈话时间。

一组人正围坐在靠窗的桌子前：一个老妇人坐在轮椅上，三个看起来年轻一些的女子前来探望。老妇人笑得很开心，没有表露丝毫悲观的情绪。

亚矢子在离她们稍远的地方坐下，身着白大褂的户田刚好从电梯间走来。亚矢子从椅子上站起身，向他点头致意。户田默默还礼，指了指走廊，示意换个地方。走廊尽头有一间面谈室。

"见过您父亲了吗？"户田边走边问。

"今天还没有。刚才在电话里，您说情况还比较稳定。"

"确实是这样，不过……"户田有些吞吞吐吐，没再说下去。

面谈室里只有一张小桌子，两人隔桌面对面坐下。

"今天叫您过来，是想说一件重要的事。"户田用郑重的语气开口道。他表情温和，但面色凝重。

"嗯。"亚矢子紧盯着医生的眼睛。

"如您所知，您父亲已经时日无多，我们正在尽力用护理替代治疗，以缓解病人的痛苦和不适感。"

"我明白。"

"我们还在不停地尝试新药物，并根据病人的情况进行调整，"户田继续说道，"但我感觉可能已接近病人的极限。您恐怕将要面临最终抉择了。"

"您的意思是……"

"很多癌症晚期患者临终时都会经受极强烈的痛苦。我想向您说明的是，到了那时，我们可以尽力帮助您父亲安稳地走完最后一程，而不必延长他忍受痛苦的时间。"

"具体要怎么做？"

"具体而言，需要使用镇静剂。我们将用镇静剂降低患者的意识水平，并维持这种状态。简单来说，就是让您父亲陷入睡眠状态。"

"您是说，让父亲服用安眠药？"

"患者在那种状态下，恐怕已经无法服用任何药物，我们会采用注射的方式，在输液时掺入药物。患者的意识水平不会大幅降低，初期先以浅度降低为目标。"

"浅度？"

"对。您做过胃镜或大肠内视镜检查吗？"

"没做过……"

"插入内视镜相当痛苦，所以只要患者提出要求，医生就会在检查前使用镇静剂，浅度降低患者意识水平。患者不会陷入熟睡，而是处于恍惚状态，被呼叫时能清醒过来。我们可能会说'发现息肉了，请醒醒'。"

亚矢子理解了户田的意思。"原来有这种方法啊。确实，这样做的话病人会轻松些。我想和他说话的时候，把他叫醒就行了。"

"您可能会想，早点告知这个方案不就好了，但不好意思，事情没那么简单。"户田双手在桌上交握，"健康人听到呼叫后能醒过来，但您父亲的状况就不好说了。我们一般以轻微降低感知力为目标,但也有很多人就这样一直没能恢复意识。"

"没能恢复是指……"

"没错。"户田点点头,"持续睡眠,在接近失去意识的状态下停止呼吸。"

亚矢子舔了舔嘴唇,不由得呼吸一滞。"从使用镇静剂到病人最终停止呼吸,大约能坚持多久?"

"因人而异,一般能撑几天,但也有第二天就去世的。"

比想象中更快。

"您是指……安乐死?"

"不是。"户田斩钉截铁地说,"安乐死的目的是加速死亡,而镇静剂的根本目的是缓解痛苦,通常情况下,病人不会因使用镇静剂而提前死亡。有必要采取这种措施的患者原本就时日无多,我们希望他们能平静地走完最后一段路。"

"我父亲已经到了那个状态吗?"

"还没有,但总要面对的。到时如果您父亲不太痛苦,自然是件幸事,但我想先向您征求意见。"

"我父亲知道这件事吗?"

"我没说过。毕竟告知此事等于对患者宣布'大限已近',也极可能让患者对将要遭受的痛苦心生恐惧。只要患者没说感到剧烈疼痛,我是不会主动提的,但这个时机真的很难把握。如果一直拖延,过度疼痛可能导致患者思考能力衰退,诱发名为'谵妄'的认知障碍,我们便很难再确认患者本人的意志。"户田的语调很平淡,也没有刻意夸张,反倒显得事态严重。

亚矢子长出了一口气。"我明白了。我该怎么做?"

"首先我要向您确认两点。第一点,如果您父亲本人希望用镇静剂,您是否同意?"

"必须征得我的同意吗?"

"不,我们只是想了解一下家属的意愿。"

"也是,父亲只有我一个亲人了。我希望尊重父亲的意愿。"

"明白了。第二点,使用镇静剂时您是否需要在场?如果需要,我们会尽量拖延时间。"

"拖延时间?"

"到了使用镇静剂的阶段,患者已经相当痛苦了。如果本人要求使用镇静剂,我们会尽快注射,但如果家属希望在场,我们会尽力缓解病人的痛苦,等家属赶来。所以我要和您确认一下。"

亚矢子自然无法二十四小时都陪在父亲身边,不,应该说不在医院的时间居多。从辰芳到这里最快需要二十分钟左右,考虑到父亲必须忍受剧痛,这时间绝对称不上短。于是,亚矢子缓缓摇了摇头。"我不在场也没关系,请早点让父亲解脱。"

"不是解脱,是消除痛苦。"户田似乎不希望亚矢子总把使用镇静剂与安乐死混为一谈。"那么,我们会在确认您父亲的意愿后,判断是否注射镇静剂。"

"好的。还有什么需要提前告知我吗?"

"我想想。"户田眨了眨眼,"我再重申一遍,注射镇静剂后,有很多人无法恢复意识,您可能再也无法和您父亲说话了。想告别的话,要在这之前。"

亚矢子发出一声低呼。"这倒也是……"

"如果有什么话想对您父亲说,或是想让他见什么人,要尽早安排。"户田略微向前探身,打量着亚矢子的脸。

"我明白了。"亚矢子答道。她的声音有些嘶哑,嘴里发干。

告别户田后,亚矢子离开面谈室,朝父亲的病房走去。她反复咀嚼着户田的话,切实地感到离别的时刻已步步逼近。

她来到病房前,靠近滑动门侧耳细听,什么也听不见。她松了一口气。上一次来时屋里传出了剧烈的呻吟声,令她心痛不已。

亚矢子敲了敲门,拉开滑动门,只见父亲真次躺在床上。亚矢子原以为他睡着了,却发现他空洞的双眼正茫然注视着天花板。这时,真次像机器人一样缓慢而僵硬地转向亚矢子,嘴半张着,好像发出了什么声音。

亚矢子笑着走近病床。"感觉怎么样?"

真次的嘴巴动了动。亚矢子把脸凑过去,听到"脚发软"几个字。

"要不要叫护理师过来?"亚矢子问。

真次皱起眉,微微摇了摇头。人还精神的时候,他体格健硕,肩颈粗壮,现在却消瘦得像变了一个人。他的脸色很差,应该是肝功能衰退的缘故。覆着一层茶褐色干瘪皮肤的父亲,使亚矢子联想到一截枯木。

半年前,父亲确诊肺癌,发现时已是晚期,医生说手术和化疗都已没什么意义。父亲总是莫名其妙地咳嗽,因此去检查,没想到会这么严重,他本人和亚矢子都大为震惊。

此后,父亲的身体各处都开始出现不适,证明这并非医生误诊。每次问诊,癌细胞都已转移到新的器官。直到上周,父亲被转入缓和医疗室,主治医生换成了户田。户田原是外科医生,现在主管缓和医疗。

真次又说了些什么。亚矢子把耳朵凑近他的嘴,听到他说"回去"。即使在这样的状态下,父亲仍然思路清晰,他认为老牌旅馆的老板应该尽快回到工作岗位。

"父亲,"亚矢子再次劝说,"您真的不打算回家吗?"

真次没有回答,只是皱着眉头,像是在说"别提这事"。

在转入缓和医疗室前,院方曾提议在家治疗。亚矢子表示赞同,但真次顽固地拒绝了。他说身旁没有紧急呼叫按钮就没法安心入睡,但亚矢子觉得这多半不是他的真实想法。父亲应该是不想给家人,即独生女亚矢子添麻烦。他比任何人都清楚在家照顾重症病人有多么辛苦。

亚矢子六岁时,母亲正美遭遇车祸,虽然勉强保住性命,但脑部受损,留下了严重的后遗症:下半身无法活动,记忆力、认知能力和语言能力极度衰退。记忆力的问题最为严重,有时她甚至连自己是谁都想不起来。亚矢子无法忘记在医院见到母亲时受到的冲击,她感觉母亲已不再是母亲,连容貌都变了。

当时,外祖父母还健在,精力充沛地经营着旅馆。正美是独生女,早晚会继承家业。真次是入赘女婿,一个人在东京进修,打算日后回旅馆担任厨师长。

那起事故打乱了全部计划。真次辞职返回金泽,提前开始在厨房工作,还承担起照顾正美的责任。外祖父母会帮些忙,但主要还是真次在照顾,于是他们将正美的房间移到了厨房附近。

喂食饭菜、帮助排泄、清洗身体——真次每天默默地完成这些任务,亚矢子从未听他抱怨或诉苦过。他对女儿也照料有加,从升入小学到初中毕业,亚矢子一直带父亲亲手做的便当去学校。

真次照顾正美十几年，直到妻子反应迟钝、无法再进食、最后仿佛入睡般停止呼吸。已经成为高中生的亚矢子抚摩着母亲消瘦的脸颊，不得不承认心里长舒了一口气。

她想，这下大家都轻松了。

也许是送走正美后失去了坚持下去的动力，在那之后的几年里，外祖父母相继离世。料亭旅馆辰芳由真次接管。此后又过了约二十年，亚矢子做了老板，疲于工作使她错过了适婚年龄。她一直希望能由丈夫和儿女一同庆贺自己的四十岁生日，没想到竟会形单影只地迎来这一天。

待她回过神来，真次已闭上了眼睛。能睡着说明现在并不痛苦，那就不要惊动他了。亚矢子披了披被子，安静地离开了病房。

她走出医院，向出租车候车点走去。这时，手机响了。来电的是胁坂。

亚矢子刚说了声"您好"，胁坂就急切地问道："出什么事了吗？"

"没有，不是什么急事，是关于我父亲的。"

"我想也是。情况如何？"

"现在还算稳定，但医生说差不多要进入下一个阶段了。"亚矢子简短复述了一遍户田的话。

胁坂是律师，从外祖父母那一代起就和芳原家有来往。他和真次同龄，关系很好，以前经常一起去打高尔夫球。

胁坂对亚矢子说过："在你父亲意识清醒的时候，我有话想和你说。如果他大限将至，希望你通知我一声。"正因如此，刚才亚矢子才在出租车里给胁坂的事务所打电话。

"我们可能还是坐下来慢慢说比较好。亚矢子,你现在方便来事务所吗?"

"没问题。旅馆的业务我已经托付给副经理了。"

"那我做些准备,等你过来。"

"好,待会儿见。"亚矢子挂断电话,乘上出租车,直奔位于金泽市大手町的胁坂法律事务所。坐在后排座位上,她叹了口气。医生和律师纷纷联系,今天全是些重大消息。胁坂说"做些准备,等你过来",他究竟在准备什么?

没多久,出租车停在一栋胭脂色的五层建筑前。办公室在二层,亚矢子没乘电梯,直接上了旁边的楼梯。

向前台女员工报上姓名后,对方立刻为她带路。走廊左右排列着几间咨询室,但她们未做停留。

她们来到走廊尽头,面前的房门样式独特。前台女员工敲了敲门,里面传来胁坂的声音。"请进。"

"芳原女士到了。"

"请她进来。"

在前台女员工的示意下,亚矢子打开门,走了进去。气派的黑檀木书桌前,胁坂正从椅子上起身。

"麻烦你特地跑一趟,实在抱歉。"胁坂说着,拿起一个大文件夹走向沙发。沙发和茶几摆放整齐,看起来档次很高。

胁坂坐进沙发,请亚矢子就座。亚矢子说了声"失礼了",也坐了下来。

"你父亲的身体状况不太乐观吧?"

"是的,不过我已经做好心理准备了。"

"他比我大一岁，七十七……"胁坂皱着眉，"还是早了点啊。我总希望真次能振作起来，活得更久些。以后不能一起喝酒，也不能一起打高尔夫球了，我觉得很孤单。"

"先生对我们多有照顾，父亲也很感谢您。请您抽空去探望吧，他一定会很开心。"

"我有这个打算。"胁坂突然面色凝重起来，"据说他已经时日无多了。"

"是的。"亚矢子也认真地看着他。

"所以，"胁坂在胸前双手交握，"这次我想对你说的不是别的，正是关于遗嘱的事。"

"遗嘱？"亚矢子不由得皱起眉头，"父亲写过遗嘱吗？"

"写了，是正式的遗嘱。"胁坂打开放在一旁的文件夹，取出一个很大的信封，摆到亚矢子面前。信封封了口，上面用毛笔写着"遗嘱"二字，确实是真次的笔迹。看来这就是胁坂说要准备的东西。

"真次确诊癌症并得知病情严重后，来找我商量说想写一份遗嘱。他不希望将来产生不必要的纠纷，所以我劝他去公证处办理手续，一来公证人会帮他起草，二来也保证这是一份受法律认可的正式文书。成果如你所见。"

"这样啊，我完全不知情。"

"真次听说自己将不久于人世，肯定深受打击，但当他扛过去之后，恐怕又操心起还活着的人了。你父亲啊，就是这么一个有担当的人。"

亚矢子忍住快要夺眶而出的眼泪，点了点头，再次望向桌上的信封。"这就是您说的重要的事吧。"

"不，"胁坂说，"接下来才进入正题。关于遗嘱的内容，我有话要说。"

"啊？"亚矢子注视着胁坂饱经沧桑的脸，"遗嘱的内容怎么了？"

"我已经知道了。"

"什么？"亚矢子睁大了眼睛。

"刚才我也说过，这份遗嘱是公证处起草的，现场除本人外还需要两名见证人。我和另一名相识的行政书士便是这份遗嘱的见证人。我们听到了遗嘱的内容，当然，绝不会外传。"

亚矢子来回打量着桌上的遗嘱和胁坂那张温厚的脸庞，无法推断他接下来想说什么。

"这份遗嘱，"胁坂说着，拿起信封，"从今天开始由你保管。"

"由我保管？为什么？"

"我认为你可以随意处置它。如果你想要小心保管，直到你父亲去世后再打开，当然没问题。或者……"胁坂略微停顿，看着亚矢子继续说道，"如果你想在你父亲去世前知道他的心意，想趁他在世时尽可能做些什么，也可以提前确认遗嘱的内容。"

"真的可以在父亲去世前看遗嘱吗？我听说这样不行。"

"如果是当事人自己写的遗嘱，那当然不行，即使当事人去世，也必须在开封前上交法院。这是为了防止内容被篡改。公证处起草的遗嘱则不同，这份遗嘱只是复印件，原件由公证处保存，因此不必担心内容被篡改。"

"原来是这样。"亚矢子恍然大悟。

"好了，给你。"胁坂递出信封。

亚矢子接过信封，目光不由得落在"遗嘱"这两个字上。她琢磨起胁坂刚才说的话。他知道遗嘱的内容，并提醒"可以提前确认"，究竟是什么意思？"就内容而言，"亚矢子凝视着律师的眼睛，"您认为我应该在父亲去世前看一下遗嘱比较好，对吗？"

"抱歉，这个问题我不能回答，我无法保证你看过以后不会后悔。我只能说，看或不看都是你的自由。"说完这句话后，胁坂表情放松下来，耸了耸肩，"我这个人还真是狡猾。说白了，是我不想承担责任，所以才决定全权交由你来判断。"

"没这回事。其实您认为我应该看，只是出于自己的身份不能劝我去看，对吧？"

面对亚矢子的问题，胁坂露出苦笑，用指尖挠了挠鼻侧。"如何猜测是你的自由。"

"明白了，请借我一把剪刀。"

"剪刀？"

"现在，我就在这里拆封，确认遗嘱的内容。"亚矢子仿佛在发表宣言。

胁坂像是被打了个措手不及，他挺直身体，双眉一挑。"你是认真的吗？"

"不可以吗？趁现在先生在场，正好。"

"有言在先，我只是见证人，没有介入遗嘱的起草工作。就算你问我真次的意图，我也无法回答。"

"我明白，请您放心。"

胁坂叹了口气，像是在说"真拿你没办法"。他站起身，从黑檀木书桌的抽屉里取出剪刀，走了回来。"你还是老样子。"

"您是想说我很刚强吗？其实正相反，我非常软弱，所以才希

25

望有人能陪在身边。"亚矢子接过剪刀,做了个深呼吸。她很想知道,父亲在接受自己将不久于人世的事实后究竟写下了什么,也许还有她能为父亲做的事。胁坂之所以把遗嘱托付给自己,应该也是这样认为的。

她将刀刃对准信封封口处,慎重剪下边缘。里面是一个小一号的信封,没有封口,印着"公证书"的字样,下方盖有"副本"印章。小信封里的几页文书装订在一起,第一页上郑重地写着"遗嘱公证书"五个大字。

"有点夸张啊。"

"收了不少费用,总不能弄得太寒酸吧。"胁坂可能察觉到了亚矢子的紧张情绪,开了个小玩笑。

亚矢子又做了个深呼吸,翻过第一页,一排排印刷文字映入眼帘。开头的一句是:"本人遵照遗嘱人芳原真次的嘱托,在见证人胁坂明夫、山本一郎的见证下,将口述遗言之要旨笔录如下。"从写有"遗言要旨"处往下便是正文。

首先是关于财产继承的说明。亚矢子原本猜测父亲会指定一个意外的人为继承人,结果并非如此。正文中写着"以下所书财产均由遗嘱人的女儿芳原亚矢子继承",列出的房产以及存款等流动资产与亚矢子了解的完全一致。

之后的内容主要与辰芳的经营有关:"为不辱辰芳之名,菜肴美味尤不可失。所聘厨师须勤勉钻研,技艺精湛。"真次长年担任厨师长,执掌料理台,这句话透出了他的自尊心。

亚矢子并未读出什么特别的内容,然而当她看到最后一页时,不由得呼吸一滞。那句话过于出乎意料,以至于一瞬间她以为自己理解有误，但无论读多少遍，那句话都很难有歧义。

亚矢子抬起头与胁坂对视，说道："先生是想让我看这个吧。"

"我说过很多次了，"胁坂开口道，"这个问题我不能回答。"

亚矢子调整了一下呼吸，再次将目光落向遗嘱。

松宫脩平——

这个人到底是谁？

2

踏入这家店的一瞬间,看到深棕色地板,松宫脩平想起了小学的老教室。那时候大家把书桌推到角落里,用粉笔在地板上画出场地玩相扑。至于教室的地面颜色有没有这么深,他已经记不清了。

从外面看,近似"田"字的三扇窗都关着,格子花纹的窗帘紧闭。窗边摆放着几套可围坐四人的桌椅,和地板一样全是浓重的深棕色,桌上摆放着木制的菜单支架。

"这家店的氛围能让人安静下来。"松宫脩平望着吧台,那上面立着一块黑板,写着"本日推荐的蛋糕套餐"。

"听说去年是开店十周年。"松宫身边的年轻刑警长谷部说,"开业至今,店内的氛围都是如此,内部装潢也一直没变。"

"客流量如何?"

"从我刚才在附近打听到的信息判断,人来得不少,女性顾客比较多。"

"也是。"松宫深吸一口气,水泥墙壁围成的空间中满溢香甜的气息。他向前一步,再次观察地板,鉴定人员留下的痕迹似乎已经消失了。

松宫取出警视厅配发的设备,找出内部影像资料:一个女人趴倒在地,穿着白色长裤和浅蓝色针织衫,后背几乎完全染成黑色。她的背上插着一把刀,伤口大量出血。

今天上午十一点左右,警方接到报案,一名女子在目黑区自由之丘的咖啡馆内遇害。附近派出所的警察迅速赶来,确认无误后开始着力保护现场。报案人在派出所等待。其后赶到的法医判断死者遇害时间已超过十二小时,身上没有其他醒目的创伤,应为被人用刀刺中心脏后当场死亡。这显然是他杀。

对此,警视厅刑事部的负责人们迅速做出反应,在辖区警察局设立了特别搜查本部。松宫所在的小组代表搜查一科,被派往现场火速增援。

发现尸体的四个小时后,警方召开第一次侦查会议,说明案件概况并为各组侦查员分配任务。松宫的主要职责是查清被害人的人际关系。

这次运气不错,松宫心想。

初期侦查报告显示,店内桌椅稍有凌乱,但没有打斗的痕迹。便携式保险箱内的现金都在,因此不太可能是谋财害命。被害人衣物整齐,因此应该不是奸杀。推测作案时间并非咖啡馆的营业时间,被害人应该不会让陌生人进店。

松宫判断这很可能是熟人作案,动机可以是替人复仇、金钱纠纷、感情问题……如此一来,他和长谷部便最有可能通过调查被害人的人际关系找出凶手,这次的确运气不错。

松宫这次的搭档是辖区警察局的长谷部。长谷部只有二十出头，年纪轻轻就已经是刑事科的巡查。他身材瘦削，四肢修长，步伐轻快。松宫暗自松了口气，不用和看起来像是会搞一言堂的资深刑警搭档，真是谢天谢地。

寒暄过后，两人便离开了特搜本部。此行的目的是找相关人员了解情况，但他们想先看一下现场，于是来到了这里。

松宫收起设备，向尸体的位置双手合十。他在心中低语：我们一定会抓到凶手。

被害人名叫花冢弥生，五十一岁，是这家咖啡馆的经营者。店名"弥生茶屋"应该是取自她的名字。花冢弥生结过婚，现已离异，独居，没有孩子。她是栃木县宇都宫人，父母至今还住在那里。年迈的双亲接到警方通知后正向东京赶来。这便是现阶段掌握的所有信息，更详细的人际关系须由松宫他们深入调查。

"好了，我们走吧。"

"是。"长谷部回应。

松宫正要转身离去，突然瞥到吧台上的黑板。"本日推荐的蛋糕套餐"下面一片空白。松宫想，如果没有发生命案，今天店主会推荐什么蛋糕呢？

两人出发调查与被害人有关联的最后一人，即报案人，也是尸体的发现者。

从东急大井町线九品佛站下车，步行约十分钟便能到达报案人的家。其所在的住宅区规划整齐、美观大方，这一带的独栋小楼尤其品位高雅。报案人家的住宅贴有灰色花砖，与周围的建筑相得益彰。庭院中的花草都照料得很好，车库里停着两辆车。

松宫确认门牌上写有"富田"二字后,摁响了门铃。没多久,传来了女人的应答声。

"我是先前致电的松宫。"

"请直接进来吧。"

大门咔嚓一声解了锁。松宫推开门,踏入院中。长谷部紧跟在他身后进来,关上了门。

他们径直来到屋前,门恰好开了,一个身披开衫的小个子女人站在玄关处,年纪在四十岁上下。

"您是富田淳子女士吗?"松宫问。

"是的。"

松宫低下头。"屡次打扰,真的非常抱歉。"

"哪里。"富田淳子嘴上这么说,内心多半并不平静。几个小时前,她应该也回答了其他刑警问的不少问题。

富田淳子带领两人来到客厅。厅中宽敞明亮,三人沙发和双人沙发呈L形围绕着大理石茶几。松宫和长谷部并排坐在三人沙发上,从那里能看见庭院。

"您的情绪是否平复了一些?"松宫问。

"多少平复了些,不过,现在我的脑袋还是昏昏沉沉的,难以相信那是现实。"富田淳子按住太阳穴,脸色苍白。

"听说您常去弥生茶屋。"

"是的。算是经常吧,一周去一到两次。"

"总是一个人去吗?"

"不,基本上都是和朋友一起。"

"朋友指的是……"

"在我儿子上小学时互相熟悉起来的妈妈们。"看来是因孩子而彼此熟识的"妈妈友"。

"其他妈妈也经常去吗?"

"应该是,那家店的蛋糕很好吃。"

松宫清了清嗓子,对富田淳子笑着说道:"方便告知她们的姓名和联系方式吗?多谢。"

"啊?所有人吗?"富田淳子面露疑惑。

"为了早日破案,我们希望尽量多了解相关人员的情况,同时尽量少给大家添麻烦。"见富田淳子迟疑,松宫双手撑在膝盖上,低头说了句"拜托了",长谷部也在旁边照做。

富田淳子长出一口气。"好吧,但你们要谨慎处理这些信息。"

"我们会多加小心。非常感谢!"松宫语气坚定。

富田淳子的妈妈友共有四人。记下她们的名字和联系方式后,松宫问道:"今天您和她们约定要见面吗?"

"今天只约了其中一人,她叫由香里,和我一起上瑜伽课。我们约好上午十一点见面。"

家庭主妇每天上瑜伽课、去咖啡馆,这种事可不太好说给和丈夫一样在外努力工作的女人们听啊,松宫想。

"您是几点到达咖啡馆的?"

"不到十一点。"

"当时店内的情况如何?"

"入口挂着'CLOSED'的牌子。我觉得很奇怪,因为平时上午九点就开门了,那天也不是固定休息日。"

"固定休息日是哪天?"

"星期一。"

"发现异常后,您做了什么?"

富田淳子苦着脸,显得很为难。"这个……我必须要再说一遍吗?"

"对不起。"松宫低下头,"我也很过意不去,但有时换个人来提问,回答者会想起一些新的线索或证词,所以还请您谅解。"

富田淳子面色忧郁,叹了口气。"我觉得很奇怪,就试着拉了拉门,结果门一下子就开了。我想可能是刚好要开始营业吧,就往里面看了一眼……"或许是当时的情景再一次从脑中闪过,富田淳子神情紧绷,缓缓眨了下眼,"地上躺着一个人。我吓了一跳,刚想跑过去,发现她背上有一块很大的污迹……我知道那是血……一瞬间身子就僵住了。"

"然后就报警了?"

富田淳子轻轻摇了摇头。"当时没想到。我脑子里一片空白,手足无措,怕得只知道发抖了,连惊叫声都发不出来。后来由香里来了,问我怎么回事,我才告诉她。不,我根本就说不清楚,只是指着店里。由香里看了看,也吓了一跳,喊着'一一〇、一一〇',我这才终于想起要报警。我们俩在店门口手拉着手,直到警察赶到现场。"

听完富田淳子生动的说明,松宫点了点头。富田所说的情况与初期侦查员转述的内容完全一致。"感谢你们迅速做出反应,这真的很不容易。对了,"松宫不再询问如何发现尸体,转而开始探询被害人生前的情况,"您一周去一到两次,算得上是常客了。那您和店主花冢弥生女士应该很熟吧?"

"我不知道算不算熟，不过在没有其他客人的时候，我们经常一起聊天。"

"最后一次说话是在什么时候？"

富田淳子歪着头，摸了摸脸颊。"我记得应该是……上星期二。"

"您还记得说了些什么吗？"

"没说什么大事，就是最近去过的哪家餐厅不错之类的……平常我们聊的大多都是这些。"

"当时花冢女士有什么奇怪的举动吗？"

"奇怪的举动？"

"比如没什么精神或看上去有心事之类的。"

"不，"富田淳子说，"完全没有。她当时很开朗。我觉得最近她变得更有活力了。"

"更有活力？为什么？"

"只是我的感觉而已。对不起，这可能是我的错觉，但我没感觉她没什么精神。"

"这样啊。"松宫尝试改变提问思路，"经常到店里来的都是怎样的客人？"

"女性客人比较多，主妇和白领都有。有好几个人我经常看到，但不知道名字。就算是第一次来的客人，弥生也会亲切地推荐蛋糕和饮品，所以我想大家都很愿意成为回头客吧。"直呼名字"弥生"，看来她们很熟。"弥生说她很珍惜人与人的邂逅，邂逅各种各样的人可以丰富我们的人生。她还说，现在仍然觉得和前夫的邂逅是一笔宝贵的财富，所以并不后悔结婚。"

"邂逅？"

"弥生曾对有身孕的客人说:'你马上就会有一次美妙的邂逅了,一定很期待吧。'对婴儿来说,和母亲见面自然是人生中的初次邂逅了。"

"这样啊。"这个小故事令松宫印象深刻,怪不得弥生茶屋有这么多常客。松宫记录下来,又问道:"男性顾客呢?"

"偶尔有几个住在附近的老年人。"

"有没有您印象比较深的?比如喝醉了酒纠缠花冢女士或其他顾客的人,或者眼神鬼鬼祟祟的人——"

松宫还没说完,富田淳子就在胸前摆起了手。"那种客人是不会来的,而且店里也不提供酒。大家都是很有品位的人。啊,我不是在说我自己……"

"明白。非常感谢。"松宫苦笑,"您知道花冢女士和什么人特别亲近吗?朋友或恋人之类的。"

富田思索片刻后开口道:"弥生不太说自己的事。我知道她单身,所以从未主动问过她。"

"这样啊。那么最后一个问题,关于这次的案子,您有什么想法吗?"

富田淳子微微睁大了眼睛,深深吸了口气。"太过分了!大概是强盗一类的坏人干的吧!怎么就偏偏选中了弥生茶屋呢?真是太过分了!"

"您为什么觉得是强盗干的?"

"怎么会有人恨弥生呢?像她那样的好人实在太难得了,亲切又体贴……我觉得应该是一个脑子有问题的人想要钱,才干出了这种事情。绝对是的,肯定没错。"富田淳子紧握双拳,语气坚定地

35

断言道。

松宫没有告诉她现场并无翻找钱财的痕迹，只说"我们会参考您的意见，今天承蒙协助，非常感谢"。随后，他朝长谷部使了个眼色，站起身来。

离开富田淳子家后，松宫和长谷部一同前往富田淳子的妈妈友们的住处，展开调查。她们的孩子就读同一所小学，所以住处离得并不远，算是帮了大忙。富田淳子可能通知过大家，因此没有人表现出困惑。她们反倒问了不少问题，想从松宫他们那里打探些消息：为什么会被杀，谁干的，有没有线索……松宫不停地解释，说调查才刚开始，她们也不肯作罢，实在令人头疼。松宫渐渐明白，她们并非只是好奇，而是由衷地为花冢弥生的死感到心痛，对这残忍的罪行愤愤不平。

每个人都说，没见过像花冢弥生那样的好人。她会记下常客的生日，等那天客人来店时赠送蛋糕；她会手工制作盲文菜单；她会给容易过敏的孩子特别定制蛋糕……花冢弥生人性中的闪光点说都说不完。

走访完所有人家时已是晚上，松宫和长谷部来到一家咖啡馆，打算在回特搜本部之前整理一下今天获得的信息。

"大家说的都一样啊。"长谷部看着记事本说。

"的确，没有人会说被害人的坏话。"松宫抿了一口咖啡，耸了耸肩，"当然这也可能是事实，被害人大概真的是个好人。"

"问题在于动机，毕竟谁也不能保证好人绝对不会被杀。难道凶手出于某个毫无逻辑可言的动机，冲动杀人？"

"先不提逻辑，现场的情况不太像蓄意谋杀。"

凶器刃长超过二十厘米，前端尖锐，听起来极其危险，但其实是店内的常备器具，用来切戚风蛋糕。在吧台后的洗碗池里，还放着洗干净的戚风蛋糕模具。合理的推断应是凶手突然起了杀意，用洗碗池里的刀刺中了被害人的后背。

刀柄未能检出指纹，鉴定人员说有用布抹去的痕迹。莫非凶手一时激动从背后刺了花冢弥生一刀，发现对方身亡时十分恐慌，勉强恢复一丝冷静后又抹去了指纹？

"大家都说被害人不会轻易招人讨厌或憎恨，看来还是金钱上的纠纷吧？"长谷部对自己的判断似乎没什么自信。

"有可能。经营咖啡馆的优雅女士说不定非常富裕，可能暗中还放着高利贷。某人请求延长还款期限，遭到拒绝，于是一时头脑发热刺死了她。"

"经营咖啡馆的优雅女士其实是见钱眼开的守财奴……"长谷部瞪大双眼，"这要是小说，好像还挺有意思的。"

"被害人是做生意的，很可能表里不一，有着不为常客所知的一面。金钱纠纷、感情问题都有可能。一切才刚开始。"说着，松宫将咖啡一饮而尽。

正要起身时，手机响了。松宫从内侧口袋掏出手机，屏幕上显示的是一家房地产公司的名字。他在这家公司租过房，一直居住到两年前，但已很久不曾联络。他感到纳闷，接通了电话。"喂？"

"啊，呃……"对方是个男人，报上房地产公司的名字后，称自己姓山田。"请问是松宫先生吗？"

"是的，我是松宫。"

"啊，太好了。过去承蒙您惠顾本公司，非常感谢。"

"嗯……"

"百忙之中打扰您，非常抱歉。现在能占用您一点时间吗？"

"没问题，怎么了？"松宫想，不会是现在要来追收一笔修缮费吧？

"您认识一位姓芳原的女士吗？"山田的问题完全出乎松宫的预料。

"芳原女士？名字是……"

"亚矢子。"

"芳原亚矢子……"松宫对这个名字完全没有印象。

松宫如实回答后，山田耳语似的说："这下可不好办了。"

"这位女士怎么了？"

"事情是这样的。今天白天，这位女士来到公司，问我们能否把您现在的联系方式告诉她。"

"我的联系方式？"松宫不禁皱眉。

"她去过松宫先生以前租住的房子，知道您已经搬家，就找到我们这里来了。我们严正拒绝，表示不能回答这样的问题，但她不死心，说那就留一张名片，请我们转交给您，告诉您她会等您联络。她说有紧急的事和您商量。"

"商量什么？"

"她感觉不像坏人，话说得又恳切，我们不好一口回绝。我知道您很忙，但又觉得不能撒手不管，就给您打了这个电话。"

"这样啊。"松宫大致了解了情况，又问，"这位芳原女士是如何介绍自己的？"

"她没细说。看名片，好像是经营旅馆的。"

"旅馆？"真是越来越令人费解了。松宫用空着的那只手抓了抓脑袋。"哪里的旅馆？"

"金泽。"

"金泽？石川县的金泽？"

"是啊。"山田的语气像是在问：难道还有其他什么地方叫金泽吗？

松宫陷入沉思。这个地名与他迄今为止的人生毫无瓜葛，他甚至都没去过金泽。

"情况就是这样，需要我把这张名片寄给您吗？上面还写着手机号码。"

"请问能不能拍张照片，用邮件发给我？"

"这倒是个好办法。请告诉我您的邮箱地址吧。"

松宫口述完邮箱地址后，山田说了句"马上发送"，又补充道："对了，芳原女士说，如果您很忙，让您的母亲克子女士来联系她也没问题。"

"让我母亲联系？克子这个名字是您告诉她的吗？"

"不是，她知道这个名字，我没有告诉她。"

如此说来，这个叫芳原亚矢子的女人难道是母亲的朋友？可松宫并不记得从母亲那里听到过这个名字。

"那我给您发邮件。"山田说。

"好的，拜托了。"松宫挂断电话，歪了歪脑袋。

"怎么了？"长谷部问。

"没什么，一点私事。我们走吧。"

两人离开咖啡馆，拦了一辆出租车。松宫坐到后排，刚系好安全带,便收到了山田发来的邮件。标题写着"我是山田",没有正文,只有附件,是一张名片的照片。名片上用毛笔字体印着旅馆的名字"辰芳",旁边印着"女将 芳原亚矢子",地址是石川县金泽市十间町。

松宫凝视着照片,感到十分困惑。

3

辖区警察局位于目黑大道的一侧。刚进警察局,松宫就对长谷部说"报告由我来做",随后独自走向特搜本部所在的礼堂。从明天开始得请这名年轻刑警精神抖擞地跑腿,所以今晚就让他早点回家吧。

礼堂的入口处立着一块牌子,上面写着"自由之丘咖啡馆店主被杀案特别搜查本部"。

走进礼堂,只见场地中央的几张写字桌拼在一起,很多侦查员还没离开,正忙于撰写报告和分组讨论。松宫等人的上司——报告今日成果的对象,正坐在椅子上面对着笔记本电脑,手停在鼠标上,像是在确认资料。

松宫从斜后方靠近,对着宽阔的后背唤了一声"主任",说道:"我回来了。"

"听你这声音,看来我还是别抱太大期待为好。"加贺恭一郎说着,将椅子转了半圈。他的嘴角微微上扬,从眼窝深处射出的目光十分锐利。

松宫叹了口气,微微点头,取出记事本。"很遗憾,正如你所说,我们对发现尸体的人和她认识的四位咖啡馆常客展开了调查,但没打听出任何线索。"

"我想也是。如果大家都认为这个人被杀是理所当然,怎么会愿意一再光顾她开的店呢?被害人花冢弥生女士应该很受大家敬慕和喜爱吧。"

松宫眉毛一挑。"你从其他方面也得到了类似的信息?"

加贺从桌上拿起一张纸。"花冢女士在位于上野毛的自家公寓里开设了烘焙教室,每周授课一次。侦查员询问她的学生后,在报告里这样写道:花冢女士教学细致亲切,为人温柔体贴,而且收费合理。"读到这里,加贺抬头看了一眼松宫,"完全没有人说她的坏话。"

"我这边也是。大家观点一致:不敢相信那样的好人被杀、难以想象会有人恨她……"松宫抱起双臂。

"好了,快坐下。你四处奔波,一定累坏了吧。接下来的路还很长,别硬撑。"加贺示意旁边还有一把椅子。

"那我就恭敬不如从命了。"松宫拉过椅子。

"不用这么拘谨,没人在听我们说话。"

松宫环顾四周,大家好像确实在各忙各的。

加贺与松宫是表兄弟,不过他们约定,在有旁人的时候要注意措辞。

三年前,加贺成了松宫等人的上司,之前他隶属日本桥警察局,两人曾一同执行过几次查案任务。

加贺过去也是搜查一科的人,三年前的人事调动算是"回归",怎么看都很反常,但松宫并不清楚内情。

"看来需要另找突破口了。"松宫在椅子上坐定,"被害人很可能有另外一面,不单单是咖啡馆店主或烘焙课老师。"

"人通常都有好几副面孔,活了五十多岁的人就更不用说了。"加贺的视线落回手中的资料,"姓名,花冢弥生。籍贯,枥木县宇都宫市。从当地的高中毕业后,来东京上大学,毕业后直接进入大型家具销售公司就职。二十八岁结婚、辞职,四十岁离婚,此后在自由之丘开了咖啡馆弥生茶屋。咖啡馆经营情况大致良好,没有债务,上野毛的公寓也不曾迟交过租金。从被害人短短的简历中也可以看到各种各样的面孔,比如出身于枥木县宇都宫市这一条,孩提时代的她是怎样的少女呢?"说到这里,加贺抬起头,"你们在外调查时,花冢女士的父母来了,是我接待的。我请他们确认了遗体的照片。"

松宫倒吸一口气,把背脊挺得笔直。"情况如何?"

"她的父母八十岁左右了,两人直掉眼泪,说没想到这个年纪竟会看到女儿的遗体。不管年龄多大,女儿总归是女儿啊,而且还是独生女。他们说女儿从小就温柔体贴,去东京后经常给家里打电话关心他们的身体状况,有时还会寄一些各地的土特产回去。近年来差不多一年回家省亲一次。"

"关于案子,他们有没有什么线索?"

"这个恐怕指望不上。"加贺将资料放回桌上,"他们认识几个女儿在学生时代的朋友,但完全不了解她最近的人际关系。"

"好吧,不出所料。"

"能见到被害人的父母还是很有帮助的。我们得到许可,可以调查花冢女士的住处和手机内容,目前已经开始着手分析,发现花冢女士在多个社交平台上较为活跃。"

"那就好,现如今社交平台可是人际关系的宝库。"

"别抱太大期待。"加贺指着松宫的胸口,"社交平台没你想得这么简单,只有表面联系的网友称不上什么人际关系。据目前所掌握的资料来看,花冢女士主要在平台上做咖啡馆的宣传,基本不发私人内容。在手机中还发现了零星几条她与老同事、老同学的短信,但没有经常见面的朋友。"

"所以只能期待邮件和通话记录了?"

"没错。我们正在排查与死者有邮件或电话往来的人,试图摸清他们的身份以及和花冢女士的关系,一旦查明,会随时派你们去问话。不清楚对方的真面目就草率接触,万一对方是真凶,就打草惊蛇了。"

"我知道了,等你的指示。那我先走了。"

松宫刚要起身,加贺抓住了他的右臂。"等一下。"

"怎么了?"

"我的话还没完。我说了,一旦查明,会随时派你们去问话。"

"所以我也说,等你的指示——"看到加贺意味深长的浅笑,松宫略一停顿,"难道现阶段已经有调查对象了?"

"有几个吧。比如,这个人。"加贺将椅子转了回去,在笔记本电脑上迅速操作一番后,将屏幕转向松宫。画面中显示的是一名男子的驾照信息,包括证件照、姓名、住址和出生日期。

绵贯哲彦,五十五岁,住在江东区丰洲。

"这个名字在花冢女士手机的通话记录中出现过。电话号码在通讯录中存为全名，通话时间在一周前，时长略短于五分钟。五分钟不算很长，但绵贯这个姓氏引起了我的注意。"

"为什么？"

"你知道花冢女士结过婚吧？绵贯就是她当时用的姓氏。"

"啊……"松宫低呼一声，"这个男人是她的前夫？"

"正是。我调查过花冢女士的户籍，不会有错。然后我用全名检索驾照信息，结果搜到这个，应该是本人。"

"我记得花冢女士离婚是在……"松宫想翻一下记事本。

"四十岁的时候，就是十一年前。"

"离婚这么久，两人还有联系吗？"

"问题就出在这里。通话记录显示，两人至少在过去的一年里没有通话，那么被害人为什么最近会突然联系前夫？"

"确实很可疑。"松宫盯着屏幕说道。

"我向花冢女士的父母询问过他们离婚的原因，但两位老人并不清楚细节，只说当时很惊讶。他们似乎没有发生什么纠纷，年纪也不小了，所以老人觉得没必要插手，也就没有发表意见。"

"无论当时情况如何，事到如今又去联系对方，这个细节不能放过。"松宫打开记事本，记录下屏幕上的内容，"明天我就去会会这个人。"

"去之前尽可能多收集一些信息，先去左邻右舍打听一下，没准能了解到绵贯的职业和为人。"

"这些不用你说我也会去做。舅舅说过，不事先调查就跑去问话的刑警是最差劲的。"

"对方可能已经再婚,组建了新的家庭,所以问话时要多加注意。如果因为刑警来问前妻的消息导致对方美满的夫妻关系破裂,这可不好。"

"我都说我知道了。你打算一辈子当我是新手吗?"松宫做出不耐烦的表情,把记事本放回口袋,站了起来。这次加贺没有拦他。

"好了,明天见。"松宫说道。

"回家没问题,但可别迟到。明天一早还要开会。你还没习惯一个人住吧?现在可没人会叫你起床。"

"我已经习惯了。再说了,侦查会议我迟到过吗?"如此回应后,松宫突然想起了一件事,"对了,恭哥,你认识一个姓芳原的人吗?"

"芳原?"加贺将手伸向桌上的资料。

"和案子没关系,是我的私事。"

"私事?"加贺抬起头,颇感惊讶。

松宫向加贺简要说明了那通电话的内容。加贺是克子的侄子,他也许知道些什么。

"芳原亚矢子……我没听说过这个名字。"

"她在金泽经营旅馆。"松宫掏出手机,给加贺看名片的照片。

"辰芳?没听说过。"加贺少有地露出困惑的表情,"要不要问一下姑姑?"

"我会问的。"

"知道了什么也告诉我一声,我很感兴趣。"

"我想应该不是什么大事。好了,明天见。"松宫轻轻扬起右手,走向出口。他坐上出租车,将位于明大前站附近的现住址告诉司机后，掏出了手机。

松宫和母亲克子曾居住在高圆寺的公寓，两年前搬出，现在分居两处。克子在千叶的馆山和几个伙伴合租了一栋旧民居，过着每天种菜的生活。

松宫拨通了母亲的电话，电话立刻就接通了。

"喂，你好。"对面传来了克子爽朗的声音。

"是我，现在方便吗？我有事想问你。"

"可以啊。什么事？"

"你认识一个姓芳原的人吗？全名叫芳原亚矢子。"

"芳原的汉字怎么写？"

"芳香剂的芳，原野的原。"

克子没有回应。松宫以为她没听清，连呼了两声"喂"。

"这个人怎么了？"克子问道，声音尖细了一些。

"她向之前的房地产公司打听我现在的住址，还留了张名片，说想和我联系。她自称是金泽一家旅馆的老板，似乎认识你，可我对这个人一点印象也没有，恭哥也说不知道。你认识这个人吗？"

电话那头陷入了沉默，克子仿佛在犹豫该如何回答。

"妈——"

"所以，"克子说，"你打算怎么办？"

"我不知道才来问你的。怎么了？这个人你认识？"

克子呼出一口气。"我想还是不要了。"

"不要什么？"

"不要联系她。这事你就别管了。"

"为什么？等一下，你认识她吧？这个姓芳原的人是谁？"

"我说不出口。"

"啊?"

"我不想说。"

"为什么?"

"我不想。你是刑警,这种事一查就能查出来了吧。"

"别乱说。我不可能利用系统去查私人的事情。"

"那就没办法了。"

"什么叫没办法……你告诉我她是谁。"

"我说不出口,也不想说。你不是打算联系她吗?那你早晚都会知道的。我再说一遍,我觉得还是别联系为好,听清楚了没有?我要挂电话了。"

"哎,稍——""等一下"几个字还没出口,电话就被挂断了。松宫注视着手机,眉头微皱。

到家后,松宫没有马上换衣服,只是脱了外套坐在餐椅上。他再次找出名片的照片,在手边的杂志一角记下了对方的手机号码。克子的反应令松宫介意起来,他打算现在就打电话。

他按下数字,但在触碰到通话键的前一刻停住了。一句话浮现在他的脑海中——不事先调查就跑去问话的刑警是最差劲的。

松宫从书架上拿来正在充电的平板电脑,放到桌上。他打算先看一看名片上那家旅馆的官方网站。

进入网站,屏幕上出现"辰芳"二字,字体与名片上的一样,下面是旅馆的外观图。深色木制建筑透出一种历史悠久的沧桑感,旅馆正面则是细木条组成的栅栏。各种房型、馆内装潢、附近的观光景点等图片一一在眼前滑过。仅此就能看出,这是一家相当高级的旅馆。

网站内容丰富，关于住宿和餐饮的说明诚恳而细致，可以进行线上预订。看到最高档次的服务套餐的价格时，松宫不由得睁大了双眼。

松宫最想知道经营者的信息，即老板的个人情况，但是网站并未提供注册资本、员工人数等公司概况。

"这就没办法了。"松宫说出了声。这是为了让自己接受现实：无法再查到更多的东西了。他再次拿起手机，输入号码，做了个深呼吸后摁下通话键。

呼叫音响了三声后，一个女声应道："喂？"

"请问是芳原亚矢子女士吗？"

"是的，请问您是……"

"我姓松宫。今天房地产公司的人联系了我。"

对面的女人"啊"了一声。"果然……看到未知来电，我就想应该是你。麻烦你特意打电话过来，真是不好意思。我这么做，肯定让你很困惑吧？但我真的没有其他办法了。"

"听说您有急事要找我商量。"

"是的，剩下的时间已经不多了。"

"请问是什么事？我完全没有头绪。"

"听到石川县金泽这个地名，你没想起什么吗？你母亲应该提到过一些事吧？"

"我问了我母亲，可她什么也不肯说。"

"这也难怪。也许对你母亲来说，我的行为完全是多此一举，但是我也有我的苦衷。"

"请问您要和我商量什么事?"

"我想找你商量的事……"芳原亚矢子欲言又止。这沉默并非故作姿态,感觉她真的很犹豫该如何开口。"与你父亲……不,是与一个可能是你父亲的人有关。"

4

侦查会议上，首先做报告的是现场侦查组。报告称，最近在案发现场附近没有可疑的人游荡，周边的监控摄像头也没有拍到举止怪异的人。侦查员认为，正如当初所推测的那样，变态或瘾君子作案的可能性很小。

在发现尸体的前一天傍晚六点，附近的居民看到弥生茶屋门上挂着"CLOSED"的牌子，窗帘也拉上了。此外，已有多人证明店内的灯亮了整夜。结合解剖结果，推测作案时间应为打烊后的下午五点半到晚上九点之间。被害人的胃里没有未消化的食物残渣，但由于无法得知她通常的晚饭时间，也无法进一步确认遇害时间。弥生茶屋没有后门，凶手应该是从玄关出入的，但目前还没有找到目击者。

听完报告，松宫再次绷紧了神经。熟人作案的可能性越来越大了。松宫等人所在的小组负责查明人际关系，换言之，能否破案将取决于他们的调查成果。

证据采集组报告了花冢弥生家的搜查结果。花冢弥生平常使用的钥匙就在她的手提包里,而手提包是在店内发现的。大门上着锁,两把备用钥匙都在厨房抽屉里。室内保持着被害人吃完早饭出门时的状态,因此凶手杀害花冢弥生后闯入她家的可能性非常小。

这些信息很有价值。如果花冢弥生家中有指向凶手的重大线索,凶手应该会设法回收物证。凶手没有这么做,合理的解释是花冢弥生家中不存在与凶手直接关联的证据,或至少凶手本人是这么想的。

花冢弥生三年前搬到了这套一室一厅的公寓,此前居住的公寓离车站更远,可见手头宽裕了不少。与之相对,她的生活方式简直可以用朴素务实来形容。衣服、首饰、化妆品,没有一件奢侈过头。遵循量入为出的原则,她的银行存款也一直在缓慢而稳定地增长。

调查的核心在于异性关系,但屋内未能发现男性出入的痕迹,附近的住户也没见到过。

松宫认为现在断定被害人没有与男性交往还为时过早。花冢弥生需要在自家开设烘焙教室,因此很可能在外面与恋人约会,不愿让学生们知道。

然而,手机内容的分析报告否定了松宫的猜想。与花冢弥生有过社交平台上的交流或互发邮件的对象中,没有一个像是恋人。对话记录中相约一起吃饭或见面的均为女性,而且没有特定对象。没有人反对花冢弥生单身这一结论。

手机内容分析尚未结束,今后会继续跟进。现阶段公布身份的相关人员中,包括花冢弥生的前夫绵贯哲彦。

松宫等人所做的报告中没有任何亮点。认识被害人的调查对象异口同声地说"不敢相信这么好的人会被杀",这等同于什么也没问出来。即便没有人当面指责，松宫也觉得脸上无光。

全体会议结束后，各个小组开始单独讨论。松宫所在小组的主要任务是继续昨天的工作，探访与被害人有一定关系的人。组内会议中下发了花冢弥生手机通讯录的清单，上面按五十音图的顺序列有"相川梢惠""爱光妇女诊所""秋田咖啡"等一百多个名词，根据这张表分配任务。松宫希望被分到有"绵贯哲彦"的那一组。

"向相关人员问话时，出示一下这份名单。"小组负责人加贺将另一份资料分发给众人，"这是手机里有记录但还没查清身份的人名清单，有些只有昵称。你们向相关人员确认这份名单上有没有他们认识的或看了名字能想起是谁的人，一旦查到什么，马上报告给我。"

松宫低头看着资料。纸上排着一长串名字，里面有"阿通""山哥"之类的，应该是邮件或短信里出现的昵称。

"还有，"加贺伸出食指，"被害人的钱包里有健身房和美容院的会员卡。我们不清楚被害人去那些地方的频率，但没准会有几个相熟的员工或会员。你们出个人去调查一下。"

松宫举起了手。"我们去吧。"

加贺点点头。"那就交给你们了。"他递出手中的纸，上面是按原尺寸彩印的两张会员卡。

"我想大家都知道，我们高度怀疑凶手是被害人认识的人，"加贺环视一众侦查员，"凶手可能就在你们接下来要见到的人当中。请牢记这一点，务必做到万无一失。"

"明白！"松宫和周围的人齐声回应。

散会后，松宫正要和长谷部一起出门，突然感到一只手从身后用力握住了他的肩膀。

"你打听到什么了吗？"加贺贴近松宫的耳边小声问，"关于金泽的旅馆，你应该给姑姑打过电话了吧？"

"我问了，可她什么也不肯告诉我，说她不想说。"

"姑姑还挺倔的。"加贺笑得肩头轻晃。

"有什么好笑的！结果我只好打电话给芳原女士了。"

加贺眼睛一亮。"然后呢？"

"你真想听？那可就说来话长了。"

加贺撇了撇嘴，点点头打算走开。"下次再听你的后续。我说你啊，工作的时候要专心！"

"就为了这事把我叫住……"松宫咂了咂嘴，小跑到长谷部身边，"久等了。"

"你和警部补说了些什么？"长谷部问。

"没什么，和查案无关。好了，我们先去哪里？"松宫指着名单问。

"都行，由你决定。"

"那好，我们先去这里。"松宫用手指点了点绵贯哲彦的名字。

"被害人的前夫？现在他在家吗？今天是星期六，一般公司倒应该会休息。"

"我确认一下。"松宫掏出手机拨打绵贯哲彦的电话。呼叫音响起，他干咳了几声。

电话接通了，对面传来男人的应答声。

"您好，请问是绵贯哲彦先生吗？"松宫努力装出一副轻快的口吻。

"对，我是。"

"我是送快递的，请问今天您在家吗？"

"今天吗？我傍晚会出一趟门。"

"那我现在可以送货上门吗？我应该能在一小时之内送到。"

"啊，当然可以。"

"好，我马上就去您那边。"松宫挂断电话，点了点头，"搞定。"

长谷部在旁边瞪大了眼睛。"还能这样？"

"有必要特地打招呼说刑警等会儿要上门吗？"松宫拍了拍年轻刑警的肩头，"我们走吧。"

两人离开警察局，拦了辆出租车。从碑文谷到丰洲乘电车比较便宜，但需要花两倍的时间。

"人会在什么情况下，联系十几年前离婚的前夫？"车刚开动，长谷部便问道。

"谁知道呢，我又没结过婚。"

"想复合？"

"怎么可能？"松宫说，"我觉得不是。"

"也对，毕竟都过去那么久了。"

"不光因为这个。无论情侣还是夫妻，分手后还恋恋不舍的通常是男方，而女人分手后没多久就会开始考虑下一步。你可以问问负责搜查花冢女士家的侦查员，那里还有没有那段婚姻留下的痕迹。我敢说连一张照片都不会有。"

"你这么一说，我的确经常听到前男友死死纠缠、惹是生非的案例，但很少听说前女友做这种事。"

"可不是嘛，女人调整起来快得很。"说到这里，松宫想起了母亲。克子也是个能迅速调整自己的人，曾干脆地说"已经分了手的男人，当他死了就行"。

他回想起与芳原亚矢子的对话，对方说"我想找你商量的事与你父亲……不，是与一个可能是你父亲的人有关"。听到这话的一瞬间，松宫感到头晕目眩，仿佛被一支从出乎意料的方向飞来的箭射中并贯穿。

松宫告诉对方，自己的父亲许多年前就去世了。芳原亚矢子重重地呼出一口气，问道："葬礼呢？有没有举行葬礼？"松宫回答说应该办过，但当时自己年纪太小，所以不记得了。

"那么，你去扫过墓吗？"

松宫哑口无言。松宫家没有墓地，但他从没把这两件事联系在一起过。

芳原亚矢子沉默良久，终于开口了："我所熟知的一个人说你是他的儿子，而这个人现在还活着。"

松宫愕然。在迄今为止的人生中，他从未想象过会发生这样的事。他表示愿闻其详。

"你这么想也是理所当然，我正是因此才联系你的。在电话里说不清楚，我希望能面谈。"芳原亚矢子说她住在金泽，但只要约定时间和地点，便可以配合松宫的安排。

松宫有侦查任务在身，表示晚上可以想办法抽出时间，但不能离开东京。对方答道："没问题，我来见你。"她希望尽早见面，便问能否定在明晚。松宫想不出推迟的理由，两人就此约定下来。

今晚，两人将在东京都内会面。芳原亚矢子决定地点，她说打算在东京住一晚，可能会约在酒店的休息室。

她到底想说什么呢？松宫觉得这不像是精心策划的恶作剧。从辰芳的官方网站来看，这是一家正规的旅馆。老板特地赶赴东京，一定有其特殊的理由。大概的确有一个自称松宫父亲的人吧。问题在于这件事的真伪。松宫本想向克子确认，但从昨晚的电话推测，母亲应该不会轻易告诉自己，还不如听听芳原亚矢子怎么说。

他们选择了高速公路，行驶约三十分钟后便抵达有乐町丰洲站附近。长谷部的手机显示，从这里走几分钟就能到达目的地。他们下了出租车，靠导航前进。松宫环顾四周，发现这附近人口增加迅速，大型商店颇为引人注目，超市内还有几家家庭餐馆。

两人很快抵达了目的地。这栋高层公寓比想象中要高，有四十多层。资料显示绵贯哲彦的住址在十八层。

明亮宽敞的大厅设有门禁系统，玻璃门紧挨着服务台，一个貌似物业管理员的中年男子坐在那里。

松宫走上前去，说了声"打扰了"，亮出警徽。对方瞬间露出紧张的神情。

"我们是警视厅的人，需要调查公寓内部，能否请您开门？"

"这个……请问是出于什么理由呢？"

"前些日子我们逮捕了一个闯空门的小偷，他来这栋公寓踩过点，详情不便透露。我们需要确认一下这是否属实。"

"什么？"男子往后一仰，"只是踩点吗？没有偷东西？"

"他本人说只踩过点。能否请您开门？"

"稍等。"男子拿起身边的电话，交谈几句后走出服务台开了门。"请进。"

"到底是你厉害，"长谷部低声说，"竟然可以脸不红心不跳地说出那种瞎话。"

"这没什么。一些资深刑警为了打听消息,能满不在乎地说出更夸张的谎话来。"

两人乘高速电梯来到十八层,在铺着地毯的走廊上寻找目标。加贺建议先去左邻右舍打听一下,没准能获得绵贯本人的信息,但那只限于住宅区。大型公寓楼里,恐怕知道邻居长相的人都很少。

两人在一八〇五号室前停下了脚步,大门旁边的金色门牌上刻有"绵贯"的罗马拼音。松宫摁响了门铃。

没有人应答,但松宫听到有人靠近大门的声音。咔嚓一声,门开了。

一名短发女子露出脸来。她看上去三十五六岁,但也许是因为个子矮小,显得比较年轻。女子略显吃惊,"啊"了一声。她一只手拿着印章,多半以为来人是送快递的。

松宫点头致意,说道:"休息日多有打扰,十分抱歉。请问绵贯哲彦先生在家吗?这是我的证件。"松宫从怀里掏出警察手册。

女子睁大眼睛,紧盯着证件上的警徽,朝屋里喊了一声"阿哲",声音似乎因紧张而变得尖细。"你出来一下!"

她身后的门开了,一名身穿灰色运动衫的高个男子晃晃悠悠地从里面走了出来。他四方脸,粗眉毛,头发剪得很短。"怎么了?"

"你是绵贯哲彦先生吧?"松宫身手敏捷,从空隙中挤进屋。

"是的……"绵贯将目光移向松宫手中的警察手册,表情骤然僵硬。

"我是警视厅的人,姓松宫,有些问题想请教。能否占用你一点时间?"

"什么事？"

"我会慢慢解释。方便的话，可以去外面说吗？"

"在这里不行吗？"

"方便的话，"松宫重复了一遍，低下头，"拜托了。"

绵贯困惑地挠了挠头。"好吧，那请稍等，我去换一下衣服。"

"对了，如果能给我一张名片，那就更好了。"松宫补充道。

绵贯露出惊讶的神情，走回了房间。

女子像是绵贯的妻子，一直别扭地站在原地，这时她用窥探似的目光望向松宫等人。"那个……是出什么事了吗？"

"嗯，有点事。"松宫敷衍地说。

女子视线飘忽。警察上门来找自己的丈夫，的确令人感到不安。

绵贯进去的房间门开着，松宫看到餐椅上搭着一件白色衣服。他问面前的女子："你是护理师吗？"

"嗯？"

"那里有一件白色衣服。"他指指屋内。

"哦，"女子恍然大悟似的点点头，"那是制服。不过我不是护理师，只是做护理相关的工作而已。"

"这样啊。"松宫再次面向女子。仔细一看，女子五官端正，稍微化化妆也许能算作美女。她的脚趾涂着指甲油。女子仿佛逃避松宫的视线般进入房间。房间内传来两人窃窃私语的声音，但松宫听不清内容。

松宫回头看向长谷部。"对面超市里有家餐馆。"他压低声音，"我带绵贯去那家店，你留在这里。我希望你能不动声色地从她嘴里打听出绵贯前天的行动，结束后就到店里来。我想你应该明白，不过还是提醒一句,不要提案子。"

"好的。"长谷部心领神会般用力点了点头,他明白松宫为什么要带绵贯去外面了。

绵贯从里屋出来,他穿了一件运动衫,外面套着夹克。女子穿着风衣跟了出来,大概是想一起去。

"这张可以吗?"绵贯递出名片。

松宫道谢后,收下了名片。上面印着一家著名制药公司的名字,职务是营销部长。

"几年前,我在新闻上见过贵公司,因研发抗癌新药而出名。原来你在这么厉害的公司工作啊。"松宫说道。

"多谢。"绵贯说着,却并未表露出喜悦之情。

"我们还有别的事想问你,请留步。"松宫将名片收进口袋,笑着对女子说。

"啊?可是……"她不知所措地看向绵贯。

"拜托了!"长谷部语调轻快,身体却抢先一步,不由分说地挡在了她的身前。

"好了,绵贯先生,我们走吧。"松宫打开门,走了出去。

"那我跟他去一下。"绵贯脸色阴郁地跟上松宫。

"这栋公寓很不错,你是什么时候搬来的?"进入电梯后,松宫问道。

"五年前吧。"

"买的吗?"

绵贯轻轻摆手,连声否认。"租的。之前的房子两个人住太挤,所以就匆匆忙忙地搬到这里来了。"

"这么说，你是那时再婚的？"

"不算再婚……是开始同居。我们没有登记。"

"为什么？"

"也没什么特别的原因……"绵贯苦笑着耸了一下肩，"硬要说的话，我是被上一次婚姻吓怕了。"

"这样啊。"松宫附和一声，结束了这个话题。没有必要在这里打听敏感的事。

出了公寓，松宫提议去超市里的家庭餐馆，绵贯似乎也有同样的想法。因为是星期六，进店后他们才发现有很多客人带着孩子。服务员问能否在吧台将就一下，松宫回答说没问题。于是两人在吧台前并排坐下，点了可续杯的咖啡。

"我们开始吧。"松宫面向绵贯，"关于花冢弥生女士……"

绵贯神情戒备。"她怎么了？"他的表情没有丝毫异常，反倒让人觉得，刑警突然来访并说出前妻的名字，如此戒备是理所当然。

"她去世了。"

"啊？"绵贯面色凝重，"什么时候？怎么会这样？"

"前天晚上的事。她开了一家咖啡馆，你知道吗？"

"我记得是在自由之丘。"

"昨天上午，有人发现她倒在店里，背后被刺了一刀。我们认为是他杀。"这些内容已在新闻里播报过，不过并未声张，绵贯不知道也不足为奇。

"弥生她……"低语至此，绵贯再也说不下去，眼眶逐渐红了。他的反应丝毫不像在表演，如果是，只能说他的演技太高超了。

"我们还没抓到凶手，现在正在调查。希望你能协助我们。"

绵贯连连眨眼，面颊微微颤动，随后微张双唇："当然，能做的我都会做。可是我们已经离婚很多年了，我也不知道能不能帮得上忙……"

"最近你们完全没有联系吗？"

"有十年左右没联系了。不过，"绵贯用指尖挠着额头，"大约一周前，她突然给我打了个电话。我很吃惊，因为真的太久没和她联系了。"

"她为什么来找你？"

"说是有话要和我说，问我能不能见个面。我问她关于什么，她说见了面再谈。"

"那你们见面了吗？"

"见了。上星期六，在银座的咖啡馆。"绵贯报出店名。那是一家位于银座三丁目的名店。

"你们聊了什么？"

"她先是问了我的近况，过得怎么样、有没有再婚什么的。"

"你是怎么回答的？"

"我照实说了。工作没变，和一个女人同居但没登记结婚。她说我找到了好女人，真不错。"

"然后呢？"

"然后……"绵贯像是在回忆什么往事，眼珠不停地转动。

"花冢女士没说她自己的情况吗？"

绵贯点了点头。"我问了一些。"

"比如呢？"

"'你在自由之丘开了家咖啡馆吗'之类的。她说一开始很辛苦，现在总算是比较顺利了。听她说话的时候,我很佩服她身上的活力。明明没有做生意的经验还去开店,如果是我可不敢,想都不敢想。她叫我务必去一次店里,所以我和她约好过几天就去……"说到这里,绵贯咬住嘴唇,也许是对无法赴约感到遗憾。

"其他还说了什么?"

"基本上就是这些。"

"真的吗?"松宫不禁感到困惑,"只为这么点事,她会特地约已经分手的前夫出来吗?"

"你这么说,我也没办法……"

"没提到男人吗?比如,有正在交往的人吗?"

"她没提这种事。"绵贯歪着头,像是在犹豫如何开口,"后来我们天南地北地闲聊一通,互相表示时隔多年又能说上话真是太好了,今后也要在各自的道路上继续奋斗,然后就互相道别了。"

"这样啊……"松宫凝视着记事本摊开的空白页。没有任何值得记录的内容,于是他追问道:"听你刚才说的这些,感觉你们的关系并不差。恕我失礼,是什么导致你们离婚的?"

绵贯皱着眉缓缓开口:"解释起来很难。简单来说,她已经感觉不到婚姻的好处了吧。弥生的学历很高,在职场小有成绩,可我只希望她好好持家。她听了我的话,趁着结婚就辞职了,却对家庭主妇的角色渐渐感到不满足。如果有小孩,情况可能会不一样,但我们没能拥有。我也觉得她和社会脱节不是什么好事,于是我们决定一起回到原点。"

松宫单身,但他可以理解绵贯娓娓道来的这番话:在这个国家,无论处于哪个时代,都有人支持将女性禁锢在家庭里。女性一旦失去机会，就很难重拾工作。

"也许弥生是想向我报告近况。"绵贯补充道，"她可能想告诉我，听说很多女人离婚后生活艰难，但她没有。她想向我证明，离婚是正确的决定。"

"为什么要挑在这个时候？"

"谁知道呢，因为某种契机突然想起来了吧。"

松宫在记事本上记录着，心中难以释然。他能理解绵贯所说的，但他的疑问并没得到解答：为什么要挑在这个时候？

"花冢女士每天都过得如此充实，为什么会被人杀害？关于这一点，你有什么线索？"他问绵贯。

绵贯摇了摇头。"完全没有。上周见面时，弥生看上去很快乐，我没听她说起任何负面消息。我倒想请你告诉我，她身上到底发生了什么？"绵贯言辞恳切，态度中感觉不到表演的成分。

松宫从内侧口袋取出折叠成小块的纸。这是加贺交给他的名单，花冢弥生的手机中有记录但还未判明身份的人都在其中。松宫展开纸给绵贯看，问是否有认识的人。

绵贯瞥了一眼，不假思索地摇了摇头。"这些人我完全不认识，我也不可能清楚弥生现在的人际关系。"

"好的，我也是为了保险起见。"

"稍等，我能再看一眼吗？"见松宫正要重新叠起名单，绵贯说道。

"当然。"松宫把纸递给他。

绵贯仔细打量名单后，说了声"不好意思"，把纸交还给松宫。

"怎么了？"

"没什么。"绵贯面露浅笑,"她还真是了不起,十多年里竟然建起这么一张我完全陌生的人际关系网。果然,她不是那种只会闷在家里的女人。"

松宫不知如何回应,默默地把名单收回口袋。这时,他看见长谷部进了餐馆,随后来到自己身旁坐下。他重新握住圆珠笔。"最后一个问题,能否告诉我你前天做了什么?在公司工作到几点?"

"前天?"绵贯声音低沉地说道,"就是弥生遇害的那一天吧。"

"这也许会令你不快,但我们需要向每个人确认。对不起。"

"没事,这是你们的工作。我想想,前天是星期四吧。那天我准时下班,后来参加公司聚餐。"根据绵贯的叙述,公司规定的下班时间是下午五点。聚餐地点是新桥的一家酒馆,他和同事常去。那天晚上九点多散场,绵贯到家时快到十点。从新桥到丰洲,时间上也算合理。

"好的,今天就到这里。以后可能还会有事找你,到时请多多关照。"

"已经问完了吗?"

"是的,非常感谢你的协助。"松宫从椅子上起身,递出名片,"如果想起什么也请联系我,这样会对我们有很大帮助。"

"好的。"绵贯接过名片,意味深长地打量着松宫。

"怎么了?"

"刚才的电话……说马上送货上门的那个,是你打的吧?"

松宫见已暴露,便痛痛快快地道了歉:"对不起,我们这边也有很多难处。"

"算了,没关系。不过我想告诉你,"绵贯紧盯着松宫的眼睛,"我没有杀弥生。我没有任何杀她的理由，对她只有感激之情。我们分手了，但那段婚姻非常幸福。"

松宫没有避开对方的视线，说道："我记下了。"

绵贯点点头，站起身来。"那我就告辞了。"

"非常感谢。"松宫低头致谢，旁边的长谷部也站了起来。

目送绵贯出店后，两人坐了下来。

"怎么样？"长谷部问。

松宫皱起眉头。"很遗憾，没问出什么重要的信息。"

听松宫转述完绵贯的话，长谷部也兴致缺缺。

"我还是很在意。"松宫说，"想向前夫报告自己生活不错、自食其力，这可以理解，但应该在店铺刚刚开张或生意步入正轨的时候报告。弥生茶屋的经营状况在好几年前就稳定下来了，她为什么现在才来报告？"

"会不会其实也没有特别的理由，只是不知怎么回事，一直拖到了现在？"

"你非要这么说，我也没法反驳。"松宫一口气喝完彻底冷掉的咖啡，"对了，从夫人那里打听出什么了吗？"

"那位夫人说她不是绵贯先生正式的妻子。"

"我听绵贯先生讲，他已经被婚姻吓怕了。"

"绵贯先生似乎是个温柔体贴的好丈夫，两人都在工作，他也帮着做些家务。"长谷部告诉松宫，这位事实上的夫人名叫中屋多由子，在一家养老院工作。她说自己的工作时间不规律，但绵贯能够包容这一点，她十分感激。

松宫瞬间明白过来。绵贯肯定从上一次婚姻中吸取了教训，学会了尊重伴侣的独立性，抑制了将对方束缚在家里的想法。"制药公司营销部的部长和护工……他们的年龄差距似乎很大，是在哪儿认识的？"

"是在夫人打工的时候认识的。"

"打工？难道是陪酒？"

"正确。"长谷部竖起食指，"在上野的一家夜总会。绵贯先生经常去那家店谈生意，一来二去就熟了。"

"你倒是打听得挺清楚。"

"我觉得突然打听前天的事不太好，就先聊了一堆家常。听夫人说，绵贯先生那天晚上十点之前就到家了。她早上就知道当天有场公司聚餐，丈夫会晚点回来。"

松宫点了点头。既然他们常去新桥的酒馆，应该很容易确认不在场证明。他拿着账单起身，暗暗告诉自己：调查才刚刚开始，线索是不可能这么轻易到手的。

5

健身房内灯光明亮,男女老少几十人身穿五颜六色的运动服,以同样的节奏锻炼着,这景象堪称壮观。不,仔细一瞧,"男女老少"这个词并不确切,应该说是貌似已退休的男人零零星星地混杂在一大群貌似主妇的女人中。工作日的傍晚,这也理所当然。

松宫透过玻璃窗望着健身房内,心不在焉地想,说起来,自己最近没做过任何像样的运动。

玻璃中,一个人影从背后靠近,松宫回过头。一个身穿教练服的男人向他点头致意。男人约三十岁,头发很短,皮肤黝黑,肌肉紧实,完全是运动员的体格。

"请问是河本先生吗?"松宫问道。

男人答了声"是"。

"百忙之中多有打扰,非常抱歉。我姓松宫。可以请教几个问题吗?"

"没问题。我们可以去按摩室谈吗?现在那里应该没人。"

"可以。真的很不好意思。"

河本带松宫进入按摩室,房间不大,中央放着一张床。两人总不能并排坐在上面,于是河本不知从哪里搬来了两把折叠椅。

"我直接进入正题了。请问你认识花冢女士吗?全名是花冢弥生。"松宫表明来意。

"认识。"河本神色紧张,好像对此早有预料。

"你是不是已经知道发生案子了?"

"我听说了。一个女同事告诉我的,她看了网上的报道,说这个人是我的客户。"

"哪篇报道?"

河本从运动裤的口袋里掏出手机,操作几下后递给松宫。"就是这个。"屏幕上显示的报道称,在自由之丘的咖啡馆发现一具女尸,疑为店主花冢弥生,后背中刀,警方视为他杀,正在进行调查。"同事说自由之丘离得不远,花冢这个姓又很少见,所以就想起来了。"

"原来是这样。我听前台说,花冢女士一个月前在这家健身房办理入会,并报名了一对一的私教课,教练是你。"

"没错。"

"她为什么选你?"

"没有特别的理由,上面安排的,当时我正好闲着。"

松宫点头的同时直视着对方的眼睛,河本仿佛对此感到十分困惑,眨了眨眼。松宫觉得这个人看上去可以信任。

"私教课具体指什么?"

"我们有很多选项,花冢女士选择的是'瘦身特别课程'。先设定目标体重和腰围,然后教练制订训练计划,做一对一的指导。不光是训练，我们还针对生活习惯和饮食习惯的改善方法提出建议。"河本像背诵课文一般流畅地进行说明，内容可能和宣传手册里写得一模一样。

"训练周期是……"

"基本上是两个月，花冢女士刚好完成了一半。几天前我们还测了体脂率和代谢量，发现训练有效果，所以她非常高兴……"

"在训练过程中你们说过话吗？"

"当然。"

"花冢女士有没有提过报名私教课的原因？"

"她说从镜子里看到自己的身体，觉得再这么下去不行。"河本的视线有些游移不定，"她还反省说毕竟是做服务行业的，应该注意一下形象。"

"会不会是因为有谁说过什么？比如她正在交往的男人。"

"她倒没提到这方面的话题，"河本的表情稍稍放松了下来，"不过，以她的年龄来看，她可是相当漂亮，有男朋友也不足为奇。"

松宫只在照片上见过花冢弥生。河本比花冢年轻许多，他能这么想，可见花冢弥生应该极富女性魅力。

"除了训练，你们还聊过什么话题？"

"各种各样。有氧和拉伸环节都很无聊，为了让学员觉得时间过得很快，我们会找许多话题，这也是我们的工作之一。"

"花冢女士有没有主动找过话题？"

"有过。花冢女士不太聊体育方面的话题，可能了解不多，但我们聊过电影和明星八卦。"

"有没有聊过私人情况？"

河本思索片刻，答道："她说过亲人不在身边，自己已独居多年，平时就是和店里的常客聊天。她还说过，配合顾客的口味构思新的甜品，令她非常快乐。"

看来他们聊的都是些悠闲的话题。松宫在记事本上做着记录，心里却渐渐焦躁起来，于是追问道："最近，她是否提过有奇怪的事发生？"

"奇怪的事？比如说？"

"什么都可以。店里来了讨厌的顾客、接到奇怪的电话等。"

"这我就不知道了。"河本表示无能为力，"我不记得她说过这样的话。店里的糗事倒是说过，但都是些让人会心一笑的小插曲。"

松宫忍住想叹息的冲动，因为到现在为止，没有收获任何有价值的回答。他又问："你们最后见面是在什么时候？"

"这个星期一的晚上，她来训练。"

"当时花冢女士的情况如何？有没有和平常不一样的地方？比如经常陷入沉思，或看上去很苦恼？"

"我没感觉到。当时她心情不错，出了一身汗，非常满意地离开了。"

松宫默默地点了点头，合上记事本。看来，从此人身上得不到什么有用的信息。"好的。百忙之中多有打扰，非常抱歉。感谢你的配合。"他站起身，低下了头。

松宫离开健身房，向最近的自由之丘站走去。他侧目眺望点缀着长椅的绿地，这时手机响了，液晶屏上显示着长谷部的名字。

"喂，我是松宫。"

"我是长谷部，美容院的人我问完了。"

"我这边也刚结束。就按原计划,在站前的咖啡馆会合吧。"

"好。我在附近,五分钟后应该就能到。"

"好的,待会儿见。"松宫挂断电话。现在已经过了下午六点。自上午离开特搜本部,时间过得飞快。

结束对绵贯哲彦的问话后,他和长谷部一起见了许多人,有烹饪研究家、网页设计师、杂志社编辑等,这些都是女性,与花冢弥生有业务上的往来。烹饪研究家偶尔会和花冢弥生就新甜品制作进行讨论,网页设计师承接弥生茶屋主页的制作,杂志社编辑只是来店里做过一次采访。她们和死者没有工作以外的交流,最近也不曾互相联系,不过所有人都对花冢弥生惨遭毒手一事难以置信。她们不像在说谎,当然,这些话也没有什么价值。

问话时间比想象中长了些,所以两人才决定分头调查健身房和美容院。他们本来也没抱多大期望。

松宫来到两人约定的咖啡馆,发现长谷部已经占好一张靠墙的桌子。他走上前去,长谷部立刻站起身。"我去买饮料,松宫前辈要喝什么?"

"咖啡吧。"松宫从钱包里取出一千日元的纸币,"我请你。"

"这怎么行!"

"不用客气。"松宫苦笑道,"这里的饮料都不到五百。"

长谷部道谢后去了吧台,不一会儿便端着托盘回来了。两人喝着咖啡,交流起各自的调查成果。

"开门见山吧,我没打听到什么有用的线索。"长谷部皱着眉打开记事本,"花冢女士入会后只去过两次,负责她的人几乎不了解她的情况,只回答过关于美容效果的问题。差不多就这些。"

"才两次？花冢女士是什么时候入会的？"

"一个月以前。"

"一个月……动机呢？"

"他们没问。负责人猜测她就是一时兴起，还说只要有钱又有闲，大多数女人都会来美容院。"

松宫放下咖啡杯，环抱双臂。

"怎么了？"长谷部问道。

松宫告诉他，花冢弥生几乎同时办理了健身房的入会手续。

"花冢女士的私教课以瘦身为目标，同时她开始定期美容。她对健身房的教练解释说，入会是因为不满意镜子里自己的身体，但真的仅此而已吗？"

"去专业机构瘦身和美容，"长谷部自言自语似的说道，"要说是出于什么动机，一般能想到的只可能是——"

"男人？但至今还没有出现类似的对象。"或许……是不可对人言说的那种关系？松宫觉得自己可能终于隐隐窥见了一道曙光。

回到警察局后，松宫像昨晚一样独自去了特搜本部，只见加贺正和一名姓坂上的刑警说话。坂上是松宫所在小组的成员，今天负责调查花冢弥生的旧友。

和加贺互道"辛苦了"之后，坂上转身要走，看到松宫时点头致意，随后离开了。

"怎么样？从前夫那儿打听到什么有趣的事了吗？"加贺问。

"收获不大，但有一点让我很在意。"

"刑警的直觉？不错嘛，说来听听。"加贺招手催松宫过去。

松宫告诉加贺，花冢弥生给绵贯打电话约他出来，只是聊了聊近况。"绵贯先生说她想炫耀自己经济独立,可为什么偏偏选在这个时候?如果只是在街上偶遇,说这些我还能理解,可她会为此特地叫前夫出来吗?"

加贺双眉紧皱。"确实可疑。也许她原本有其他目的,但说着说着又改变了主意。她的前夫说了些什么?"

"说了自己的近况、工作,还有和女人同居。"

"和女人同居啊……"加贺摸摸下巴上新长出的胡茬,"可不可以这么想:花冢女士听到此事后,打消了某个念头。"

松宫立刻会意。"你的意思是,花冢弥生女士以为前夫单身,想提议复合?这个我和长谷部也说过,但我觉得不太可能。如果她现在手头拮据倒可以理解,一个生活充实的女人会想找前夫复合吗?"

"你的疑问很合理,但切忌主观臆断。对男人来说,女人的心永远是一个谜。还有其他值得上会报告的线索吗?"

"我会将细节整理成一份报告。今天调查的那些与死者有业务往来的人没有提供什么有价值的线索。不过,我们在健身房和美容院了解到了一个耐人寻味的事实。"

松宫说,花冢女士都是一个月前入会的。听到这里,加贺的目光犀利起来。"花冢女士有了恋人,于是开始在意起外表?社交平台和邮件记录里可并没有出现关系暧昧的男性。"

"会不会是那种不道德的恋情?"

"不伦之恋?"加贺低语,"不是没可能。也许为了避免被对方的妻子察觉,他们采用特殊手段联络。"

"比如,备用手机?"

加贺用手指向松宫。"不失为一种方法。"

"若是如此，对方会是什么人，又是在哪儿认识被害人的呢？"

加贺露出若有所思的表情，从桌上拿起那份尚未查明身份的通讯人名单。"坂上说，花冢女士学生时代的一个老朋友经常去弥生茶屋。那个人认识这份名单里的几个常客，也说过几次话，其中只有一个是男性顾客。"

"男性顾客？真是少见啊。"

"就是这个人。"加贺指向名单上的某个人名——

汐见行伸。

6

芳原亚矢子指定的地点是新宿某酒店内的清吧。这是一家顶级酒店，不做商务用，经常用于举办婚礼，松宫第一次来。他从正面玄关进入，乘电梯来到二层的清吧。

离开特搜本部前，松宫将先前通话的内容告知了加贺。

"不会吧！"一向淡定的加贺看上去颇感意外，"我从没听说姑姑的丈夫还活着，只听说她结过两次婚，两任丈夫都去世了。"

这是自然，松宫想。自己这个儿子都不知道，加贺更不可能知道。没准去世的舅舅，即加贺的父亲从克子那里听到过什么，但他也不可能告诉加贺。加贺父子的关系很复杂，两个人平时都不说话。

"好好问清楚，别遗漏下什么。"加贺的声音从背后传来，那语调听起来仿佛松宫要外出调查一样。

松宫来到二层。清吧入口处有个小小的服务台，一名身穿黑色西装的男子站在那里。见到松宫后，他问道："您是一个人吗？"

"应该有人以芳原的名义预约过了。"

男子低头确认,随即露出微笑,向松宫点了点头。"请随我来。您的朋友已经到了。"

在男子的指引下,松宫边走边观察四周。店内被红砖墙围绕,十分宽敞,吧台也很大。褐色的皮革沙发整齐排列,颇为壮观。松宫大致环视了一下,约半数座席已坐了客人。一眼看过去,有欧美人,也有一些亚洲面孔。在座的客人大概多数来自海外。

松宫被引入最里侧的桌子,坐在沙发上的女人立刻起身。她穿着一身灰色套装,个子娇小得出乎意料。松宫本以为大旅馆的老板会是身材高大的类型。

"我来晚了,对不起。"松宫低头致歉。

"哪里,应该是我觉得过意不去才对,在你繁忙的时候还来打扰。我是芳原。"店员离开后,女人从包里取出一张名片,和之前邮件中的照片一模一样。

松宫也递上名片。芳原亚矢子接过后仔细观看,细长清秀的眼睛略微睁大了些。她抬头说道:"原来你是做这个工作的。"

松宫露出一丝微笑。"好了,我们坐下说吧。"

两人隔桌相对而坐,芳原亚矢子将细长的饮品单推到松宫面前。"你想喝些什么?是不是不能喝酒?"

"没关系,今天的工作已经结束了。那我就要啤酒吧。"

芳原亚矢子举手示意服务生,然后点了啤酒和新加坡司令。看来在等待的时候,她已经决定好了自己要喝的饮品。"做这份工作很辛苦吧。"芳原亚矢子再次打量着松宫的名片,感慨道。

"辛苦与否因人而异。如果我是女人,恐怕也不太能胜任旅馆老板一职。"

"辛苦归辛苦,我也非常快乐。"

"这就很让人羡慕了,我们的工作可没法快乐地去做。"

芳原亚矢子脸色一变,再次低头看起了名片。"这个搜查一科——"

"是负责杀人案的。"

芳原亚矢子表情严肃起来,点了点头,挺直后背。"恕我冒昧,这次的事,想必你很吃惊吧?"

松宫也调整坐姿,回视对方。"是的,我现在还难以置信。"

"但这是事实。那个人坦承你是他的儿子。"

"那个人是……"

"芳原真次,我的父亲。"芳原亚矢子语气坚定。

强有力的眼神,形状姣好的眉,细长挺拔的鼻梁——看着这张脸,松宫不合时宜地想,这就是所谓气质凛然的美女吧。"如果是真的,那你就是我的姐姐或妹妹了。"

"让你多有顾虑,我也心不安,我先声明,我已经四十多岁了。如果父亲说的是实话,那你是我的哥哥还是弟弟?"

"弟弟。"

芳原亚矢子紧绷的嘴角松弛下来。"我想也是。"

服务生来到近旁送上饮品,松宫立刻将手伸向啤酒杯。喝下一口后,他才意识到因过于紧张,自己的喉咙干得厉害。"我想问的事太多了。首先,你的父亲为什么现在才坦白?姑且不论内容真假,他本人是怎么解释的?这一点我很在意。"

"你的疑问合情合理。"芳原亚矢子把盛有新加坡司令的细长玻璃杯放回桌上,"我想是他本人觉得要坦白只能趁现在。当然这只是我的猜测。"

"猜测？你没向你父亲确认过吗？"

"没有。其实他还不知道我已经知道了。"

松宫皱起眉头，表示难以理解。"怎么回事？"

"父亲是在遗嘱中坦白的。"

"遗嘱？"

"对。父亲是癌症晚期，已经时日无多，因此他起草遗嘱并写下这段自白。"芳原亚矢子从身边的包里取出一张折叠起来的纸，放到桌上。

"我能不能拜读一下？"

"请。我带来就是为了给你看的。"

松宫拿起纸摊开。这是遗嘱部分内容的复印件。只看了开头，他就为之一震。

> 下述此人为遗嘱人芳原真次和松宫克子之子，遗嘱人对此予以承认。

其后写着"姓名 松宫脩平"，住址是他们此前在高圆寺租住的公寓，户籍所在地也照此书写。自己的出生日期正确无误，户主是松宫克子。

"这份文件由公证处协助起草，遗嘱人在世时也允许开封阅读。起草遗嘱时的见证人建议我先确认一下，结果我看到了这一页。"

松宫长出了一口气。"你说的这些情况我了解了，但事情经过我完全不清楚。这件事实在令我出乎意料。"

"你母亲什么都没说过吗？"

"没有。我在电话里也说了，我知道的是父亲已经去世。之后我与母亲在群马县的高崎生活，后来搬回了东京。"

芳原亚矢子表情凝重地点了点头，拿起玻璃杯，抿了一口鸡尾酒，然后开口说道："其实我并不确定这样来见你是否正确。本来在父亲去世之前，遗嘱不应开封，他本人应该也是这个意思。我的行为恐怕违背了他的意志。即便如此，我还是想联系你，因为我想了解事情的来龙去脉，你可能知道些什么。另外，我只是单纯地想来见你一面。我是独生女，一直很羡慕有兄弟姐妹的朋友。你有兄弟姐妹吗？"

"没有。"

"是吗？"她微微一笑，那表情似乎在问：知道有我这么一个姐姐后，你是怎么想的？然而松宫一声不吭，因为他自己也不知道答案。芳原亚矢子接着说："这两点恐怕不足以说明我来见你的动机，毕竟等父亲过世后我们仍有机会相认。我这次来，主要是想趁父亲在世，让你们见上一面。"

松宫的心脏在胸腔内剧烈地跳动起来，他感觉浑身燥热，不知道说些什么才好。回过神时，他发现自己正紧捏着遗嘱的复印件。

"我是不是说了什么奇怪的话？"芳原亚矢子似有顾虑地问道。

"不是。"松宫摇了摇头，"不是奇怪，只是我心里没有这个概念。"他把复印件放回芳原亚矢子面前，"父亲这个概念与我无缘，我的人生里不存在这样一个人。现在你说要我和这样一个人见面，我只会感到不真实。"

"我能理解。"芳原亚矢子仔细地叠好复印件，收进包里，"看完遗嘱后，我想起一件事。在我小时候，父亲并不在家里。"

"什么意思？"

"我父亲是上门女婿，母亲是旅馆既定的继承人，父亲为了有朝一日能够成为厨师长而去东京进修，这是我所听到的说法。在我六岁的时候，母亲因车祸受了重伤。为此，父亲提前离开东京，早于原计划成了厨师长。我从不曾怀疑这个说法，直到在遗嘱上看到你的名字。"

"你怀疑他离开家是出于别的原因？"

"嗯。"芳原亚矢子颔首，她脖颈处的线条纤细动人，"或许不是进修，而是和别的女人在一起生活，两人还有孩子。"

松宫抓起玻璃杯，一口气灌下半杯啤酒，用手背抹了抹嘴。"我听到的版本是，我父亲是个手艺高超的厨师，在别处另有合法妻子。父母约定只要父亲和正妻离婚，两人就结婚，父亲也会承认有我这么个儿子。不料父亲还没来得及离婚，他供职的日本料理店便发生火灾，他没能幸免于难。"

"你调查过那场火灾吗？"

"没有，我完全没有理由怀疑这是谎话。"

"这倒也是。"芳原亚矢子小声说道，"如果是这样，你的母亲为什么要说谎呢？"

"她只是不想说出真相，不愿让儿子知道实情吧。毕竟这并不是什么值得骄傲地到处宣扬的事，反正我是这样认为的。"

芳原亚矢子略显尴尬地低下头，随后抬起头直视松宫。"我不知道你怎么想，但父亲应该一直很想见你，只是因难以实现而放弃。他把这件事写进遗嘱，应该是希望至少能承认你的存在吧。这是父亲独有的道歉方式。"

"道歉……所以你认为,你父亲在别处组建家庭,却最终抛弃他们,回归到了原来的家庭?"

"我不愿做此设想,但你不觉得这是最合理的推测吗?"

松宫做了个深呼吸,注视着这个可能是自己同父异母姐姐的女人。"你是怎么想的?得知父亲曾和另一个女人生活,连孩子都生了,你不会感到不愉快吗?"

芳原亚矢子闻言,露出了笑容。"我不知道父母分居的理由,也无意责备父亲,只记得从我小时候起,父亲一直悉心照料因事故而瘫痪的母亲。我打心底感谢他,也很尊敬他。得知他有其他孩子,我很吃惊,但并没有感到不愉快。刚才我不是说了吗?我没有兄弟姐妹,所以想见你一面。说实话,好奇的成分占得更多。这么说吧,"她抿了下嘴,以严肃的眼神凝视松宫,"我倒是很好奇你的心情。你在单亲家庭长大,母子相依为命,想必吃了不少苦。事到如今,当得知抛弃了自己的父亲还活着,你不会感到愤怒吗?"

"愤怒……"松宫吐出这个词,略微偏过头,"不,我没有这么具体的感受,只是很困惑。你所说的毕竟只是个人推论,不向本人核实的话,谁又能断言发生过什么呢?到那时再发表感想也不迟。"

"那么,你是否愿意见父亲,这件事也先……"

"先搁置一下,等我从母亲那里打探出实情再说。"

"明白。"芳原亚矢子点了点头,"我要是能问问父亲就好了。"

"你不打算去问他吗?"

芳原亚矢子缓缓眨了一下眼,摇了摇头。"我担心会给父亲带来精神上的负担。这是他原本打算带进棺材的秘密,如果问起来,恐怕会给他造成很大的压力。"

"这样啊。"

"你母亲那边的说法,我也非常想知道。"

"如果我打探出了什么,会联系你的。至于她会不会爽快地说出实情,我就不知道了。她甚至反对我和你见面。"

"她也不知道该如何开口吧。"

"我知道母亲曾度过一段颇为曲折的人生,但或许我还不曾真正了解过她。"

"我也有同感,直到现在才看到父亲不为人所知的一面。"说着,芳原亚矢子的视线停留在虚空中的某一点上。

松宫在桌上十指交握。"你父亲是一个怎样的人?你刚才说很尊敬他。"

"用一句话总结,他只知道做菜,对其他事物不感兴趣,平时笨手笨脚的。他是那种手艺人的个性,为人真诚,非常重视家庭。"

松宫忍住做出轻蔑表情的冲动,但嘴角还是显得有些不自然。

芳原亚矢子仿佛意识到个中含义,轻声道歉:"你可能想说,这么真诚的人怎么会抛弃你们母子回归家庭,对吧?"

"应该说,一开始他就不可能离开家,和别的女人一起生活。"

芳原亚矢子点头道:"你说得没错,这对我来说是一个巨大的谜团。"她端起玻璃杯,轻轻叹气后,微微扬起下巴,"我听律师说,孩子成人后可以自行决定是否申报亲子关系。如果你不愿意,当然可以拒绝。"

"是吗?"理应如此,松宫想。要是本人无权选择,那就太不合理了。

"还有一件事,我必须事先说明。"芳原亚矢子竖起食指,"一旦接受认证,你就会正式成为我父亲的儿子,同时享有遗产继承权。你不必受限于遗嘱中关于继承条目的记述,只要继承属于你的遗产份额就好。"

松宫伸出右手制止。"现在先不谈这些,以后再说吧。也许没有这个必要。"

"好,我知道了。"

松宫看看手表,喝完了余下的啤酒。他刚要伸手去拿账单,动作迅速的芳原亚矢子已抢先一步。

"我等你的电话。"她对松宫说。

"多谢款待。"松宫说着,站起身来。

7

昏暗中，铃声响起。

汐见行伸立刻意识到并非周围昏暗，而是自己正闭着眼睛。睁开眼，白色的天花板映入视野。顶灯没开，但室内颇为明亮，因为窗帘拉开了。

他缓缓撑起上身，发现自己正躺在客厅的沙发上，地上放着一台吸尘器。他想起来了，清扫屋内时有些犯困，所以就近躺了下来。

餐桌上传来手机铃声。星期日的白天，谁会打电话来呢？他思索片刻仍毫无头绪，于是起身，缓缓地走近餐桌，铃声却戛然而止。来电记录显示是一个"090"开头的陌生号码。行伸侧头不解，将手机放回桌上。他正想继续清扫，铃声又响了。这次他迅速拿起手机，号码和刚才的一样。

"喂？"行伸接通电话。

"您好，是汐见行伸先生吗？"一个男声问。

"是的。你是……"

85

"我想现在送货到您府上,请问您在家吗?"

"我在家。"

"好的,我三十分钟内就到,请多多关照。"

"好的。"行伸挂断电话,打开了吸尘器的开关。墙上的壁钟显示已过下午三点。原来自己睡了近一个小时!那还是先洗衣服吧,行伸想。他来到盥洗室,打开滚筒式洗衣机的门,发现里面还有衣服,应该是昨天萌奈用过之后一直没收。见里面混着几件内衣,行伸只能又关上门。要是萌奈知道自己随意翻动她的衣服,肯定又得发脾气。看来只能等女儿回来再说了。

他回到客厅继续清扫,过了一会儿,门铃响了——不是公寓门禁系统对讲机的铃声,而是自家的门铃。他快步走到玄关,打开门。原以为门口会站着穿制服的快递员,不料竟是一名西装革履的年轻男子,在他身后还有一个人。

"请问是汐见行伸先生吗?"男子问道。

"是的。"行伸应答之际,瞬间便察觉到对方是警察。他们这次来多半与花冢弥生有关。

"休息日还来打扰,非常抱歉。我们是警视厅的人。能否占用你一点时间?"说着,男子从口袋里掏出附有警徽的身份证件。

"啊……可以。请进。"

两名刑警说着"打扰了",进了房间。

行伸想起了刚才的电话。说是准备送货上门,可又不说是哪家快递公司,原来那是刑警确认他是否在家的手段。行伸心想这恐怕不是站着说两句就能了结的事,便引他们进了客厅。他请两人在他刚才小睡的沙发上落座,自己则坐到另一侧的椅子上。

年纪稍大的刑警自称是警视厅搜查一科的松宫,另一名刑警姓长谷部。

"请问你认识花冢弥生女士吗?"松宫问道。

预料中的名字出现了。除此之外,行伸想不出刑警来访的其他理由。"认识。她是弥生茶屋的店主。"

"她去世了,你知道吗?"松宫目光中带有审视的意味,仿佛要将对方的反应完全收入眼底。

行伸咽了口唾沫,答道:"我在新闻里看到了。"

"电视新闻?"

"是的。"

"什么时候?"

"应该是前天晚上。"

"几点?哪个频道?"

为什么要问得这么详细?松宫连珠炮式的提问令行伸感到困惑不已。"七点的 NHK 新闻,我每天吃饭的时候会看。"他答道。

"当时家人在场吗?"

"我一个人。"

"你的家人呢?"

"我有一个女儿。"

松宫环顾室内,将视线移回行伸的身上。"还有其他家人吗?"

行伸停顿片刻后开口:"没有了。我和女儿两个人生活。"

"你女儿多大了?"

"十四岁。"

"十四……"松宫自言自语道。他再次观察四周,似乎并不认同这个说法。

"怎么了?"行伸问。

"看起来不太像。"

"什么意思?"

"这个房间看起来不像是父亲和十四岁女儿一起生活的样子。那是化妆盒吧?"松宫指着客厅橱柜上的黄色透明塑料盒,"玄关的伞架里还有遮阳伞。难道说最近的初中女生和成年人一样化妆、撑遮阳伞吗?"

行伸点点头,表示十分佩服刑警的观察力。"这些都是我妻子的物品,确切地说,曾经是。"

"什么意思?"

"她去世了,在两年前。"提起这件事时,行伸总是尽可能轻描淡写般带过。

两名刑警同时露出惊讶的表情。

"是病故吗?"松宫声音低沉。

"白血病。"

松宫挺直后背,低头道:"请允许我表示深切的哀悼。"旁边的长谷部也低下了头。

"非常感谢。"行伸回礼。

"你女儿不在家?"

"她去参加社团活动了,是网球部吧,不过差不多该回来了。"行伸抬头看了一眼壁钟,快到四点了。

他不太清楚刑警的意图。一开始就报上了花冢弥生的名字,却迟迟不肯进入正题。姓长谷部的刑警一直在记事本上做记录,可刚才这些问题有什么意义呢？

"汐见先生，现在你还在工作吗？"松宫问。他似乎已经知道行伸今年六十二岁。

"是的。今后还有各种各样需要花钱的地方。"

"你是正式员工吗？"

"是的……请稍等。"行伸起身，从橱柜的抽屉里取出两张名片，递给两名刑警，"我在这家公司上班。"

松宫低头看着名片。"池袋营业所……你具体做什么工作？"

"简单来说，我负责检查老旧建筑。"

"因此，你并不是一直待在营业所内，对吗？"

"通常是早上到营业所，然后马上开车出去。"

"常去哪里？"

"这可不一定，东京二十三区内，我哪儿都去。"

松宫微微点了点头，默默地把名片放到桌上。这貌似不经意的动作，在行伸看来像是在暗示开场白到此为止。

"听说你经常去弥生茶屋？"果然，松宫切入正题了。

"是的，但我不清楚频率多高算是'经常'。"

"有常客说经常看到你，碰到了就会寒暄几句。"

"是的。"行伸能猜到松宫所说的常客是谁，应该是花冢弥生学生时代的老朋友，另外几个熟面孔中没几个人知道行伸的名字。

"那位常客告诉我们，大约从半年前开始，经常在店里看到你。没错吧？"

"差不多。"

"你去那家店的契机是什么？"

"没什么特别的理由。当时我在附近工作，完工后随意地走进了那家店。硬要说的话，那家店的外观不错。"

"你进店后还是觉得不错？"

"是的。"行伸答道，"氛围闲适，蛋糕也很好吃。"

"你喜欢吃蛋糕？"

"别看我这样，其实我是个甜食派，不太能喝酒。"

这时，玄关处传来一阵响动，看来是萌奈回来了。行伸转头看向门口，不一会儿门开了，只见萌奈畏畏缩缩地探出一张小脸。玄关处摆着两双陌生的皮鞋，所以她应该知道家里有访客。

行伸说了一句"你回来啦"，随后松宫轻快地寒暄："打扰了。"

萌奈一言不发，轻轻点头致意，有些不知所措。

"这两位是警察。"行伸说，"爸爸的一个熟人好像卷进了一个案子。"

萌奈的表情没有变化，像是不知道该做出什么反应。她嘴唇微张，但行伸听不见她说什么。她快步穿过客厅，跑进房间，粗暴地关上了门，传来砰的一声。

"对不起。"行伸向两名刑警致歉，"连个招呼也不好好打。"

"从学校回来看到家里有陌生男人，而且还是两个，这个年龄的女孩子觉得害怕也是理所当然的。"松宫笑着说道，"我们可以继续了吗？"

"请继续吧。"

"那位常客告诉我们，你不仅常去那家店，还和花冢女士走得很近。"

现在该采取什么样的态度？行伸飞速思考着。他舔了舔嘴唇，字斟句酌地说道："我总是一个人，基本都坐在吧台，弥生女士会很体贴地和我闲聊。旁人看到，觉得我们两个很熟也不奇怪。"

"听你直呼她的名字'弥生'，我也会这样认为。"

"别的客人也是这么称呼的，我只是随大溜，不过我算是和她比较亲近的熟客。"一味否定就不自然了。

接着，松宫询问了行伸如何在弥生茶屋消磨时间、与其他客人的关系怎样等问题，其中一些与案子并无直接联系，但想必刑警自有用意。

"你说前天晚上看了新闻才知道这次的案子，"松宫突然旧话重提，回到最初的问题，"当时你是怎么想的？"

"怎么想的……我自然是吃了一惊，心想这怎么可能，是不是哪里弄错了。可是，电视上出现的又确实是弥生茶屋……"

"后来你和别人提起过这个案子吗？"

"没有，我身边没有可以讨论弥生茶屋这件事的人。"

"那么，"松宫稍稍探出身子，"汐见先生，你是怎么想的？"

"想什么？"

"关于这个案子，如果你有什么线索，可以告诉我们吗？"

"不，我……"

松宫不等对方说出"没什么线索"，把脸凑得更近了。"可能是我想多了，是我的心理作用吧……你不用有类似的顾虑。我们的工作就是核实不确定的信息，所以即便是随意的猜测、不负责任的传闻也无妨。从这些信息里经常可以找到破案线索，因此还请你多多协助。"

锐利的目光、笃定的语气、果断的措辞——此人看着年轻，却有一股气势，在旁人眼里已经算是个经验丰富的老手了。

"即使你这么说……"行伸声音嘶哑，干咳一声后再次开口，"我确实没有线索。我觉得不会有人憎恨弥生女士，但她的私生活我并不清楚，如果她和人意外结仇，我也不可能知道。"

"异性关系呢？"松宫身体更为前倾，从下方打量行伸的脸，"她有没有男朋友？"

"我认为没有。"行伸摇了摇头。

"说得很斩钉截铁啊。你有什么依据吗？"松宫挺直了上身。

"倒也没有，只是感觉……我从来没听她提起过。"行伸感到有些燥热，不由担心自己的脸是不是红了。

"花冢女士从一个月前开始去健身房锻炼，这事你知道吗？"

"健身房？我不知道。"

"她在上正规的私教课，同时还在美容院办理了会员卡，这个你知道吗？"

行伸只是摇头。"我今天第一次听说。"

"你怎么想？一个女人下决心这样做，我认为事出有因。对此，你有什么线索吗？"

"这……"行伸偏过头，望着斜上方，"我不知道，没听她提起过。"他确实是第一次听说健身房和美容院的事。

"那么，请允许我走个形式，再问最后一个问题。上个星期四，你和往常一样上班去了吗？"

"星期四？嗯，应该是。"

"那天下午，你在哪里工作？如果能记起具体时间就更好了。"显然，刑警在询问不在场证明。

"请稍等。"行伸说完,从桌子上拿起手机,打开日程管理应用进行确认,"星期四我去品川的公寓楼检查漏水情况,从下午两点开始,结束时应该是四点半左右。"

"和谁一起?"

"检查时,公寓施工队的人一直和我在一起。"

"如果能告知对方的名字和联系方式,会给我们带来很大帮助。"

"可以。"行伸操作了几下手机,说出施工者的名字和电话。

"你说四点半结束作业,那之后呢?"

"做完善后工作,我一个人回了营业所,应该是在六点左右。"

"然后就直接回家了?"

"不,是吃完饭后回家的。"

"吃饭?在哪儿吃的?"

"这附近的定食屋。基本上我都在那里吃过晚饭后再回家。"

松宫一脸不解,歪着头问:"你女儿也在那家店吃饭吗?"

"我女儿她……另有安排。"

"另有安排指什么?"

"她会想办法自己解决晚饭。她已经是初中生了,会做些简单的饭菜。"行伸的嘴角不受控制地下垂。他想伪装成满不在乎的样子,但表情还是有些僵硬。

"刚才你说边吃饭边看电视,就是在那家店里吗?"

"是的。对不起,我刚才没说清楚。"

松宫询问了定食屋的店名和地址,可能是想过后去调查。他继续问道:"你吃完饭后几点回的家?"

"七点多吧。"

"之后一直待在家里?"

"是的。"

"有没有给谁打过电话?"

"我看看,"行伸查看手机上的通话记录,"没有。"

"好的,非常感谢。接下来……"松宫指了指隔壁房间的门,"我们还想问你女儿几个问题。"

"我女儿不知道弥生茶屋。"

"只是走个形式,拜托了。"松宫低下了头。

行伸起身,走到隔壁房间的门前,敲了敲门。

"怎么了?"萌奈的声音听起来不太高兴。

"开一下门。"

一阵动静后,房门开了一条窄缝。萌奈从缝隙中露出脸来,但没有看父亲一眼。

"刑警说想问你一些事。"

萌奈眼角微颤。"啊?问我?"

"不是什么要紧事。"松宫用和蔼的口吻说,"马上就问完。"

萌奈从房间出来,脚步有些迟疑。

"不好意思,汐见先生能否暂时回避一下?"松宫面露笑容,对行伸说道,"父亲在场,有时孩子可能很难开口。"

"好吧,我就在玄关旁边的房间待着,问完请告诉我一声。"

"好的,非常感谢。"

待萌奈在刑警对面坐下后,行伸离开了客厅。他听到松宫从姓名开始问起。接着他走进了玄关旁的房间,坐在床沿侧耳倾听,然而刑警的声音细不可闻。

他们到底想问萌奈什么？

从萌奈那里应该问不出任何东西，行伸这样想着，仍无法镇静下来，不知不觉中开始抖腿。

不久，他听到了脚步声。

"汐见先生。"

行伸从床沿站起来，打开房门。刑警们已经穿好了鞋。

"休息日前来打扰，非常抱歉。我们这就告辞了。"松宫递出一张名片，上面印有手机号码，"如果想起什么，可否给我打个电话？多细的细节都可以。"

"好的。"

刑警们说了声"打扰了"，便离开了。

行伸转过身，大步走向客厅。萌奈刚好从厨房出来，手里拿着一瓶麦茶。

"刑警问你什么了？"他问萌奈。

"很多啊。"萌奈语气冷淡，依旧不看父亲。

"你这么说谁听得懂，说详细点。"

萌奈重重叹了口气。"问我上星期四都发生了什么。"

"他们怎么问的？"

"问我记不记得你几点回家的。"

"你怎么说？"

"我说不知道，因为那天晚上我一直待在自己的房间里。"

"爸爸几点回家，听声音你也该知道吧？"

"我哪知道，我又不关心。"萌奈扭过小脸，嘟起了嘴。

这回轮到行伸叹气了。"其他呢？还问了什么？"

"他们说了一家店的店名，问我知不知道。我不知道，就老实说了不知道。"

"还有呢？"

萌奈一声不吭。

"怎么了？还问了你其他问题，对不对？快说。"

"关于你的……"

"问了什么？"

"问我这半年来你有没有哪里不对劲，是不是经常焦虑或烦恼，或者突然变得开朗之类的。"

"你怎么回答的？"

"我说因为不怎么见面，所以不知道。"

"这……"

"反正就这些。问够了没有啊，我还有一堆事情要做。"说着，萌奈快步跑进自己的房间，砰的一声甩上了门。

行伸呆呆地站在原地许久，才再次回到玄关旁的房间。和刚才一样在床沿坐下后，他突然想起了一件事，起身打开旁边的壁橱。壁橱最下面的一格里有个纸箱，里面杂乱地堆放着相框和相册。行伸拿起其中一个相框。

照片里的行伸比现在年轻得多，精神饱满的怜子和两个孩子面带笑容。这是带绘麻和尚人去东京迪士尼乐园时拍的照片，一转眼已经过去十五年多了。

行伸的情绪很微妙。这张照片所记录的四口之家如今荡然无存，取而代之的是只有父亲与女儿的二人家庭。陷入绝望深渊的夫妇，原本会因这个女儿而重获新生。

萌奈的确曾是他们的希望之光。怜子平安生产后,夫妇二人的喜悦之情难以言表。他们拥抱在一起,发誓一定要让这个孩子幸福。

第一次参拜神社,第一次庆祝生日,第一次参加女儿节和七五三……他们为女儿隆重操办每一个节日,比绘麻和尚人在世时更加用心。教育方面,他们也不计回报。他们严加防范疾病和意外,因为担心染病而极力避开人多的地方,不带她去任何可能发生危险的场所。绘麻和尚人小的时候,怜子常一前一后载着两个孩子骑自行车,后来他们根本不让萌奈坐自行车。他们处处小心,一秒都不让萌奈离开他们的视线,必须至少有一个人完全掌握萌奈的行踪。

萌奈上幼儿园时,怜子每天接送;她升入小学后,夫妇二人每天都坐立不安。萌奈放学三十分钟后,行伸一定会给怜子打个电话。

"萌奈怎么样?""已经到家了。"类似这样简短的对话就能给他带来巨大的安心感。

一有机会,他们就给萌奈讲绘麻和尚人的故事:你有一个姐姐和一个哥哥,但有一次因为大地震房子塌了,他们被压在下面,死掉了。爸爸和妈妈非常伤心,决定再生一个孩子,所以就有了你。爸爸和妈妈把你当宝贝,总是担心个没完。你千万别做危险的事,一定要注意身体。拜托啦,我们一言为定。

萌奈不负父母的殷切期待,茁壮成长。她患过流感,受过一点小伤,但从未严重到需要送到医院治疗。

这孩子不仅身体健康,对父母也言听计从,举止合乎规矩,学习积极主动。

夫妇二人的日常话题离不开萌奈。两人曾为孩子要不要去上游泳课吵过架。行伸担心有溺水的危险,怜子则主张正因如此才应该上课，说今后生活中免不了要游泳，不如让女儿尽早掌握这项技能。最终，行伸妥协了，不过萌奈第一次下水那天，行伸还特地请假去看她。

当然，内心的伤痛并未痊愈。每一次切实地感受到萌奈的成长，他们也愈发思念死去的两个孩子。如果绘麻还活着，应该上高中了吧；尚人在初中会参加哪个社团呢……行伸放任自己去想象，然后陷入情绪的低谷。现在想什么都只是徒劳，但如果自己当时陪他们一起回老家会怎样呢？行伸自然不会将这些想法说出口。

毋庸置疑的是，托萌奈的福，这个家重新充满了欢声笑语。夫妇二人确信自己正在向前看。行伸决定不再回首过去，只想三个人手牵着手，踏实地走向未来。

然而，天有不测风云。

三年前，怜子在购物时倒地不起，被救护车送进医院。慌忙赶到的行伸从医生那里听到了令他震惊的消息——怜子患了白血病，且必须立刻着手治疗。

行伸眼前一片漆黑。他好不容易从失去两个孩子的悲痛中振作，现在老天又要夺去爱妻的性命！

然而，怜子并未就此消沉。"我知道了。"她对医生说，"我想另找专家接受二次诊断，能否请您介绍？"她的语气坚定，感受不到半点慌乱，实在令行伸惊讶。

主治医生说时间紧迫，随后推荐了另一家医院并开出介绍信。他们得到相同的诊断结果和治疗方案，最终决定回到第一家医院接受治疗。

汐见家的生活发生了翻天覆地的变化。行伸已然临近退休年龄，但今后需要更多的钱来支付治疗费用，因此不能不工作。此外，他必须承担家务。在工作与家务之余，他还得为寻找下一份工作而四处奔波。

工作日的晚上和周末，行伸会带萌奈一起去探望怜子。怜子永远面带笑容，她最大的乐趣便是听萌奈讲学校的生活。怜子日渐消瘦，头发因化疗掉光了，但她望向女儿的眼神始终熠熠发光，从未改变。

"给你添麻烦了，对不起啊。"怜子经常向行伸道歉。

"没关系。你不用担心我，只管好好养病。我退休后的工作有眉目了，所以钱的问题你也不用操心。"

"谢谢。"怜子的声音微弱却坚定，"我不会输的。我想活下去，活得长长久久，看萌奈长大成人，抱上萌奈的宝宝……为了这个梦想，再大的痛苦我也能忍受。"

行伸紧紧握住妻子的手。"加油"这种话未免太过廉价，他只是注视着怜子的眼睛，点了点头。

"总之，"怜子说着，将视线投向萌奈，"我得先看到萌奈穿上水手服。这是第一个目标。"

"嗯。"行伸应道。显然，怜子想起了没上初中就不幸离开人世的绘麻。

遗憾的是，老天留给怜子的时间甚至不够达成这第一个目标。在一月的一个暖意洋洋的午后，行伸和萌奈目送怜子结束了她短暂的一生，那一年她五十二岁。

这一天起，行伸和萌奈开始了二人生活。除了完成父亲应尽的职责，行伸必须同时承担母亲的角色。他总是下意识地想，如果怜子活着会怎样对待萌奈，可是对于快进入青春期的女孩来说，父亲只会惹人讨厌。绘麻也是，最后一次见面的那个早上，她也没好好和行伸说过话。

怜子去世三个月后，萌奈升入初中，行伸决定买一台手机作为礼物庆祝。萌奈一直想要，以前她和怜子约好上了初中就可以买。

得到了盼望已久的手机，萌奈显得很满足。她两眼放光、指尖轻触屏幕的样子里，丝毫不见三个月前刚刚痛失母亲的迹象。行伸想，这样也好。

只是，事态的发展令行伸开始怀疑这个决定是否正确。萌奈在极短的时间内掌握了这件进入未知世界的通讯工具，经常窝在房间里几个小时都不出门。行伸猜测，她应该是在社交平台上和朋友们玩得起劲。上初中后，萌奈建立起新的人际关系网，想必也交上了不少新朋友。她加入了网球部，如此一来，还得注意处理好与社团成员的关系。总之，萌奈在社交平台上不缺交流对象。

在家里尚且如此，在外面会怎样行伸就更不知道了。学校禁止上课开机，但行伸觉得现在的初中生不可能老老实实地遵守规定。萌奈本性不坏，但有可能受朋友怂恿，为了表面友谊而跟风玩手机。

如果怜子还活着，应该会斥责女儿几句吧。然而斥责的时机很难把握，行伸也不知该如何提出忠告。学校没有找他谈话，女儿的成绩也没有下滑，他实在找不到机会。

如果能知道萌奈用手机在干什么就好了。她和哪些人保持联系呢？没准还浏览过那种奇怪的网站……不，不可能的。行伸考虑得越多，脑子里越只剩下不好的想象。

一天晚上，在萌奈洗澡时，行伸发现她的手机就放在桌上。他小心翼翼地走近桌子，拿起手机。他本以为是锁着屏的，没想到竟然连密码都没有。

行伸犹豫不决，不知道该不该看里面的内容。他很好奇，但一个想法阻止了他：即便是父母也不能侵犯女儿的隐私。

"你在干什么！"

萌奈的声音从旁边传来，行伸吓得心脏都要从嘴里蹦出来了。他一失手，手机摔在了地上。他正要去捡——

"不许碰！"萌奈尖声惊叫。

行伸僵住了。

萌奈穿着浴袍捡起手机，几滴水珠从她湿漉漉的头发上滚落。

"我什么都没看。"行伸说，"真的！我还在想怎么没锁屏……"

"你为什么要来确认有没有锁屏？是不是想偷看！"女儿瞪着父亲，眼眶发红。

"不，这个……"行伸想不出该如何辩解。

萌奈重重地叹了口气。"我和妈妈约定好了。"

"和妈妈？"

"妈妈说她会给我买手机，但我要遵守约定，其中一项就是不锁屏。她说不锁屏的话，里面的东西随时都有可能被爸爸妈妈看到，我就不会用手机做坏事。"

"这样啊……"

萌奈就这么穿着浴袍进了自己的房间，但很快又走了回来，手里拿着一张白色的A4纸。"就是这个。"她把纸递给行伸。

行伸接过纸，只见上面用钢笔写着——

关于手机的十项约定
- 吃饭时禁止使用
- 完成当天功课前禁止使用
- 一天最多两小时，晚上九点之后禁止使用
- 禁止使用付费服务
- 下载应用程序前要和父母商量
- 考试期间禁止使用
- 走路时禁止使用
- 绝对不能把联络方式告诉陌生人
- 禁止浏览奇怪的网站
- 禁止锁屏

"妈妈说过，只要我遵守约定，就绝对不会偷看。难道我违约了吗，爸爸？你不知道这个约定，但我一直严格照做。"

行伸无言以对，因为他的确不知道。约好给萌奈买手机时，行伸记得怜子说过"没关系，我会好好和她讲清楚道理的"，但他不知道详细内容。他没有任何借口偷看手机，无法证明萌奈违反了这十项约定中的任意一项。她总待在房间里不出来，也未必是在玩手机。

"对不起。"行伸道歉，"我有点担心，下意识地就……"

"担心什么？"

"我担心你万一出什么事……"

"我能出什么事？"

"什么都有可能，惹上一些麻烦之类的。"

"我已经是初中生了,稍微信任我一点,好不好?"

"我当然信任你。只是社会上什么人都有,没准会有坏人借此接近你啊,你说对不对?"

"我不会和那种人扯上关系,放心吧。"

"爸爸担心你啊!爸爸一想到萌奈要是出了什么事,就心神不定。姐姐走了,哥哥走了,现在妈妈也走了,爸爸真的不想再伤心一次。爸爸只有你了!你绝对不能——"

"别说了!"萌奈尖声吼道,"我就知道你会说这个,绝对会说这个!是啊,一向如此。我已经受够了!别再这样了!真的受够了!"萌奈突然歇斯底里地大叫,令行伸不知所措。

"你在说什么?你要我别再做什么?"

"别再用那种眼神看我了!那种'我只有你了'的眼神!我要烦死了,真的很恶心!拜托,饶了我吧!"

"疼爱女儿有什么错?"

"不是的,那种眼神根本不是什么疼爱女儿!妈妈死了,爸爸失去依靠,就想拿我当替代品。你就是拿这样的眼神来看我的!"

"我没有!"

"你骗人!"

"我没想过依靠你。你只是个初中生,我能依靠你什么?"

"你想把我当作你人生的全部意义,对不对?"

"这有什么不对吗?孩子是父母精神的支柱、人生的全部。每个家庭都这样,这很正常。"

"我们家可不正常!我从出生起就是个替代品。爸爸妈妈的两个孩子都死了,为了排遣悲伤才生下我,对不对?我从小就一直听你们说，萌奈要带上那个世界的哥哥姐姐应得的幸福，努力生活。"

"这的确是我们的心愿。我们不想让你和他们一样。"行伸指着客厅中的某个相框，照片上绘麻和尚人并排站着。"所以我们珍惜你，连带着对他们的那份爱。"

"我管不着！我受够了！说到底，他们和我毫无关系！"萌奈走近橱柜，一把推倒相框。

"你干什么！"行伸甩了萌奈一巴掌。

萌奈尖叫一声，看着父亲。泪水渐渐渗出，但她的双眸不含丝毫怯意，逆反之心仿佛在那眼神中凝结成为实体。"我就是我！我不为替代某人而出生，也不会为了死人而活着！"

"萌奈……"

"妈妈死了，你觉得能让自己打起精神的人又少了一个，情绪很低落，是吧？那也别来指望我！我也很伤心，可是我不会依靠爸爸，因为我不指望你。所以，爸爸也别来指望我，别把我当什么精神的支柱、人生的全部！"萌奈捂着被打的脸，冲进房间，直到第二天早上都没再出来。

这天起，父女二人的关系一路恶化，到了令人绝望的地步。萌奈不再叫行伸"爸爸"，而是用"父亲"来称呼。

恐怕萌奈心中早已积聚了种种想法。我从出生起就是个替代品——这话悲伤且沉重。的确，萌奈是行伸和怜子试图走出悲痛、重新振作而生下的孩子，多亏有她，两人才能燃起积极生活的信念。

可萌奈自己又怎么想呢？

父母与哥哥姐姐的悲剧与她无关，可是从还不记事时开始，她就不得不背负沉重的包袱。她从未见过哥哥和姐姐，却被迫倾听他们的故事,被迫接受"带上他们应得的幸福,努力生活"这一请求。萌奈心里不可能毫无芥蒂,但她并没有表现出来。她是一个温柔的孩子,一直觉得自己必须尽力回应父母的期待、好好完成使命,然而忍耐是有限度的。就在那一天,她积聚的情绪瞬间爆发了。

行伸完全不知道该如何与萌奈相处了。他不知道该如何开启话题,也不知道该为她做些什么。他感觉自己就像在和一个神秘莫测的外星人一起生活。

最近他突然意识到,其实从很早的时候开始,萌奈就已经是个"外星人"了。他猜不透萌奈的想法,也一直在刻意回避深层次的沟通。

那天,行伸拿起手机时曾犹豫是否可以偷看。他现在明白了,那并不是因为害怕侵犯女儿的隐私,而是——

他知道那里隐藏着女儿陌生而真实的面孔。他害怕看到它。

8

旗鱼还是红鲑？犹豫再三后，松宫选择了红鲑。加贺则扫了一眼菜单便决定要旗鱼，又追加了炒西芹和啤酒。

店员离开后，松宫问道："恭哥今晚也要通宵？"

坐在对面的加贺松了松领带，皱起眉头，颔首表示肯定。"侦查范围一点也不见缩小，反而越来越大。调查对象多了，回特搜本部的伙计们带来的'土特产'也随之增加。托他们的福，整理侦查会议的资料需要花很长时间。"

"你是不是想说，这些土特产里要是能有让人眼前一亮的东西，倒也有点干劲？"

加贺哼了一声。"你要这么说，可没法做这工作。你得这么想，一千颗石子里能有一颗钻石就赚大了。"

炒西芹和啤酒上桌了。加贺拿起啤酒瓶，给两个杯子满上。两人举杯互道一声"辛苦了"，一起喝了起来。

从警察局到这家食堂徒步只需几分钟，两人来此享用迟到的晚餐。店门对着街道，宽敞的店内摆放着几排木制的方桌和椅子。

"对了，昨晚什么情况？"加贺用筷子夹起西芹，"你请我吃饭不就是为了和我说这个吗？"

"嗯，因为这话不能在局里说，而且不是站着聊几句就能说完那么简单。"

加贺像是被激起了好奇心，勾勾左手，催促松宫继续。

松宫确认周围没有其他顾客后，抱起双臂撑在桌子上，开始详细复述与芳原亚矢子的对话。他认真观察加贺听到这复杂的故事后会有何反应，但表哥就和听侦查员做报告时一样，表情没什么变化。

"总之，昨晚我告诉芳原女士现在我无法给出回答，就和她告别了。"

听了松宫的总结，加贺点点头，给自己的杯子续上啤酒。"听你的复述，我觉得她没有说谎。"

"我也这么认为，她没必要为了骗人伪造公证书。"

"那是谁在说谎？是她癌症晚期的父亲吗？"

"不太可能吧，毕竟事关遗产继承问题。我想，说谎的可能是另一个人。"

"另一个人……"加贺投来的目光似乎在探询什么，"你联系过姑姑了吗？"

"今天早上出门前我打过电话，因为她说最近忙着种蔬菜，一直早睡早起。我直接问她，芳原真次是不是我的父亲。"

"她怎么说？"

"和上次一样，只说自己什么都不想说。"

加贺面露苦笑。"居然来这一套！"

"遗嘱的事我也说了。我问我能不能接受亲子关系认证，她让我自己决定，就把电话挂了。"

"哈哈，看来是有隐情啊。"

"就算有，为什么不能和我说？给我个解释怎么了？"

"姑姑自有她的考量吧，也许是为你着想。"加贺把山药泥浇在麦饭上，吃了一大口，"太好吃了！我就想啊，要找家便宜又美味的餐馆应付晚饭，果然还是得问警察。"这家店是长谷部推荐给松宫的。

松宫也吃了一口山药泥麦饭。山药的清香配以汤汁，确实美味无比。"毕竟，'被抛弃了'这种话很难启齿吧。"松宫用筷子分开红鲑肉。

"你说姑姑吗？"

"嗯。"松宫点点头，"我算了一下。芳原亚矢子女士说她年过四十，母亲遭遇车祸时她六岁，父亲因此回归家庭。那么，事故至少发生在三十四年前，而我今年三十三岁。"

"这么说，事故发生时你还没出生？"

"对，当时我妈很可能已有身孕，然而在这种情况下，那个男人却回了原来的家。这只能用'被抛弃了'来形容，对不对？只是她不能对生下来的儿子这么说，所以才谎称丈夫死了。"

"合情合理，不过有几个疑点。"

"什么疑点？"

"如果一个男人能满不在乎地抛弃怀有身孕的情人，他会在遗嘱里承认你这个儿子吗？还有，这个人回归原来的家庭后一直照顾因车祸瘫痪的妻子，我不认为一个朝三暮四、举止轻浮的人会这么做。"

"话虽如此,这个男人的确曾经抛家弃子,在外面有了别的女人。我没法信任他。说是回归原来的家庭,难保心里没打什么算盘。也可以这么想,他是上门女婿,本来没资格继承旅馆,妻子意外瘫痪,一扇通往继承人之路的大门就此向他打开,于是他重新戴起好人的面具,回归原来的家庭。"

"好吧,倒也不是不可能。"

"我认为可能性很大。"

加贺停下筷子,歪着脑袋,面露不解。"不过……"

"怎么了?"

"很久以前,我曾经听姑姑提到过你父亲。你小时候不是打过棒球吗?"

"嗯,初中毕业就不打了。怎么了?"

"你说想打棒球的时候,姑姑有点吃惊,因为你身边的很多朋友都踢足球,而你看了电视里的高中棒球比赛后,说自己也想打。"

"小时候的事我记不大清了,差不多是这样吧。所以呢?"

"姑姑听了以后,觉得血缘这东西果然不是随口说说,因为你父亲也喜欢棒球。他高中时代是棒球部的接球手,曾想进军甲子园。"

松宫正把筷子伸向装菜的小碟,突然停住了。"这事我可从来没听说过。"

"我也只听过一次。关键是,姑姑说这话时的表情看上去挺高兴的,是那种看到你很好地继承了你父亲的基因而开心的表情。如果她认为自己被抛弃,应该不会那样快乐。"

松宫略有些动摇。加贺的观点犀利且有说服力,他不知该如何反驳,只好左右张望。

"人总有各种隐情，我们不可以妄下判断。"加贺拿起筷子夹菜，宽慰似的说道，"我说的仅供参考，你不用放在心上。"

"不，我会好好记住。"松宫说了声"谢谢"，继续吃起菜来。

两人默默地吃着，猪肉汤的味道似乎也变得爽口起来。

啤酒瓶空了，加贺没有追加，而是向店员要了茶。毕竟呼着酒气走进警察局的大门实在不像话。

"这个话题说完了，我倒是想聊聊工作。"饭菜全部吃完后，加贺说道。

"请说。"

"你说你比较在意汐见行伸先生的态度。"

"我只在意一点。"松宫拿起茶碗，点了点头，"他表示不太了解花冢女士的私生活，但问到她关系亲密的男性朋友时，又断言没有。如果不太了解，通常会说不知道或不清楚吧？"

"确实不太正常。松宫警官怎么想？"

"汐见先生就是她的男友，所以才能自信地断言。他的意思是除自己以外没有别的男人。"

"那他为什么不直说？"

"问题就在这里。汐见先生丧偶，花冢女士单身，又不是出轨之类的必须隐瞒的关系。汐见先生肯定希望早点抓到杀害恋人的凶手，按理说应该主动告知线索、积极协助警方调查。他没这么做，一定有不可告人的理由。你怎么看？"

加贺的眼中闪过一道机警的光。他双手撑着桌子，身子稍稍前倾。"你说过，汐见先生没有不在场证明，对吧？"

"对，他女儿说不知道父亲是什么时候回家的。"松宫迎上加贺的目光。

从汐见行伸家出来后,松宫等人立刻赶到他常去的那家定食屋。店员证实,汐见在星期四晚上六点半左右来过,用餐时间约三十分钟,七点左右离店。汐见说他七点刚过回的家,但无法自证,因为他的女儿一直待在自己的房间里。

"假设他离开定食屋后马上去自由之丘,晚上八点左右到家,就不能排除作案嫌疑。"

加贺表情严肃地说:"动机是什么?感情纠纷?"

"不好说。我只是认为,汐见如果在和花冢女士交往,那他很可能与命案有关。"

"他还不是嫌疑人,不要直呼其名。还有其他不对劲的地方吗?"

"供词没有大的矛盾。汐见……汐见先生说星期五晚上在定食屋的电视里看到新闻,才知道这个案子。店员也记得这件事,说当时看到汐见先生死死地盯着屏幕,因此印象很深。"

"死死地盯着……他是弥生茶屋的常客,有这种反应也正常。"

"如果他是凶手,这种反应也正常,因为凶手大多非常在意案子的后续报道。"

加贺移开视线,沉思片刻后,再次看向松宫。"干我们这行的,对'人不可貌相'这句话有痛彻的领悟,不过我还是问一下吧。在你看来,汐见行伸先生是一个怎样的人?"

松宫做了一个深呼吸。他预想到加贺会问这个问题,已事先备好答案:"他的本质不坏,但心中藏有黑暗。"

加贺眉毛一挑,似乎深感意外。"说得很肯定啊。"

"他自己在定食屋吃晚饭,却让女儿自己做饭,而且不是一天两天了。父女二人生活，怎么可能过成这样？我认为，过去应该发生过什么不同寻常的事，导致他心生芥蒂，或许他女儿也一样。"

加贺抱住双臂，闭上眼睛，仿佛正以电光火石之势思考着。不久，他睁开了双眼。"就赌一赌你的直觉吧。从明天开始，你和长谷部去彻查汐见行伸先生，我会向组长解释。"

"明白。"松宫竖起了大拇指。

9

亚矢子核对完显示屏上的全部统计数据后，将椅背放倒。她从书桌抽屉里取出眼药水，左右眼各点了三滴，冰冷的药剂渗入疲惫的双眼。昨天留宿东京，所以她今晚不得不完成两天的工作量。

她看了看电脑上的时间，此时十点刚过，办公室内空无一人。她转动僵硬的脖子，用右手揉捏左肩，这时背后传来开门的动静。

"老板，"值夜班的女员工说道，"胁坂先生来了。"

"请他进来。"

亚矢子让电脑休眠，起身走到办公室另一侧的水池前，打开茶叶罐，将日本茶的茶叶倒入盖子后再放入茶壶。

她刚往茶壶内注入热水，门就开了。胁坂慢条斯理地走了进来。"晚上好。"

亚矢子转过身。"让先生特地跑一趟，非常抱歉。"

胁坂摆了摆手。"客气了。我也很关心此事进展，毕竟是我开的头。在本人在世时怂恿你读遗嘱，是我坏了行规。"

"就算在父亲去世后读,我也必须这样做。"亚矢子直视着年迈律师的眼睛,"我还是会去东京见他。"

"也是。"

胁坂与芳原家三代都有联络,此时他轻车熟路地来到房间一角的会客区,径自在沙发上坐下。

亚矢子端上茶盘,碗中盛有日本茶。她将其中一碗放到胁坂面前,另一碗留在自己手边。

"所以,你见到那个姓松宫的人了?"胁坂的目光似在探询。

"见到了。如我所料,比我年轻,是弟弟。"

"嗯,合情合理。"胁坂拿起茶碗。他们曾经讨论过,假如真次确实有私生子,他当时很可能已与正妻分居,私生子应是在亚矢子之后出生的。"和他谈得如何?"

"我给他看了遗嘱,粗略地说了一下父亲的情况。"

"他什么反应?"

"很吃惊。"

"那是肯定的。"胁坂笑得肩膀都摇晃起来,"他是怎样的人?"

"是个警察,而且是刑警,在警视厅搜查一科工作。"

"这样啊……"胁坂瞪大了眼睛。

"他看起来意志坚强、性格顽固,不过应该是个做事认真的优秀年轻人,而且很聪明。"

"那就好,人品是最重要的。"胁坂的眼神中带着一丝好奇,"依你所见,遗嘱内容属实吗?"

"属实。"

"你毫不犹豫啊!"听亚矢子答得坚决,年迈律师很意外。

"我确信,"亚矢子的表情放松,"确信他是父亲的儿子,至少有血缘关系,很深的那种。"

"长得很像?"

"很像。"亚矢子重重地点了点头。与松宫脩平面对面时,她甚至觉得已不必做任何确认。他精悍的面容活脱脱就是年轻时的真次,连小动作也一模一样。

亚矢子向胁坂简要复述了与松宫的对话,年迈的律师略显苦涩地撇了撇嘴。"综合双方的说法,真次当时不是在东京,而是在高崎准备建立新的家庭,但最终抛弃他们回到了原来的家,这一点毋庸置疑。"

"我赞成,不过我对'抛弃'这个说法持怀疑态度。"

"嗯……"胁坂抿了一下嘴,"你想说不是抛弃,而是协商后和平分手?"

"不是我想说,而是我宁愿这么想。这才是我的真心话。"

"我也有同感。我不愿把真次想得那么不可靠,他可是一个责任感很强的人。正因如此,当他得知正美小姐因车祸落下残疾,他才无法视而不见,认为必须由自己来照料妻子。"

"我也这么想。小时候看到父亲在家里照顾母亲的样子,我幼小的心里充满对他的敬佩,觉得他又厉害又伟大。现在有些话直说也无妨,我啊,自车祸以来,基本无法将母亲当作母亲,或者说是不愿意把她想象成母亲。脑部受损后,母亲的性格完全变了,别说我,有时她连自己是谁都不知道。"

"不光是你。正美小姐的双亲,也就是你的外祖父母更是悲伤至极。他们因此受到打击,变得憔悴不堪,我一个旁观者都不忍心看。"胁坂垂下灰白色的双眉。

回想起当时的情景，亚矢子黯然神伤。"记得当时好像每天都有人哭。"

"确实如此。当时的芳原家根本顾不上打理旅馆，真次的回归至关重要。正如你知道的那样，他同时担任厨师长和管理者，没有他，辰芳恐怕会陷入困境。"

"说不定已经破产倒闭了。"

"有可能。他本人倒从来没炫耀过，经常说自己只是代为管理，他的职责就是撑起辰芳，直到亚矢子当上老板。然后……对了，有一次他说了一句很奇怪的话。"胁坂像是突然想起了什么。

"什么话？"

"是我先问他的。我问他为什么要这样奉献一切。结果他回答，这不是奉献，只是替自己还债罢了。"

"还债？"亚矢子紧锁双眉，"什么意思？"

"我也问了，但他没再说什么，只是让我忘掉这句话。"

"听起来，父亲像是犯了什么错。"

"是啊。现在回想起来，没准他指的是在外地另组家庭。"

"可是……"亚矢子抚摸着脸颊，"辰芳陷入困境是因为母亲出了车祸，与父亲无关。"

"按理说是这样。"

"当时我还小，所以不太清楚详细情况，只听说母亲搭了友人夫妇的车，连人带车坠入了山谷。"

"开车的是正美小姐友人的丈夫。转弯时没打足方向盘，从山上掉了下去。夫妇二人死了，坐在后排座位上的正美小姐捡回了一条命。"

"为什么父亲会用'还债'这种说法？"因友人夫妇去世，事故无处追责，这些亚矢子都知道。

"谁知道呢？"胁坂也表示不解，"看来，关键还是要查清在高崎发生过什么。不问一下那位克子女士的话，我也说不好。"

"确实，不过听松宫先生的意思，他母亲不太愿意开口。"

"那可就麻烦了。"胁坂将茶水一饮而尽，看了看手表，"不早了，我差不多就此告辞。"说着，他站起身来。

亚矢子跟着站了起来。"路上小心，有了进展我会联系您。"

"真次也真是的，留下了这么个棘手的谜团……啊，用过去式还为时尚早，不过他本人似乎仍在想方设法隐瞒这个秘密。早知如此，见证起草遗嘱时，我应该盘问他一下。"

"我想即使您这么做也无济于事。父亲能告诉您的事情，应该也会开诚布公地告诉我。"

胁坂耸肩，点了点头。"也是。你留步，不用送我了。晚安。"

"晚安。"

目送胁坂离开办公室后，亚矢子坐回沙发。胁坂临走时说的话仍在她的脑海中回荡。棘手的谜团……的确，她或许一辈子都难以忘记初读遗嘱时的震惊——下述此人为遗嘱人芳原真次和松宫克子之子，遗嘱人对此予以承认。

然而，身为遗嘱执行人，亚矢子不能光顾着手足无措。

据胁坂所言，执行人须在遗嘱生效起十天内，完成非婚生子认证手续。

换言之，开始办理真次的身后事时，亚矢子必须设法接触这个叫松宫脩平的人。

而她决定马上去见对方,理由便是她对松宫说的那番话。她很好奇实情,也很想见见这个同父异母的兄弟。也许真次在世时,应该想办法让两人见上一面。

亚矢子回想起第一次与松宫脩平在东京会面的情景:与同父异母的弟弟面对面,让人生出一种恰到好处的紧张感。一想到此人与自己血脉相通,心中便不由得感慨命运的神奇。

得知对方的职业时,亚矢子吃了一惊,同时也放下心来。她曾担心如果对方是个靠歪门邪道谋生的人该如何是好。那样的话,他极有可能为获得遗产而接受认证,没准还会设法夺取辰芳。

与松宫脩平交谈时,亚矢子觉得这个人为人耿直、富有正义感、值得信赖。他正因此才当上了警察吧。亚矢子曾听说,搜查一科是一个精英云集的地方。

松宫似乎对真次一无所知。难道他出生后一次也没见过父亲?与之相对,真次对远在他乡的儿子了如指掌,写在遗嘱上的地址是松宫母子两年前租住的公寓。

亚矢子不知道真次在外生下孩子的来龙去脉,说不定只是出于一时冲动。当他最终选择回归原来的家庭时,或许已做好了再也见不到这孩子的心理准备。

只是,真次大概一直很挂念,从未忘记与释怀。他肯定想在死前见儿子一面,哪怕只有一面。

我愿意帮他实现心愿,亚矢子真诚地希望。

10

行伸本想在上午结束工作,不料多费了些时间,不得不省去午饭。好不容易完成下午的第一项工作时已是四点,这个时间点有些尴尬,他还是走进了常去的一家中餐馆。

他点的炒饭刚端上吧台,口袋中就传出收到邮件的提示音。他掏出手机一看,是以前公司的后辈发来的。

汐见先生:

好久不见,是否一切安好?我离退休还有一年,会努力混日子,能多赖一天是一天(笑)。

之所以给你发邮件,是因为有件事让我有点在意。

昨天,警视厅的人来公司了,是一个姓松宫的刑警。

他正在多方调查汐见先生的情况,我也被叫去,单独接受了询问。他说"有一家店发生了案子,所以我正在尽可能地收集所有常客的信息。汐见先生是其中一人,但并非嫌疑人"。

他没有再具体解释。

我觉得没有必要隐瞒,所以把自己知道的都照实说了,包括汐见先生的为人和近况等。对方还问我你有没有正在交往的女人,我回答说不知道。

对方保证消息绝对不会外传,应该不会给你添麻烦,但我想还是先和你打个招呼。

正值换季,请多保重身体。过些日子咱们再去喝一杯!

行伸往嘴里送着炒饭,浏览着文字,叹了一口气。

已经有好几个人因同样的事联系他了,包括和他同时进入公司的男同事、学生时代的好友等。行伸和这些人交情颇深,现在仍时不时互相联系。正因如此,他们才会告诉行伸有刑警来调查。肯定有更多的人接受过类似问话,现在就职的公司里应该也有,没人来通知他大概是因为平日不太来往。这些人没准还在心里想,那个叫汐见的退休后再就业的老头是不是干了什么坏事啊。

联系行伸的朋友们都提到了同一件事,即他们都被询问行伸是否正在和女性交往。他们答说不知道。那是自然,因为行伸还没有对任何人提起过花冢弥生。

那个姓松宫的警察恐怕已经开始怀疑他和弥生的关系了。只要询问弥生茶屋的常客,自然会得到佐证,当然他们应该会加上一句免责声明——说到底只是个人猜测而已。

松宫一定会认为汐见行伸和花冢弥生是情侣。一人的妻子已经去世,另一人早在十多年前就离婚了,两人都是单身,为何要对周围的人遮遮掩掩,甚至瞒着店里的常客?恋人遇害,按理说应当向警方说明两人的关系、积极协助调查,然而行伸没有这么做,一定是出于某种隐情。

松宫不可能无视这隐情与案件的关联,在查出确凿证据、厘清两人的关系之前,他绝不会放缓脚步。

到底该怎么办?

行伸食不知味地吃完炒饭,把勺子搁在空盘上,正要掏钱包,突然看到立在吧台上的一张芝麻球的照片。他最近没吃甜食,于是叫来店员,点了一份。

他重新坐回椅子上,拿过照片。弥生茶屋的菜单里从没出现过芝麻球。行伸突然想起了第一次进店的那天——

见到花冢弥生的第一眼,行伸的心骤然狂跳。她看起来不像这个年纪的人,散发出的气场令行伸有些恍惚。他确信这就是命运,他终于见到了命中注定的人。

行伸将加有鲜奶油的果仁蛋糕放入口中,密切关注着花冢弥生的一举一动,或许"无法挪开视线"才是准确的说法。

从那天开始,行伸一有空就去弥生茶屋。这家店八成以上的顾客是女性,年过六旬的男性顾客无疑十分引人注目。不久,弥生便主动来和他搭话了。从"你喜欢甜食吗""比较喜欢吃什么蛋糕"开始,渐渐过渡到更深入的个人情况:你住在附近吗?还在工作吗?

两人有来有往,也方便行伸打听弥生的个人情况。他问弥生偏好的食物和生活方式,得知她喜欢日本料理和日本酒,会在固定休息日的前一天打开DVD机看几部老电影,直到深夜。

去得多了,行伸逐渐掌握了弥生茶屋的忙闲时段,于是尽可能拣店内空荡荡的时候去。其他顾客不在时,他能和弥生好好说上话。

不久，行伸隐隐感到弥生也对自己心生好感。说起来，要是讨厌这个顾客，又怎么会特地坐下来和他聊天呢？

弥生是一个体贴入微的聪明女人，这一点也可以说是咖啡馆最大的卖点。同时，她身上有一股韧劲。即便顾客千人千面，有时还会无理取闹，她也绝不会惊慌失措，总能顺利摆脱困境。

行伸曾问她为什么要开咖啡馆，弥生的回答是"想与人邂逅"。

"没有人能够独自生活。与很多人不期而遇，人生才会丰富多彩。只是，有一种重要的邂逅，我不得不放弃。"

弥生说，那就是孩子。

"看到小腹隆起的女人，我感到由衷羡慕。我会想，啊，几个月后她将迎来一次美妙的邂逅。"

听到这些话的瞬间，行伸的脑中萌生了一个幻想，这幻想渐渐膨胀开来：如果这个女人能成为萌奈的母亲……她应该能给予萌奈某种自己所没有的东西。

这时，芝麻球送了过来。他用手碰了碰，还热得很。就在他正要送到嘴边时，手机屏幕上显示有来电。行伸不由得一惊。那是怜子老家的号码。他起身接通电话，压低声音说道："喂，我是汐见。"

"行伸吗？我是竹村。"是岳母的声音，"现在方便吗？"

"方便。真是好久没联系了。"行伸将手机贴近耳朵，快步走出了餐馆，"有什么事吗？"

"今天东京的警察上门来了。"

行伸呼吸一滞，努力控制着语气，不想暴露内心的慌乱。"然后呢？"

"我也弄不清楚对方的来意，说是为了查案，问了我很多你的情况。我问查什么案，对方说不能透露。"

"对方问了些什么？"

"什么都问……当年的地震、怜子在世时和现在的状况、你和萌奈的日常生活，最后竟然还问我你有没有再婚的打算。我回答说，这种事我怎么可能知道啊。"

听了岳母的话，行伸心情沉重。松宫果然想彻查到底。

"对了，行伸，我能不能问你件事？"岳母的语气听上去有些谨慎。

"什么事？"

"我听刑警说，最近你们父女没在一起吃过饭，这是真的吗？刑警说，你在外面吃饭，萌奈好像是自己解决的。你别告诉我真是这样啊。"

行伸无法作答，咽了口唾沫。"这个……"他斟酌着措辞，下意识地将视线透过玻璃门投向店内，定格在吧台上那个盛有芝麻球的碟子上。

芝麻球大概已经凉了。行伸的思绪开始飘忽。

11

松宫回过神时,才发现手里的记事本险些掉落。他不知何时打起了瞌睡。

有人紧挨着他从侧旁的通道走过,他才发现车厢已静止不动,于是看了一眼窗外。这里是上野站的站台。

此时,他正在上越新干线的自由席车厢内,时间接近傍晚七点。

松宫瞥了一眼自己写下的乱糟糟的笔记,合起记事本收进西装的内侧口袋。他抱起双臂,靠在椅背上,决定再整理一次思路。

这几天,松宫一直专注于调查汐见行伸的周边情况。现公司的上司、前公司的同事、学生时代的同学……凡是有可能了解汐见近况的人,他都问了一遍。如今,恐怕汐见本人也对松宫的行动有所耳闻。

"所有相关人员我们都会做同样的调查,不只针对汐见先生。"

这是松宫例行的开场白,但未必每个人都信以为真。没准也有不少人会认定汐见有嫌疑,开始用有色眼镜看他。

假如汐见完全与本案无关，那确实很对不起他，但为了破案也没办法。

听了很多人的讲述，松宫了解到，汐见行伸迄今为止的人生绝非坦途，倒不如说经历了一段极为残酷的岁月。

最初的悲剧发生在十六年前。

在松宫的印象里，新潟县中越地震虽是一场大地震，与阪神淡路大地震相比死亡人数还是要少得多，然而在这少数死者中，就有汐见的两个孩子。

他妻子的老家在长冈，当时两个孩子在没有家长陪同的情况下去那里玩。那天，两人正巧和外祖母一起去附近的十日町市，不幸遇难。

昨天松宫走访了汐见以前就职的公司，询问一个曾与汐见共事的后辈。那人说中越地震发生时是个休息日，他和汐见在公司加班，一起看了电视新闻。

"听说两个孩子都死了的时候，我心想这怎么可能啊。自那以后，汐见先生憔悴得厉害。我不敢和他搭话，好几个月都没见他笑过。"那人或许是回想起了当时的情况，神情悲痛。"即便如此，托孩子的福，汐见夫妇振作起来了。"那人继续说道，"身心受到重创后，他们认为只有再生一个孩子才能振作。夫人已不年轻，吃了不少苦头。也正因如此，汐见先生知道夫人怀孕后非常开心。他变得像原先一样开朗，甚至更有精神了。看到这样的他，我们也很高兴。只是汐见先生实在有点兴奋过头，大家都很担心万一夫人流产了，他们是不是得从楼上跳下去……汐见先生向大家报告孩子平安出世时，我打心底松了一口气，办公室里所有人都站起来拍手庆贺。"

松宫感到，汐见行伸身边的人都很关心和支持他。同样的故事松宫听了好几遍，看来每个人都希望汐见能够获得幸福。

然而，残酷的命运女神又给了汐见新的试炼。大约两年前，汐见的妻子因白血病去世。

汐见曾长年任劳任怨地照顾妻子，妻子去世时他那失魂落魄的样子，与因地震而瞬间痛失一双儿女时又有所不同。

汐见饱受残酷命运的捉弄，那么他的近况如何呢？

熟人们的讲述中拼凑出"孤独"这个词。痛失爱妻后，汐见不再与人深交。身边人不忍打扰他，因此没有人真正了解他的近况。

因此，松宫更加无法忽视汐见行伸与弥生茶屋之间的关系，准确地说，是汐见行伸与花冢弥生之间的关系。失去同甘共苦的妻子后过了将近两年，他终于邂逅心仪的对象，开始频繁光顾这家小店——这个思路合情合理。松宫见过的几位常客说两人似乎互有好感，更有人表示一直暗中关注两人的进展，但并未发现异常的举动。难道说他们还没有发展到那一步，一切才刚刚开始？

也许——

松宫想到另一种情况：没准汐见顾及女儿的心情，犹豫要不要和花冢弥生进一步发展。父亲有了喜欢的女人，一个初二的学生会如何看待？认为女儿不会产生抵触心理似乎过于乐观了，况且这对父女明显关系不合。

汐见会找谁商量呢？

这个人必须十分了解汐见父女，尤其是女儿萌奈的情况。通常会是亲戚，但汐见的双亲早已去世。

那岳父母呢？

妻子怜子去世后，汐见若想找人商量女儿的事，只能去找他们。

松宫火速找加贺和组长商议，即刻得到"快去"的答复。从东京到新潟县长冈市当日即可往返，松宫把其他调查任务托付给长谷部，下午乘上越新干线出发了。

怜子旧姓竹村，松宫事先打电话确认了对方是否在家。他只说自己是警察，没有搬出警视厅，当然也没提到汐见的名字。

竹村家的宅子有些年头了，但看上去很坚固，地震时也没有损毁。如果地震发生时孩子们在这栋宅子里，也许就不会遇难了。想到这里，松宫觉得很难过。

汐见的岳母名叫恒子，丈夫于五年前去世，现在她一个人生活。长女一家住在附近，时不时过来串门，所以她也不觉得寂寞。

松宫问起汐见父女，他想两人应该会隔三岔五回来看看。

"怜子活着的时候，他们经常过来，盂兰盆节、新年、放长假的时候都来。萌奈真的好可爱，我家老头子很疼她，毕竟前两个孩子……"提到地震，竹村恒子眼眶湿润了。她不停地说都是因为自己太蠢，才害死了两个孩子。"萌奈真的是老天赐给我们的礼物。那个是叫什么不孕治疗吧？怜子吃了不少苦，当时连我们都快放弃了。我家老头子临死前还在嘱咐他们，无论如何都要好好养大萌奈。"

"最近，汐见父女有没有来拜访呢？"

"怜子去世后，他们没那么常来了。萌奈已经上初中了，我想她应该挺忙的吧。她倒是偶尔会给我打个电话，说没什么事，就是想听听外婆的声音。她真是一个很体贴的孩子。"

松宫又问汐见是否来过电话。如果来过，最后一次是什么时候、当时汐见情绪如何。

"说起来,这半年来他都没有联系过我。"竹村恒子像是在很费力地回忆,随后面露惊讶之色,"我想问一下,您这到底是在调查什么啊?我还以为您是来教我防范针对独居老人的电信诈骗什么的呢。"

松宫解释说是为了调查东京发生的某个案子,并按惯例强调汐见行伸并非唯一一个怀疑对象。竹村恒子露出疑惑不解的表情,但松宫又抛出一个更为尖锐的问题——汐见行伸是否找她商量过要再婚。

竹村恒子像是被打了个措手不及,连连眨眼。"行伸从没提过,不过我倒是说过类似的话。"怜子去世的一周年忌过后,竹村恒子曾劝行伸,如果找到了理想的对象可以再婚。"行伸还年轻,我让他不必顾虑我们。一个单身男人要把女儿养大是很辛苦的,但行伸说现在没法考虑这些。"

"目前他是否有考虑再婚的迹象?"

"这我可就不知道了。您可以找行伸确认,不用来问我。"竹村恒子丝毫没有掩饰心中的不快。

最后,松宫问她是否知道汐见父女不在一起吃晚饭的事。竹村恒子睁大了那双陷在皱纹里的眼睛。"真的吗?怎么可能……"得知是汐见本人说的,竹村恒子面容悲伤,皱眉低语道,"果然……"

竹村恒子说,一年前萌奈曾打来电话哭着抱怨。"萌奈说她讨厌被当作替代品。一想到自己作为死去的哥哥姐姐的替代品才被生下来养大,就对父母毫无感激,一点也不开心。我说哪有这回事,萌奈就是萌奈,外婆从没觉得你是谁的替代品,你爸爸肯定也没这样想过。"竹村恒子说,这些话萌奈只说过一次,所以她还以为问题已经解决了。

"讨厌被当作替代品吗?这话真残忍。"加贺从自动售货机里取出盛有咖啡的纸杯。

松宫投入零钱,摁下"加奶无糖"的按钮。"竹村婆婆的话让我理解了汐见父女异常的关系。萌奈从小到大一直听父母讲死去的哥哥姐姐,她的心情我懂。我不知道汐见夫妇有没有明确说过,他们为了振作起来才决定生下萌奈,但话里话外肯定透出了这个意思。父母没有恶意,但听的人会受伤,自然会怀疑父母的爱。"

"汐见父女心里藏着阴暗面,这是你原本的看法,现在你找到了症结所在,接下来打算怎么办?"

"问题就在这里。"松宫从自动售货机里取出纸杯,抿了一口咖啡,"我果然和恭哥不太一样。"

"什么不一样?"

"我的刑警直觉可能不太灵,但我渐渐觉得,就算汐见先生和花冢女士在交往,也与本案无关。"

加贺轻微地晃动着身子,苦笑道:"这就举白旗了?"

"他们向他人隐瞒关系很不正常,因此我起了疑心,但汐见先生可能只是顾虑女儿萌奈的心情。妻子去世才不到两年就有了喜欢的人,这事很难对女儿说出口吧?更何况父女之间的关系既矛盾又复杂。"

"可以说,松宫警官的直觉落空了?"

"算是吧。"松宫耸了耸肩。

加贺喝了一口咖啡，打了个响指。"刑警的直觉落空很正常。意识不到自己的错误，执着于偏离正轨的调查，这样的人称不上优秀的刑警。只因为有一点情况落在预想之外，就马上认定直觉落空，这样的人也难成大器。"加贺竖起握着纸杯的那只手的食指，指着松宫说，"这是你的一个坏习惯。"

"可是恭哥……"

"就算你感到自己的直觉落空了，也得先做确认，再进入下一个阶段。你们组长和我商量后，决定让你调查被害人的异性关系，说起来这还是你自己提出来的方向。要做就做到底！"

松宫吐了口气，点头说道："我知道了。"

"还有一件事，你去核实一下。"

"核实？关于汐见先生和花冢女士是否在恋爱，我是打算好好去确认的……"松宫没有说下去，因为话刚说到一半，加贺已经开始摇头。

"我说的是另一件事。"

"什么事？"

"讨厌被当作替代品——你只是听竹村婆婆这么一说而已，不能光靠一个人的证词就下结论。就算父女吵架的原因和本案看似无关，你也需要确认。"

"我去找汐见先生吗？"

加贺不耐烦似的皱起眉头。"怪不得别人说你不懂女人心。萌奈向外婆抱怨父亲，你就要告诉父亲本人？汐见先生知道了，万一再去找他女儿确认，父女关系可能会进一步恶化。"

"确实……"松宫同意加贺的话，同时脑中冒出另一个疑问：有人说我不懂女人心?"你的意思是直接问萌奈?"

"我觉得可以。"

松宫喝完咖啡,把纸杯捏成一团。"我试试。"

他刚把纸杯扔进旁边的垃圾筒,便有未知来电打来。他接通电话,报上姓名。

"你好……那个,我是汐见。"对面的男声说道。

有时,听到一个刚才还在思考的名字,人反倒会反应迟钝,此刻的松宫就是这样。他在脑中对应上汐见的形象后才回应道:"啊,是汐见先生。"身边的加贺表情严肃,听着松宫寒暄。"前些日子突然打扰,多有失礼。"

"哪里,倒是我很抱歉,没能帮上你们什么忙。"

"客气了,你提供了很多参考。你是又想起什么了吗?"

"与其说想起什么,不如说我觉得最好先向你解释一些事……"

松宫迅速反应过来。"听你的意思,不方便在电话里讲,是吗?"

"是的,可以的话最好面谈。"

"明白。你什么时候方便?我今晚就可以。"

"我也没问题,尽早说清楚吧。"

"好的。地点是你家吗?"

"我家附近有家店开到很晚,可以吗?"

"当然可以,店名是什么?"

汐见报出店名,那是一家西式居酒屋,两人约定晚上十点见面。

"不要轻言直觉落空,"加贺说,"现在对方开始有所行动了。"

"对方说有事要解释,是否与案子有关,我得听了才知道。"

"如果完全无关,对方一般不会采取行动。"

"希望如此。"

"说到行动，"加贺扔掉纸杯，沿走廊迈步前行，"今天白天，被害人的前夫绵贯哲彦先生打来了电话。"

"他往警察局打？问了些什么？"

"他问我们什么时候能归还花冢弥生女士的遗物，因为他会代弥生女士的双亲处理包括遗物整理在内的身后事，已经签了委托协议。"

"前妻的身后事为什么由他处理？"

"绵贯先生说是弥生女士双亲的请求。弥生女士出事后，他主动联系了弥生女士的父母，对方表示不知道怎么处理女儿的身后事，问他能不能帮忙。他与弥生女士原本也不是因为互相憎恨才离婚的，所以就答应了。"

"这个人看上去冷淡，想不到还挺热心。"

"要我说的话，是太热心了一点。"加贺停下脚步，抱起双臂，"整理遗物、收拾住处、解除租赁合同、办理停业手续、拆除店铺装潢以及其他各种事务……身后事听上去简单，实际工作量很大，既耗精力又费时间。就算两人曾是夫妻，谁会这么轻易地接过重任？"

"你是说他抱有某种目的？"

"不这样想就不是刑警的作风。"加贺断言，"我推测，绵贯先生想要的是弥生女士的私人信息。"

"你怎么知道？"

"他说，如果不方便马上归还所有遗物，可以先只归还手机，如果不行，他想获得手机内容的备份。"

"所以呢？"

"你们组长问我该怎么办,我建议找个借口让对方等几天。在这段时间里监视绵贯先生,也许就能弄清他的目的。"

"如果他按兵不动呢?"

"那就找熟人问问。我会找人去办的。"

"交给我也行。"

"你有你的工作,专心做你的事。"加贺看了看手表,"你是不是该走了?"

松宫确认时间,的确不早了。"希望能有成果吧。"

"我等你的好消息。充分发挥你的直觉吧。"

松宫举起一只手,算作回应。

和汐见行伸约定见面的那家店位于一栋老旧建筑的二层,店内十分昏暗,桌子间隔较远,客人稀少,很适合静下心来好好说话。

汐见坐在靠墙的桌子前,穿着长袖 Polo 衫,夹克外套放在一边。见松宫来了,他刚要起身,松宫用手势示意不必。

"让你久等了。"松宫说完,在汐见对面坐下。

"哪里,是我很抱歉,突然约你出来。"

店员拿来湿毛巾,松宫趁机点了一杯乌龙茶。汐见略显犹豫,随后说"我也一样"。

"你常来这家店吗?"松宫问。

"最近偶尔来了几次。我喜欢宁静的氛围。"

"你女儿一个人在家?"

"那孩子都已经上初中了。"说着,汐见端正坐姿,将视线投向松宫,"有几个人联系我,说刑警来问关于我的情况。这个刑警就是你吧，松宫先生？"

"我们有很多侦查员，大家分头去调查很多人和事。每个被调查的人可能都觉得只有自己被特殊对待，但在我们看来，不过只是众多调查对象中的一个罢了。如果你因此感到不快，我深感抱歉。对不起。"

"不，我不是想让你道歉……"汐见正要起身，店员正好过来，在两人面前各自摆上了盛有乌龙茶的平底玻璃杯和吸管。

店员离开后，汐见直接端起杯子喝了一口乌龙茶，再次开口："有些人来联系我，听了他们的说法，我感觉你可能误会了什么，想先做个解释。"

"误会？"

邻桌无人，但汐见还是环顾四周后，才向松宫稍稍探出身子。"你在怀疑我和花冢女士的关系，对吗？你认为我们在交往。"

松宫笑了笑，说："不是我们怀疑，而是有店里的常客说你们两个看起来相当亲密，应该是在交往。上次我们见面时，你对此只字未提，还断言花冢女士没有男友。这么一来，我们警方就需要判断该相信哪一边的说法了。"

汐见连连点头。"我果然还是应该把话说清楚。我的确对花冢女士抱有好感，所以才经常去弥生茶屋，想和花冢女士更加亲近。花冢女士似乎意识到了我的心意，我毕竟是顾客，她也不好冷落我，所以就以她自己的方式来与我接触。在旁人看来，我们的确有可能像是在交往，不过我和花冢女士之间真的什么也没发生。我这么说不是想表明自己有多么绅士，而是花冢女士先发制人。"

"先发制人？"

"我们聊天时,花冢女士曾说她已经五十多岁,对恋爱没兴趣,无论多么优秀的男人出现,都希望能维持朋友关系。她装成半开玩笑的样子,但我知道这是在暗中提醒我不要急着冲动表白,现在这样就好。总之,我被拒绝了。"汐见面露苦笑,微微摊开双手。

"所以你就放弃了?"

"除了放弃还能怎样?我能理解她,因为从某种意义上来说,就算草率地发展成恋人关系,最后也可能闹别扭导致分手。一直做朋友就没这种担忧了。"

"你真能看得这么开吗?你还很年轻,不是吗?"

汐见连连摆手。"我知道有些人不管年纪多大都会追求爱情,但我不是这种人。我能意识到自己已经快要枯萎,花冢女士的出现只是契机而已。你好像在多方面调查我,但我希望你知道,我和花冢女士的关系不会超出我刚才说的这些。无论你怎么查,都不会有任何结果。我就把话挑明了吧,你是在浪费时间。"

"查案总伴随着徒劳,而究竟是不是徒劳,应该由我们来做判断。你很坦率,我要谢谢你。"

"你认可我的话了?"

"算是吧。"

汐见皱起眉头,仿佛不太满意松宫的回答。"是不是还有什么事让你很在意?"

我在意的是你的这种态度——松宫很想这么说。

即便警方是在浪费时间,对于汐见来说也无关痛痒。有人到处打听关于自己的事固然不怎么愉快,但如果他没做亏心事,完全可以置之不理。其实,汐见是不希望有人再追查他和花冢弥生之间的关系吧。

此外，两人的交往因花冢弥生拒绝而停滞不前，这也很不自然。通常情况下，人会这么轻易放弃吗？

思考至此，松宫的脑中闪现出一个问题。

"能否问你一件事？"

"请讲。"

"如果花冢女士没有暗示，你打算怎么做？找机会向她表白？"

"那我可就说不清楚了。这需要勇气，"汐见歪着头，"没准我会胆怯。"

"在表白之前，你想过先和女儿商量一下吗？"

"和女儿？不，这个我完全没想过……这和我女儿无关。"

"无关？"松宫不由得眉峰一挑，"真的吗？你们一旦开始交往，总有一天你得向女儿介绍花冢女士吧？你没考虑过这一点吗？"

"等到时候……算了，最终我们也没走到那一步。"汐见伸手拿过玻璃杯，将余下的乌龙茶一饮而尽。他把玻璃杯放回桌上，里面的冰块碰撞出清脆的响声。"松宫先生，"汐见面向松宫，脸上露出僵硬的笑容，"百忙之中叫你出来，真是不好意思。想解释的我都解释了，你觉得足够了吗？"

"感谢你的配合。"松宫拉过账单，"我来买单就好，我要在这里再待一会儿。"

"那就多谢款待了。"汐见站起身，朝松宫点头致意后，走向店门口。

松宫这才拿起玻璃杯。刚才只顾着听汐见说话，一口也没喝上。冰块已然融化，乌龙茶的味道有些淡了。

汐见的解释中有一点令他难以释然,那就是萌奈的缺失。一个单身的父亲遇到有意交往的女人,首先在意的,不应该是女儿的态度吗?

这件事该怎么向加贺报告?能说自己"刑警的直觉已经启动"吗?松宫思考着。

12

多由子注意到哲彦从刚才起就看了好几眼壁钟。现在他从沙发上站起身说要出去一趟,于是正在开放式厨房洗碗的她停下手里的活儿,问道:"你要去哪儿?"

"去渔具店逛逛。"说着,哲彦拿过夹克,根本没看多由子一眼。

"什么时候回来?"

"晚饭前会回来的。"

现在刚过下午两点,晚饭最早也要在六点左右。星期六的大白天,这人究竟打算去哪里、怎么度过这整整四个小时?

"今晚想吃什么?"

"什么都行,你定吧。"哲彦穿上夹克,拉上拉链,"我走了。"

"去吧,路上小心点。"

哲彦"嗯"了一声,离开了客厅。

听到玄关的门开了又关、随即上锁的声音后,多由子继续洗碗。或许是精神不集中的缘故,她的手一滑,玻璃杯落在白色的盘子上,结果盘子裂了。她叹了口气,小心翼翼地拾起碎片,拿厨房纸包好放进塑料袋。过后她还得用马克笔写上"内有碎片,请多当心"。

那个姓松宫的刑警来过之后,哲彦一直很反常。可能是听说前妻遇害,心里没缓过来吧,但多由子总觉得他有什么事瞒着自己。

多由子擦拭着洗好的碗筷,这时门铃响了。她走近对讲机,屏幕里是一张陌生男子的脸。他穿着西装,但看起来不像推销员。"你好。"多由子拿起话筒应道。

"不好意思,能否请你抽出一点时间?"男人朝摄像头出示的是警察手册。

多由子吃了一惊,不知又发生了什么。"我先生现在不在家。"

"不,我有事想问夫人。"

"问我?"

"对,很快。请务必协助我们的工作。"男子语气和缓,但有着不容拒绝的震慑力。

多由子想不出拒绝的理由,只好回答了一声"好",摁下了解锁键。男人鞠躬后,从屏幕中消失了。

多由子来到卧室,在立式镜前确认穿着是否合适。她在牛仔裤加长款T恤的搭配上添了一件藏青色连帽衫,没有化妆。她正犹豫着要不要涂口红时,玄关的门铃响了。

她快步来到玄关前,只见眼前站着一名高个男子。他五官深邃,面容精悍,肩膀很宽。

"很抱歉休息日前来打扰。"男子再次掏出警察手册举到多由子眼前,"请确认。"

多由子盯着上面的身份信息——加贺恭一郎,警衔是警部补。

"确认好了吗？"

"好了，加贺先生……是吧？"

"我是警视厅搜查一科的加贺。"说着，加贺收好警察手册，"你是中屋多由子女士吧？"

"是的。"

"前些日子，你应该见过两名警员，一个姓松宫，一个姓长谷部。"

"是的，他们来过。"

"我和他们在查同一个案子，今天来是想补充性地问一些情况。"

"好，请进。"多由子做出邀请进入的手势。

"不了。"加贺伸出右手，他的手很大，"在你丈夫出门的时候进屋，我觉得不太好。听说附近有一家餐馆，可以的话，能否去那里一叙？"

"啊，好的，我明白了……"确实，就算对方是刑警，和一个男人独处还是令她有些不安。

"你需要时间准备一下吧？我在外面等你。"

"不好意思，我马上就来。"多由子来到盥洗室，涂上口红。她还想画眼线，但又怕时间太紧弄巧成拙，于是从客厅拿了一顶帽子戴上，几乎遮住了眉眼。

"让你久等了。"她边说边走出门。

"你工作时用的是旧姓吗？"加贺问道。

"是的。"

加贺指了指刻有"绵贯"罗马拼音的金色门牌。"挂这个门牌，会不会收不到寄给你的包裹和信件？"

"没关系,我给别人的住址上都留绵贯的姓氏。"多由子说,"我差不多像个寄宿者。"

加贺默默点头,说了句"我们走吧",迈开脚步。等电梯的时候,加贺问道:"你说你丈夫出门了,知道他去哪儿了吗?"

"他说去渔具店了。他的爱好是钓鱼。"

"海钓?"

"不,他喜欢河钓。"

"具体地点呢?"

"我不太清楚,他好像总是去那些很远的地方,秩父、奥多摩之类的……"

"他很积极嘛,那你不去吗?"

"我对自己的体力没什么信心。"

电梯门开了,里面站着一对貌似夫妇的男女。也许是这个缘故,乘电梯时加贺一直默不作声。

两人下到一层,走出大楼,但加贺只顾寻找餐馆,并不进入正题,一路上都在操作手机。

走进餐馆后,他们选择了最里面的桌子,从自助台取完饮料后面对面坐下。多由子喝橙汁,加贺点的是黑咖啡。

"听说上次松宫警官和你丈夫就是在这家店谈话的,关于那次谈话,你丈夫有没有对你说什么?"

"他说他很吃惊……得知他前妻被杀,我也吓了一跳。"

"你们聊了什么?"

"我告诉他警察向我打听他的不在场证明,他说他也被问到了。毕竟不久前他刚和前妻见过面,警察怀疑他也是自然。"

"我们并没有怀疑你丈夫,只认为他可能知道某些重要信息,因为我们确认案发前不久,他和被害人有过联系。"

"好像是对方主动联系的。我先生说他被叫出去见面,但并没说什么重要的事。"

加贺颔首,仔细打量着多由子的脸。"警方打听你丈夫的不在场证明,你应该很不高兴吧?"

"与其说不高兴,其实更多的是困惑。"

"我想也是,普通人很少会被问到这些,不过请你放心,我们已确认你丈夫有不在场证明。请多包容。"

"哪里。"多由子说着,拿起装有吸管的细长包装袋,撕破一端,将吸管插入玻璃杯中的橙汁。

"得知案发后,你丈夫表现如何?有什么异常吗?"

多由子思索片刻:该不该说他鬼鬼祟祟的,好像在隐瞒什么呢?她有些犹豫,最终决定不提此事。"他看起来没什么精神。"

"迄今为止,你丈夫有没有提起过前妻?"

"他基本上没对我讲过,应该是在照顾我的心情吧。"

"前妻在自由之丘经营咖啡馆的事,你知道吗?"

"不知道,我先生好像也不知道,他说还是你们来了之后才知道的。"

"你知道店名吗?"

"是叫……弥生茶屋吧?听说是她从自己的名字里取的。"

"没错,花冢弥生的弥生。"

"我听他说过前妻叫弥生,但不知道姓花冢。"

"这个姓挺少见的,据说枥木县比较多……"说到这里,加贺把手伸进内侧口袋，说了句"不好意思"，掏出手机站起身来，像是要接电话。

多由子下意识地环顾四周。一个小腹隆起的女人和貌似是她丈夫的男人一起进入餐馆，两人都面带笑容，看起来很幸福。

"不好意思。"加贺回到桌前，顺着多由子的视线望去，"那对夫妇怎么了？"

"没什么。我在想，大概会在什么时候生呢？"

加贺边点头边坐下。"肚子这么明显，可能下个月吧。"

"大概吧。"

"离邂逅不远了。"

多由子看着刑警的脸。"邂逅？"

"弥生茶屋的常客说，花冢女士很喜欢这个词。"

"邂逅……吗？"

"她常这样说，邂逅各种各样的人会让人生变得丰富多彩。她觉得和你丈夫绵贯哲彦先生的邂逅也是一笔宝贵的财富，所以并不后悔结婚。"

原来是这样。多由子想，哲彦几乎不提上一段婚姻，偶尔说到时总带着几分怀念，这种感觉大概不是自己的心理作用。想必对双方来说，这段回忆并不糟糕。

"所以，当像刚才那位一样怀有身孕的客人进店时，花冢女士总会说：'你马上就会有一次美妙的邂逅了，一定很期待吧。'对婴儿来说，和母亲见面自然是人生中的初次邂逅了。"

多由子深深地吸了口气，不停地眨着眼睛，又把气吐了出来。"她本人好像……没有孩子。"

143

"的确没有，可能正因如此，她才会这样类比。"

多由子拉过玻璃杯，不知该如何发表意见，此时夸赞略显空泛，于是她问："弥生女士……是一个怎样的人？"

加贺抿了一口咖啡。"这个问题很难回答。我手下的侦查员们告诉我，所有人都对她印象很好，说没见过这样的好人。她能牢牢记住来店一次的客人的脸，下次再来时会打招呼说'前些日子承蒙光临，非常感谢'。她很擅长做生意，一般人很难像她那样周到。"

"好优秀的人。"多由子垂头盯着玻璃杯中的橙汁。

"不过人是多面的，我们不能臆断。"加贺补充道，"刑事案件中常有这样的情况：逮捕凶手后，周围的人吃惊地表示不敢相信。被害人同理。大家都敬仰爱慕的人以意想不到的原因与人结仇，这种例子多的是。听完凶手的讲述后，有时就能理解犯罪动机并不见得出于怨恨。人心难测。"

是啊，人心难测，有时连自己都不了解自己。多由子在心中低语，搓着双手，脑海中浮现出哲彦的脸。

"我再说另外一件事，"加贺说，"四天前，你丈夫请了假，没去公司。"

"啊？"多由子睁大眼睛表示惊讶。她不知道这件事。

"你不知道吗？"

多由子摇头道："不知道。"四天前的早上，哲彦先出门上班。那天早上和往常一样，他没说要请假。

"这几天你丈夫大概几点到家？"

"比较晚，有时会超过晚上九点。"

"他怎么解释的？"

"说是公司聚餐或接待客人。"

"原来如此。"加贺附和道,欲言又止。

"难道不是?那他去了哪里?在干什么?请你告诉我,拜托了。"

加贺故意不理会多由子的情绪,端起咖啡杯细细品味后,平静地将杯子放回托盘。"四天前,你丈夫去了宇都宫。"

加贺的话令多由子呼吸一滞。"宇都宫……为什么去那里?"

"刚才我不是说过吗?花冢这个姓氏在栃木县比较常见。花冢弥生女士出身宇都宫,她的父母住在那里。绵贯哲彦先生和他们签订了委托合同。"

"什么?合同?"

"花冢女士过世后,需要处理各种身后事,包括解除房屋租赁合同、办理店铺停业手续等。这些事通常由遗属完成,但两位老人年事已高,住得又远,办理起来有困难,于是决定签订委托合同由绵贯先生代劳。你好像对此并不知情?"

"我完全不知道。"

"你丈夫这段时间回来得晚,应该也是因为在处理这些。他也向警方索要过花冢女士的信息。"

"我先生竟然……"

"当然,我们绝对没有因此怀疑他。"加贺的表情堪称笑容可掬,"刚才我也说了,我们已确认绵贯先生有不在场证明,只是他代遗属办理各种复杂的手续这一点让我们起了疑心。我们向花冢女士的双亲核实后才知道,他们没有寻求帮助,是绵贯先生主动提议的。"

"是他主动……"

"这么麻烦的事,为什么主动去做?你不觉得对此抱有疑问很合理吗？我自然联想到，或许他打算调查前妻的某些情况。我想你可能知道些什么或者有什么线索，所以今天登门拜访。"加贺以敏锐而深邃的眼神注视着对方，"怎么样，有什么能告诉我的吗？"

多由子低下头，拼命克制着情绪，但桌下紧握的双手还是颤抖了起来。"他什么也没告诉我，我也不知道他为什么要这么做。"她勉强挤出这句回答，不知道面前的刑警是否已察觉她内心的慌乱。

时间沉默而凝重地流淌着。多由子不知道加贺在用怎样的表情盯视自己，害怕得不敢抬头。

"原来如此。"不一会儿，加贺沉稳的声音传来，"我可能说了一些多余的话。没准你丈夫只是因为事关前妻才很难对你开口。我今天所说的这些要不要向你丈夫确认，由你决定，我们也不知道这是否与案子有关。"

"嗯……"多由子仍然低着头，"我会考虑的。"

"那么，最后请允许我再问一个问题，就一个。我说过，我们已经确认过绵贯哲彦先生的不在场证明，但松宫他们有一件事忘了确认，那就是你的不在场证明。请问，那天你在哪里，在做什么？"

13

学校的正门已经关闭，松宫只好从侧门进去。门卫室里坐着一个身穿制服的男人。松宫出示警察手册后，男人立刻紧张地站了起来。

"我找网球部的部员有事。"松宫说。

"网球场就在操场内侧。请在这里登记。"门卫拿出来校人员登记表。

登记完毕后，松宫把来校人员卡挂到脖子上，迈开脚步。自己已经多久没有踏进初中校园了呢？

今天是星期六，但棒球部正在操场训练。一个体格健壮的男人将球一一击出，也不知他是领队还是教练。伴随着软式棒球特有的干涩击球声，游击手迅速向右移动，接住滚来的球并投向一垒，动作一气呵成。

一股怀念之情油然而生。初中时松宫是棒球部的部员，不知接过多少球。他是投手，离击球手很近，总能碰上被猛击过来的球。

他在触击球方面也受过充分的训练。不经意间,他想起加贺的话:松宫的父亲也打过棒球,是接球手。

松宫很想说这又怎么了,难道加贺的意思是对棒球的爱好也会遗传?

他和克子还没好好聊过,反正打电话过去也马上会被挂掉,所以他一直没去联系。要想问个清楚,只有直接见面才行,但现在正在查案,还不是去馆山的时候。

他又想起芳原亚矢子气质典雅却又暗藏刚毅的脸庞。对他来说,和亚矢子有血缘关系其实感觉并不坏。亚矢子能掌管一家老牌旅馆,想必是一个优秀的老板。芳原真次能独自一人把女儿培养成才,肯定也是一个不一般的人。

回过神时,松宫才发现自己呆立在原地。他晃了晃脑袋。这种事多想无益,现在无须费神思考。他再次迈开大步。

加贺命令他核实汐见父女关系不合的原因,这是他来找汐见萌奈问话的契机。汐见行伸不自然的供述也是原因之一。汐见明显不愿警方深入调查他与花冢弥生的关系,松宫认为是因为萌奈。

松宫穿过操场,来到被铁丝网围住的网球场。场地有两处,分单人和双人。有部员正在双人场内打球,其他部员则在场边做热身运动或聊天。双人场边有一个像是指导员的男人,穿着一身白色运动服,个子很高。松宫刚一走近,他就已经察觉,一脸惊讶地转过头来。

"不好意思,请问你是顾问老师吗?"

"是的,你是……"

"这是我的证件。"松宫拨开西装前襟,从内侧口袋里取出警察手册，避免被学生看到。

顾问眨了眨眼，像是吃了一惊。那是一种近似于胆怯的表情，或许他以为是哪个学生惹了什么麻烦。

"这里应该有一个学生叫汐见萌奈吧？我想请她协助办案。"

"协助是指……"

"只是问个话，很快就结束。"

"二年级学生正在跑步，应该马上就能回来。"

"那等她回来后，我能否占用她一点时间？"

"好的。"

松宫环顾四周。场地一隅有一张长椅，没有人坐，于是他决定在那里等候。

他在长椅上坐下，观看部员们练习。初中生的四肢已和成年人差不多长短，全无赘肉的身躯翻转跳跃，宛如在热带大草原上奔驰的羚羊。

网球场与后巷仅由铁丝网分割，因此常能见到来往于人行道的行人。路人自然也能看到这边的光景，不过想来没有多少人会对初中生打网球感到新奇。

不久，汐见萌奈和其他几个部员回来了。顾问老师望着松宫的方向和萌奈说话，萌奈的表情相当困惑，这一点从远处也能看出。

萌奈穿上运动外套，战战兢兢地向松宫走来。

松宫起身相迎。"在你练习的时候前来打扰，真是不好意思。我有点事想向你确认。"

"什么事？"

"好了，先坐下再说。"松宫催萌奈在长椅上坐下，然后坐到她身边,"上次我问你父亲回家的时间,你不是说没注意吗?你说一个人吃完晚饭后一直待在自己的房间里,这个没错吧?"

"是的,没错。"萌奈始终垂着脑袋。

"我想确认的就是这个。你总是一个人吃饭吗?还是说那天只是碰巧?"

萌奈飞快地抬头一瞥。"您没听我父亲说过吗?"

"说什么?"

"我们家一直是分开吃饭的。"

"嗯……"松宫故意停顿了一下,"我听你父亲说了,可是上司听了我的报告后,表示难以置信,说父女住在一起不可能会分开吃饭。老实说,我也觉得奇怪。你可能已经意识到了,我们正在调查所有相关人员的不在场证明,你父亲也是调查对象之一。知道了你们父女没在一起吃过饭这件事,我们也不好就这样轻描淡写地放过。"

"您这么说我也没办法,我们确实是这样的……"萌奈低头看着地面,轻声说道。语至末尾,声音已经轻得几乎听不见了。

"可以的话,能否解释一下?你父亲没有具体说明原因。"

"原因……"萌奈搓起了双手,"反正各种都有。"

"各种?"

"就是指有很多很多原因啊。我总觉得和父亲待在一起很烦,或者说是很郁闷吧,一个人待着比较轻松。"

这回答根本不能称之为回答。松宫看不透到底是她不想回答,还是她自己其实也不太明白。他决定施加些压力。"在你出生前,你的哥哥姐姐意外去世了,对吗?我想对你父亲来说,你是一个特别重要的人，只是这份感情过于沉重了吧。"

萌奈表情僵硬，眼圈开始发红。松宫想，这一定是萌奈不愿被人触碰的部分了，也许她会大发脾气。

然而萌奈沉默了片刻，像是陷入沉思，再开口时平静得出乎意料："有这方面的因素。从小我就一直听父母念叨哥哥姐姐，说哥哥姐姐太可怜了，竟然就那样死了……他们肯定很悲伤、很痛苦，所以我理解他们想再生一个孩子振作起来。我常听人说，心爱的宠物死了以后，失去宠物的人会饲养同一种类的猫或狗……"

"我想孩子和宠物是不一样的。"

萌奈闻言抬起了头。"一样也行，和宠物一样也行啊！可我还不如宠物。宠物只需要被人疼爱，我不一样。父母将各种意志强加于我，要我带上那个世界的哥哥姐姐应得的幸福努力生活，做他们没能完成的事。这简直让我透不过气来。为了不让我像哥哥姐姐一样出意外，父母总唠叨个没完，我没有任何自由可言。"萌奈越说越激动，仿佛要把胸中的郁闷一吐为快。

"你确实很不好受吧。"

"我知道我只是哥哥姐姐的替代品，但也希望父母至少能做做样子。"

"原来是这样。这个问题很难解决啊。"萌奈所说的并未超出松宫的预测，既然如此，就应该放弃这个问题。

松宫正想结束问话，却听萌奈接着说道："如果光是这些，我还能忍。"

"其他还有什么吗？"

"我最讨厌的是父亲最近的眼神。"

"眼神？"

"他看我的眼神，既像是在害怕，又像是在顾忌什么，总之被他这么一看，我就满心烦躁。要是有什么想说的，直接说出来不就好了？"

"你父亲想说什么？"

"不清楚。我不知道。"

汐见行伸对女儿隐瞒了什么吗？松宫只能想到一件事，于是问道："上次我也问过你，你听父亲提起过一家叫弥生茶屋的店吗？"

"您问过。怎么了？"

"这家咖啡馆的经营者遇害了，我们正着手调查这个案子。你父亲似乎和被害人很熟，这个你自然也没听说过吧？"

萌奈微微摇头道："没有。"

"这样啊……"松宫想确认萌奈是否察觉到父亲对女人心动的迹象。

他正思索着如何措辞，却听萌奈问道："被害人是女性吗？"

"是的。"

"父亲在和她交往吗？"

萌奈直白的提问令松宫不知所措，不过这样反倒更容易切入重点。"你父亲说还没发展到那种关系，所以我想知道他是怎么对你解释的。"

"他什么都没说。不，应该说我们本来就没什么交流。我完全不了解父亲近来的情况，我想他对我也一样。"

这样没问题吗？松宫心里这么想，但这不是一个刑警该说的话。能从萌奈口中打听出来的应该就这些了。"情况我已了解。打扰你练习，真是不好意思。快回去吧。"说着，松宫站了起来。

"那个……"萌奈也站起身，开口道，"您有照片吗？"

"照片？"

"那个女人的照片。我想看看父亲在和什么样的人交往……"

"不，我都说了，你父亲说两人没在交往。"

"可是我想看看。能不能给我看一下呢？拜托拜托。"萌奈双手合十。

松宫皱起眉头。这对刑警来说是违规行为，但这个十四岁的女孩只是想尽可能了解自己的父亲，视而不见可不太好，也没准她会因此放下戒备。"真拿你没办法，下不为例。"

"我知道啦。"

松宫掏出手机，调出花冢弥生的照片，将屏幕朝向萌奈。"就是这个人。"

萌奈饶有兴趣似的打量着，突然"啊"了一声。

"怎么了？"

"我见过这个人。"

松宫向后一仰。"在哪里见到的？"

"在那里。"萌奈指了指网球场外的小路，"她就站在人行道上，看我们练习。"

"什么时候？"

"最后一次大概是在两周前吧。"萌奈歪着头说。

"你说最后一次，意思是不止一次？"

"我见到过好几次。手机能不能借我用一下？我去问问朋友。"

"好。"

萌奈拿着手机，向网球场边正在做拉伸运动的女孩们跑去。她给其中几人看了手机，交谈了几句，不久便一路小跑地回来了。"大家都说没错。这位阿姨经常来的。"

"大概从什么时候开始？"

"三个月前。"萌奈把手机递还给松宫，神情微妙地低语道，"她竟然出事了。"

这是怎么回事？花冢弥生为什么要来这里？松宫凝视着照片，陷入沉思。这时手机响了，是长谷部。

"谢谢你，"松宫向萌奈道谢，"你的话很有参考价值。"

萌奈点头行了一礼，回到同伴身边去了。

松宫目送着她的背影，接通了电话："我是松宫。"

"我是长谷部。现在方便吗？"

"嗯，正好告一段落。"松宫将手机贴着耳边，迈步走向网球场的出口，"我从汐见萌奈那里打听到了很有意思的事，和案子有没有关系现在还不知道。你那边情况如何？"

"我还在到处上门调查，不过刚刚收到组长的紧急联络。你还没收到吗？"

"紧急联络？没有啊。怎么了？"

"说是嫌疑人招供了。"

"啊？"松宫停下脚步，"招供了？哪个嫌疑人？"

"中屋多由子。"

"那是谁啊？"

"就是那个和绵贯哲彦同居的女人。"

原来她叫这个名字。不管怎么说，这也太出乎意料了，松宫连她长什么样子都得想想。

"她向警方自首,说自己是凶手?"

"不,听说是和找她问话的刑警交谈时突然交代了。"

"这到底是怎么回事?找她问话的刑警是谁?"

"加贺警部补。"

14

六年前，我第一次见到绵贯哲彦先生。当时我在上野一家叫"CURIOUS"的夜总会上班，因为光靠白天的工作很难维持生计。

我们很快熟识，开始交往。不久，他说想搬去宽敞一点的地方，问我要不要一起生活，并希望我辞掉晚上的工作。我本来就想早点辞掉陪酒的工作，便忙不迭地答应了，这样日子可以好过些。我很期待他会和我结婚，但离过婚的他说已经不考虑再婚了。于是，我也改变了想法，随时分手也许对我们都好。再说，最近"事实婚姻"这种说法也很普遍了。

我们同居五年，没人提过分手，也没有像普通夫妻那样出现倦怠期。按我的理解，也许是因为我们没有正式登记结婚。我不知道绵贯先生的真实想法，但也没什么不满，只求这样的关系一直持续下去就好。

可是，最近有件事让我很在意。一天吃晚饭的时候，绵贯先生接了个电话，看上去神情有些奇怪。我问他怎么了，他犹豫了一下，告诉我是前妻打来的，对方说是有话想说，希望能约他面谈。

我问他会是什么事，他说可能与钱有关。他们当年离婚时在财产划分上没起什么纠纷，但后来绵贯先生被判明还有其他资产。他说可能是对方发现了，想来抗议。

一周前，绵贯先生和前妻见面。我问他聊了什么，结果他说只是单纯的近况报告，没什么重要的事。

他说前妻在自由之丘开了一家咖啡馆，叫弥生茶屋。那时，我才第一次知道她的名字——花冢弥生。绵贯先生说，她可能是想炫耀自己能一个人生活得很好吧。就为了这个约前夫出来，我觉得很不可思议，但我不懂离婚女人的心理，当时也接受了这个说法。

只是后来我开始在意起绵贯先生的表现。他精神恍惚的次数明显多了，和我说话也会心不在焉。有时回过神来，他会打开手机拼命搜索，问他怎么了，他也只是遮遮掩掩。

我真的太在意了。一天晚上，我趁绵贯先生睡着时偷看了他的手机，密码我以前就知道，结果发现了一封他写到一半的邮件，是给花冢弥生女士的。大意是他还没整理好思路，希望能再给他一点时间，还写道"我需要和同居女友商量一下"。我心里受到了巨大冲击，感觉这是件大事。

很快我联想到，莫非花冢弥生女士在逼他复婚？我回忆起绵贯先生在两人见面后的表现，感到十分不安。绵贯先生是在犹豫。如果心意已决，他会当场拒绝。他没这么做，肯定是因为他觉得复婚也不错。这么一来，他就必须和我分手。每次看到他陷入沉思的侧脸，我都觉得他马上就要和我提分手，心里紧张得不行。

最终，我下定决心去见花冢弥生女士一面。当面听听她的真心话，是最快的解决方式。

我在网上很快查到了弥生茶屋。网站上写着那家店下午五点半结束营业，于是我决定在那个时间去拜访。

我到了店门口，看见入口的门开着，但已经挂上了结束营业的牌子。店里有个穿围裙的女人正在收拾东西。我说了声"打扰了"，她停下手，笑盈盈地走了过来，然后深表歉意似的说："今天已经打烊了。"

她是个美丽的女人，脸部线条丰盈适度，皮肤保养得很好，怎么看也不像五十岁上下。我开始焦虑了。说实话，见面前我自信至少容貌不会比她差。我比她足足年轻了十几岁，怎么可能输给绵贯先生的前妻？可我没想到，眼前的这个女人还完好地保持着成熟女子的风韵。这样的女人提复婚，我觉得绵贯先生会动心也很正常。

听我表明了身份和意图，弥生女士睁大了眼睛，似乎很惊讶，有那么一瞬间脸上没了笑容，但表情马上又柔和起来。她缓缓点头，用十分从容的语气说："承蒙光临，能见到你我感到非常荣幸。"

她关上店门，把我引到餐桌前，问我喜欢咖啡还是红茶。我心想都这种时候了还管什么饮料啊，但还是回答说红茶就好。她又问我大吉岭是否可以。红茶种类什么的，我完全不懂，所以就请她随意。

等待弥生女士泡红茶的时候，我打量了一下店内。小店整洁雅致，有一种能让顾客静下心来的氛围。离婚后，她自己一个人竟然能开起这样的咖啡馆，我深感佩服。如果换成我，恐怕连类似的想法都不会有。

既然她这么精力充沛，今后也可以一个人生活啊，为什么要来向已经分手的前夫示好呢？我那种混杂着忌妒和焦躁的情绪，好像一点一点地冒了头。

我正这么想着,弥生女士问我喜不喜欢戚风蛋糕。我摆手说不用了。我可不是为了吃蛋糕来的,而且紧张到完全没有食欲。倒是她右手拿着的东西把我吓了一跳。那是一把长刀。得知这是用来切蛋糕的,我才松了口气。

弥生女士把茶杯放在托盘上,朝桌子这边走过来。不知何时她已经脱掉了围裙。她讲了些大吉岭茶的知识,但我一句也没听进去,脑子里只想着该怎么切入正题。

弥生女士在对面的椅子上坐下,问我为什么来找她。

我告诉她,绵贯先生见过她之后变得很奇怪,并请求她告诉我到底为什么把绵贯先生约出来,见面时说了些什么。

弥生女士得知绵贯先生什么也没告诉我,就表示她也不能说,说他可能是在寻找合适的时机,到时自然会告诉我。

"他"这个称呼让我觉得别扭,就像在说自己的男友似的。

然后,我说了一大堆话。我告诉她:你已经不是他的妻子,你们只是前任夫妻而已;我们还没登记结婚,但他现在的妻子是我;你们两人之间还有秘密,他又不肯告诉我,这个实在太奇怪了,我完全无法接受。

弥生女士原本和善的表情突然阴沉下来,看这反应,或许是我的话里有什么刺激到了她。

她对我说,不要小看前任夫妻,我和绵贯先生不过同居五年,而他们曾同甘共苦,个中缘分非旁人所能理解或轻易评判。接着她叫我不要浪费时间了,让我回去。说着她站起来,朝我背过身去。

那一瞬间,我脑子里一片空白,身体自发地动了起来。回过神时，我已经站在弥生女士的正后方，手里握着一样东西，过了一会儿我才意识到是刀柄。我完全想不起自己是什么时候拿起来的，而长刀已经深深地刺进了弥生女士的后背。

弥生女士没有发出惨叫，径直向前倒了下去。

15

　　星期日一大早，松宫和长谷部一起赶赴绵贯哲彦的公寓。多由子一直不回家，也联系不上，绵贯自然会感到不安。警方不想造成不必要的担心，已于昨天告知绵贯拘留多由子一事，但没有说具体的拘留理由。

　　松宫等人上门时，绵贯双眼充血，脸上泛出油光。他大概彻夜未眠，郁闷地度过了一个晚上。

　　松宫说希望他也一起去警察局，绵贯二话没说就答应了，倒不如说是他自己想去。"这是怎么回事？到底发生了什么？我完全不懂，为什么多由子会被……请你告诉我。"

　　松宫感到有些过意不去，但只说到了那边再讲。

　　绵贯说他完全不清楚发生了什么，松宫其实也有同感。昨天白天听长谷部说中屋多由子已自首后，他立刻回到特搜本部，但没有人知道详情，直到加贺审讯完中屋多由子，公开供述内容后他才大致了解了情况。

真相出乎意料，令松宫大为震惊。

中屋多由子为什么会突然供认罪行？据加贺说，他并没有特别逼问，只是询问多由子的不在场证明而已。他问多由子，上一次松宫等人登门拜访过后，她和绵贯有过什么样的交流，她回答说"我告诉他警察向我打听他的不在场证明"。

这句话引起了加贺的怀疑。

"通常侦查员询问某人的不在场证明时，会避免过于直白的表达，尽可能让对方察觉不出意图，但中屋多由子用了'不在场证明'这个词。仅仅从绵贯先生那里听说有案子，就能意识到是在问不在场证明吗？于是我试探着问了一句：警方打听你丈夫的不在场证明，你应该很不高兴吧？结果她回答说感到困惑。这说明当时她就意识到警方在确认不在场证明。询问她的人应该是长谷部，难道长谷部问得那么直接吗？于是我假装要接电话，暂时离开了座位，向长谷部确认。据长谷部说，他确认过绵贯先生的行动，但一直很注意措辞，避免中屋多由子察觉警方在确认特定时间点的不在场证明。"

加贺相信长谷部，因此不能当场断定中屋多由子与此案无关。于是他故意说了一些花冢弥生的信息和绵贯的奇怪举动，观察对方的反应。

最后，当被问到自己的不在场证明时，中屋多由子突然这样回答："那天的那个时间，我就在自由之丘的弥生茶屋。"

"有一瞬间，我完全不明白她在说什么。"加贺没有说谎，当时他一脸愕然。

接着，中屋多由子说道："是我用刀刺死了花冢弥生。"

她的眼睛渐渐发红，泪水夺眶而出。加贺这才意识到，眼前的女人就是凶手，她正在供述自己的罪行。这在加贺漫长的刑警生涯中还是头一回碰上。

长谷部说他不愧是老练的刑警，加贺却一脸严肃地否认道："没这回事。我只是问了一下不在场证明。她要想糊弄过去的话，怎么说都可以，只要回答一个人在家就行。她没有这么做，是因为不愿逃脱罪责。她早晚都会来自首，只是下定决心的时候，我正好在场罢了。"

但诱使对方下定决心的不正是加贺吗？听松宫这么一说，加贺的反应是"这就不清楚了"，进而补充道："如果有人说这个案子背后还有隐情，我是不会感到吃惊的。"

松宫也有同感。中屋多由子的供述颇具说服力，前后也没有大的矛盾，但未能完全消除他之前在侦查过程中生出的异样感。

抵达警察局后，松宫带绵贯进入刑事科一隅的小屋。考虑到人太多会让绵贯变得畏畏缩缩，参与问话的只有松宫和加贺两个人。与绵贯隔桌相对而坐的是松宫。

"我先说一下现在的情况。"松宫率先开口，"昨天中屋多由子认罪，承认自己杀害了花冢弥生女士。供述内容可信度较高，所以当晚批捕。嫌疑人潜逃的可能性很小，但也有一时冲动自杀的可能，目前拘留在局内。"

绵贯双目圆睁，嘴巴如同求饵的鲤鱼般一张一合，吃惊得说不出话来。"怎么可能……"这是他吐出的第一句话，"多由子为什么要那么做……她……应该连弥生的面都没见过……"他气息紊乱。

"她本人说是她做的。"

"我不相信！"绵贯猛地摇头，双手撑在桌面上向松宫探出身子,"动机是什么?多由子怎么说的?"

"你觉得会是什么?"

"我不知道才会问你!请告诉我,多由子是怎么说的?"

"绵贯先生,"加贺在一旁插话,"请你先坐下。松宫警官会按顺序讲给你听。"

这低沉的声音仿佛具有镇静效用,绵贯半张着嘴坐了下来。

"嫌疑人中屋多由子与被害人之间没有任何直接联系。"松宫缓缓开口,"绵贯先生,你是唯一的中间人,不过你也很久没见过你的前妻花冢弥生女士了,这次是时隔十年之久的再会。上次我问你见面时你们谈了些什么,你说只是单纯的近况报告。事实果真如此吗?"

绵贯的身子猛地往后一仰,像是在做扩胸运动。"是真的,我没说谎。弥生问我现在的情况,我就如实回答了。她说她在经营一家咖啡馆。仅此而已。"

"只为这个,就约早在十年前离婚的前夫出来?"

"你怀疑我也没办法,就是只说了这些。我真的不明白你们为什么要怀疑。"

"因为嫌疑人说,你和前妻见面后,举止变得很奇怪。"

听了松宫的话,绵贯的脸颊突然一颤。"多由子是这么说的?"

"她说你经常心不在焉,话说到一半就走神,所以她很不安,想知道花冢女士对你说了什么。"

绵贯的视线开始游离。他似乎在犹豫着什么,又像是因毫无头绪而感到迷茫。

"我说绵贯先生,你能不能说实话?"松宫说,"花冢女士找你到底有什么事？"

绵贯舔了下嘴唇，用试探性的目光看向松宫。"难道多由子以为弥生想和我复合，所以杀了她？"

松宫的嘴角微微下垂。"是我在提问。"

"是不是这样？她怕我被抢走，直接找弥生谈判，结果一时冲动把她杀了，是不是？"

松宫侧过头，与加贺对视一眼，再次转向绵贯。"果真如此的话，你是不是就可以理解了？"

绵贯闭上眼睛，双手抱头喃喃自语："这算什么事啊……"他保持着这个姿势，良久无言，即使松宫唤他的名字也没有反应。

过了一会儿，绵贯脱力似的将双手摊在腿上，睁开眼睛看着松宫。"能否让我见多由子一面？我想和她单独聊几句。"

"这可不行。"松宫当即答道，"如果有什么要转达或询问的，请告诉我们，我们会处理。"

"我知道了。"绵贯的表情很痛苦，他皱紧眉头，抓了抓前额。

"你想对多由子女士说什么？"加贺问。

"这是误会。"

"什么误会？"松宫问。

"弥生从没说过要和我复合，她只是提议我们共同经营。"

"共同经营？"

"她希望扩大弥生茶屋的规模，问我能不能帮忙。其他人靠不上，所以她才来找我。"

绵贯意外的供述令松宫大为困惑，他再次与加贺对视。

"那你是如何回应的？"加贺问。

"我说请容我考虑一下。如果店里生意不错,这主意倒也不坏。"

"在哪儿?"加贺步步紧逼。

"什么在哪儿?"

"开店的地方,要扩大规模就得有新的场地。"

"在现在这家店附近。她说过几个备选,但具体地址我没问。"

加贺朝松宫转过脸,微微歪了一下头,表情像是在说"可疑但难辨真伪"。

松宫盯着绵贯问道:"这件事你上次为什么不说?"

"对不起。"绵贯缩了缩脖子,"这件事我瞒着多由子,所以我想如果她从警察那里知道就糟了。真是的,就算是这样,她也没道理这么怀疑。弥生找我复合?这怎么可能……多由子在想什么……"绵贯咧着嘴,身体不安地扭动着。

"绵贯先生,"加贺适时插话,"很抱歉在你深受打击的时候,我还要再询问一件事。"

绵贯抬头看着加贺,显得疲惫不堪。"什么事?"

"昨天白天你出门了,对吧?你对多由子女士说,你要去渔具店逛逛。"

"怎么了?"绵贯脸上划过一丝戒备,没能逃过松宫的眼睛。

"你在渔具店买了什么?"

"不……我也不是奔着买什么去的,只是看看而已。昨天我什么也没买。怎么了?这和案子有关吗?"

"我不知道有没有关系,只是很在意为什么到了现在你还要撒谎。"加贺慢条斯理地说,"昨天你并没有去渔具店,前往的是位于饭田桥的一栋公寓。你到底去拜访谁了?方便的话能否告诉我们?"

话音刚落,绵贯的目光便游移不定起来。"你们在……跟踪我?"

"难道你有什么秘密,害怕被跟踪?"

绵贯无法作答。他紧闭双唇,眉间的皱纹更深了。

这几天警方一直在监视绵贯的行动。根据报告,他离开公司后不会马上回家,必会中途去往某处,餐馆居多,有时也去民宅。警方不知道绵贯在干什么,但如果让他发现自己正在被监视会很麻烦,所以一直没派人去各处上门调查。

绵贯的嘴唇微微一动,吐出了弥生的名字。"这是处理弥生身后事的一个环节,我需要见各种各样的人。"

"见到后谈了些什么?"

"就算人已经死了,我也不能侵犯弥生的个人隐私,请谅解。"绵贯深深地低下了头。他保持着这样的姿势,嘴里咕哝着什么。毫无起伏的声音飘荡在沉闷的空气中,旋即消失。

16

亚矢子拉开隔扇，道了声"失礼了"。和室中摆着现代样式的桌椅。最近越来越多的人表示坐在榻榻米上吃饭太辛苦，如此安排也是应顾客的需求。

"感谢各位经常惠顾。"亚矢子说着，环视众人。客人共有十位，全是七十多岁的男性。他们是某大学田径部的老部员，在长跑接力项目上得过全国冠军。从几年前开始，他们每年都会来辰芳开一次同学会。

"各位，看到你们身体如此健康，我也安心了。请大家品尝敝馆引以为豪的菜肴，悠闲地享受这里的舒适服务。今天敝馆准备了当地特产的手取川山废纯米酒，数量有限。"说着，亚矢子把一个一升容量的酒瓶放到桌上。

老人们发出了喜悦的欢呼。

"这个好啊！感谢感谢。"

"今晚就让我们喝个痛快吧！"

"少逞能！你啊，只会马上醉倒，往地上一躺。"

"说什么呢！我看你是觉得送包子比较好吧？"

就算年纪大了，老朋友一旦相聚，互相调侃起来也和年轻人一样。亚矢子会心一笑，说了声"请慢用"，退出房间。

在几个单间轮流寒暄过后，她穿过走廊，回到自己的住处，脱下和服换上一身便服。今晚亚矢子有件事想做。她从楼梯上到二层。

遗物整理早晚都得做，不如趁现在开始确认真次的私人物品。这种行为和侵犯个人隐私一样，即使是父女关系，亚矢子还是有点犹豫，不过也正因此，她不能把这件事交给别人去做。

此外，当务之急是需要准备一张遗照。亚矢子也不知道到底有没有合适的照片。真次不喜欢抛头露面，集体照也不愿参与。年轻时的照片倒是有，但年代过于久远的话也不成体统。

真次的房间在走廊深处，亚矢子极少进去。她打开门，摸索到墙上的开关，摁了下去。日光灯那白色的冷光充盈室内。

她扫了一眼屋内。八叠①大的和室收拾得整整齐齐，大概是真次在住院前整理的。

她的视线停留在窗边的小佛龛上。佛龛的门开着，里面并排摆放着法磬和相框。亚矢子走过去拿起相框，看到母亲正美年轻时的笑容，那时还没有发生车祸。亚矢子已经想不起最后一次看到母亲的笑容是在什么时候了。

真次每天面对佛龛时，心里在想什么呢？他曾一度离开，准备在别处建立第二个家庭，然而因正美遭遇车祸断了念头，回到了这

---

① 日本面积单位，1叠约为1.62平方米。

个家，甚至抛弃即将出生的第二个孩子。亚矢子无法想象是什么让父亲改变主意。

她再次环顾室内。这还是她第一次如此仔细地观察这间屋子。

下一个吸引她目光的是不大的书柜。真次不太热衷读书，架子上几乎没有小说类读物，摆在上面的多为与烹饪和食材相关的专业书。柜中有一样东西比书更具存在感，那是一个棒球，摆放在由三根球棒模型组合而成的球架上，下方垫着绿色的布。

亚矢子记不清球是从什么时候放在这里的，小时候并无印象，应该是之后才有的。这不是著名选手的签名球。如果是哪次大赛的纪念品，父亲应该会在某个地方做记录，但她没有找到。

亚矢子上大学时曾问过真次这个棒球的来历。

"不是什么了不起的东西，就是个赠品。"真次如是说。

亚矢子总觉得他好像不愿多说，所以也没再多问。

也许这个棒球具有特殊的意义，否则又怎么会装饰在书柜上呢？亚矢子听说父亲打过棒球，这也许是用来回忆当年的东西。

亚矢子想，没准父亲希望把这个球放在身边。现在的真次在不痛苦的时候意识清晰，视力也没问题。把这个球装饰在病房里，可能他的心情多少会舒畅一些。亚矢子打算先把这个球收进箱子，再找合适的照片。她正要伸出手，突然铃声响起，吓了她一跳。原来是放在矮柜上的固定电话。

这不是辰芳的总线电话，而是正美和真次结婚时开通的私人电话，知道号码的人应该很少。到底是谁打来的呢？亚矢子惊讶地拿起话筒。如今这个年代，竟然还有不是无线的座机。

有可能是骚扰电话，亚矢子想。于是她没有自报家门，只是说了声"喂"。

"请问是芳原家吗?"一个女声问道。

"是的,您是哪位?"

"我姓叶山,是池内弓江的妹妹。"

"池内……"亚矢子在记忆里搜索了一番,但没有哪个熟人是这个姓氏。

"我旧姓森本。请恕我失礼,你是亚矢子小姐吗?"

"是的。"

"果然……你的母亲芳原正美出车祸时,我的姐姐弓江也在那辆车上。"

亚矢子惊呼一声,不由得呼吸一滞。"您说的这些人都已经去世了……"

"是的。"对面的女声回答道,"姐姐和开车的姐夫意外身故,正美女士得救了,但受了很严重的伤。"

"是的。"

"关于这件事,我十分愧疚,都是因为我姐姐和姐夫……"

"不必愧疚,"亚矢子说,"没有人会故意让车祸发生,谢谢您的心意。"

不知为何,对方陷入了沉默。亚矢子贴着话筒,微微侧首。她试着说了一声"喂"。

"啊……不好意思,其实我打这个电话是有原因的。我听说辰芳的负责人生病了,不知他现在情况如何?"

看来对方终于要进入正题了。亚矢子认为没有必要隐瞒,决定照实说:"是的,他正在住院,情况不算很好,是癌症晚期,已经无法救治，医生说不管什么时候发生什么情况都不奇怪。"

对面发出一声叹息。"海鲜市场的人也这么说。"

真次患病的事已在业内传开，所以亚矢子丝毫不觉得意外。"人斗不过病魔。现在我只想让他安然度过余下不多的时间，就当是大限已至吧。"

"嗯……"对方的声音低沉下来。

"您有事找我父亲吗？"亚矢子问道，但对面再次没了回音。

她刚想追问，对方开口了："亚矢子小姐，关于那场车祸，你有没有从你父亲那边听说过什么？"

"从父亲那边？"亚矢子困惑起来，这个问题她完全没有预想到，"什么意思？我只听说母亲坐朋友夫妇的车，结果出了车祸。"

"果然……"

"难道有什么隐情？不好意思，您能不能再报一下姓氏？"

"我姓叶山。"

"叶山女士，请您把话说清楚。关于车祸，您一定知道些什么，对吧？"

"与其说知道，不如说这事有点蹊跷。芳原小姐，我一直希望能找个时间向你父亲确认，但总也下不了决心，结果拖到现在。"

"哪里蹊跷？请您告诉我。"亚矢子的语气不可控制地强硬起来，握着话筒的手也暗中发力。她从未怀疑过那场车祸的真相，以为只是母亲运气不好。难道事实并非如此？"叶山女士！"她高声说道。

对面再次传来叹息声。"我觉得可能还是瞒着你比较好，因此一直很犹豫要不要给你打电话。只是话说到这个份上，再不继续，你是不会原谅我的吧。"

"没错,后续我非听不可。"

"那我就说了。在这之前,我想请你看一样东西,你能抽空见我一面吗?"

"当然可以。"亚矢子马上补充道,"现在就可以。"

17

不出松宫所料,同时搜索"宇都宫"和"土特产",第一个出来的结果就是"饺子"。

离开警察局时,老刑警坂上说的那句话在耳边回响:"你可记得买点饺子之类的土特产回来啊,上次从新潟回来竟然两手空空。"网上推荐的土特产是冷冻饺子,可提着这东西回特搜本部,究竟找谁来煎啊!

松宫耸耸肩,叹了一口气,把手机收进口袋。还有十分钟左右就能到宇都宫了。前几天是上越新干线,今天则是乘东北新干线出差。话虽如此,宇都宫离东京也就约五十分钟的路程,并没有长途旅行的感觉。

他心不在焉地望着车窗外,眼前是一片恬静的田园风光。真的可以就这样结案吗?他的心里还有一个解不开的谜团。

如今,案件已进入收尾阶段。以中屋多由子的供述为基础,警方正在有条不紊地开展核实工作,逐渐证实她的话并非谎言。

她说她乘电车去了弥生茶屋所在的自由之丘，车站及周边的几个监控摄像头确实捕捉到了她的身影，装束和时间也与供述相符。

此外，鉴定人员曾在现场采集到几个鞋印，其中一个和她当天穿的轻便鞋吻合。

最重要的是，中屋多由子说她是用切戚风蛋糕的刀刺杀了弥生。报道中并未出现凶器，所以只有凶手和侦查员知道这一点。

凶手是多由子这一点恐怕已毋庸置疑，但松宫并不认为中屋多由子说的都是事实。

首先，她所描述的花冢弥生遇害前的态度让人难以理解。

根据多由子的说法，死者最后表示交谈本身就是浪费时间。这种咄咄逼人的言辞，与此前其他人所描述的花冢弥生的个性不符。当然，谁都会有通常不为人知的一面，可能只在那一刻暴露出来。只是，本案具有某种微妙的异样感，令人难以接受这种解释。

绵贯的供述内容也是如此。

他说花冢弥生提议共同经营，可这也不像她的风格：弥生茶屋之所以连雇员也没有，不就是因为即使经营失败，她也不想连累别人吗？向十年没联系的前夫提议这件事本身就令人费解。如果花冢弥生真想扩大经营规模，那她的家里和手机上应该留有与之相关的资料，比如房产信息等，然而并没有听负责收集证据的侦查员说找到了诸如此类的东西。

绵贯下班途中去过的地方大致已调查完毕，都是过去花冢弥生经常出入的店铺或熟人的家。绵贯询问店家的问题是花冢弥生最近有无来访，询问熟人的问题则为是否见过面，却都没有明说如此询问的目的。

显然，绵贯隐瞒了什么，这或许与本案的真相有关。

加贺赞同松宫的想法。正因如此，加贺才向组长提议，定下了松宫的宇都宫之行。

还有一个人也让松宫颇为在意，那就是汐见行伸。

今天上午，松宫走访了汐见就职的池袋营业所。

见到松宫，汐见露出不耐烦的表情，但看上去并未感到意外。"我就觉得这几天你可能还会来。"走进营业所旁的咖啡馆后，汐见说，"你的来意我大致能猜到，不过能不能让我先提问？"

"可以啊，当然我不确定能不能回答。"

汐见正襟危坐，注视着松宫。"杀害花冢女士的凶手已经抓到了，据说是个女人。她和花冢女士是什么关系？她的动机是什么？"

松宫微微一笑。"很遗憾，这两个问题我都不能回答，因为现在还在调查中。"

汐见撇了撇嘴，长叹一口气以示放弃。"我就知道你会这么说。"

"很抱歉辜负了你的期待，那么现在可以轮到我提问了吗？"

"请。"汐见生硬地说。

"刚才你说你大致能猜到我的来意。"

"是的。听说你去了我女儿的学校。"

"是你女儿告诉你的吗？看来你们父女之间有交流，那就好。"

"这是在讽刺我吗？我还想呢，难得女儿来找我说话，结果只是因为刑警去了她的学校。我挺吃惊的。"

"吃惊的人是我。你应该也听说了吧？花冢女士常去看网球部的练习。这究竟是怎么回事？我不觉得这是偶然。"

"不是偶然，但也不值得惊讶。我对花冢女士提过女儿就读的学校和加入网球部的事，结果她说对那所学校很熟悉，时不时会去那附近走走，要不下次就过去看一眼。没想到她竟然真的去了。"

"萌奈说她去了不止一次，同学们已经见过她好几次了。花冢女士的目的是什么？"

"谁知道呢。"汐见摇了摇头，"她应该只是有事需要频繁地去那附近吧，我也不清楚。花冢女士常去看网球部练习这件事，我也是听女儿说了才知道的。这个先不提，松宫先生，为什么你总是要刨根问底地调查我们父女呢？凶手已经被逮捕，应该没我们的事了吧？"汐见的语气中含着一股焦躁。

"刚才我说了，调查还没有结束，我们也不知道凶手的话是否属实。在查明这一切之前，我想还会需要你的协助。"说着，松宫展示了中屋多由子的大头照，"这个女人你是否眼熟？"

汐见打量着照片，显得有些迟钝，随后摇了摇头。"我完全不认识这个女人。"他的言行举止中没有任何不自然之处。

警方尚未发现中屋多由子和汐见之间有直接联系。如果多由子是凶手，那只能认为汐见与本案无关，但是松宫下意识地判定汐见和绵贯一样，隐瞒了某些重要的事。

松宫想起了加贺对他说的话："意识不到自己的错误，执着于偏离正轨的调查，这样的人称不上优秀的刑警。只因为有一点落在自己预想之外，就马上认定直觉落空的人，也难成大器。"如今，他打算对自己的直觉再执着一些。

快到宇都宫时，手机提示有来电。松宫看了看屏幕，有点紧张。屏幕上跳出了芳原亚矢子的名字，几天前他才刚刚添加到通讯录。

他从座位上站起来，接通电话，走向车厢之间的连接处。

"喂，我是松宫。"

"我是芳原。现在方便吗？"

"我在新干线上，不过没关系，我已经走出车厢了。"

"不好意思打扰你工作了。是这样的，有一件很重要的事，我希望松宫先生也听一下。"

"如果是上次那件事，我还没和母亲好好聊过。"

"这样啊，不过我要说的也许和你母亲想隐瞒的事有关。"

松宫挺直腰杆。"那我可不能放过。"

"这事不是简单两句能说清楚的，你能否再抽时间出来一次呢？和上次一样，我去东京找你。"

"那可帮了我的大忙。有个案子的调查工作已渐入佳境，现在我很难和你约定一个具体时间。等我这边有了眉目我就联系你，怎么样？"

"可以。不过呢，松宫先生，"芳原亚矢子意味深长地念出他的名字，继续说道，"我是不着急，但那边可能时间不多了。"

"那边"指的是什么，松宫立刻就明白了。"病情正在恶化吗？"

亚矢子苦笑着说："已经恶化得不能再恶化了。就算现在收到医院来的坏消息，我也丝毫不会感到吃惊。"

"好的，我会努力尽早了结手头的工作。"松宫挂断电话，刚把手机收回口袋，就感觉列车咯噔一下骤然减速。

见松宫递出的盒子，花冢久惠满是皱纹的嘴角松弛下来。"人形烧……很早以前有熟人送给过我。真是不好意思，那我就不多客气了。我们两口子都很喜欢甜食。"

"那就好。"松宫把手伸向矮桌上的茶碗。这是刚才久惠端来的。

花冢弥生的父母家位于离日光街道数十米远的住宅区内,是一栋四方形的西式平房,屋前挂有"花冢针灸整骨院"的招牌。弥生的父亲即将年满八十,现在还在给患者看病。

花冢夫妇和汐见一样,知道凶手已被逮捕,他们认为刑警特意从东京赶来是为了通知相关事宜。

当松宫表示详情还无可奉告时,最初和久惠并排坐着的花冢先生以病人正在等待为由,早早离席而去。

"关于绵贯先生,"松宫对久惠说,"您能否告诉我,把弥生女士的身后事委托给他的详细过程呢?"

"前几天我在电话里解释过了……"

"抱歉屡次打扰,我们还有其他几件事想确认。"

"好吧,再说一遍也没什么。"久惠抿了一口茶,开口道,"案子发生一周后,绵贯突然打来电话。他说了些哀悼的话,问我接下来杂事很多,是不是很难处理。我说确实很麻烦,都不知道要处理什么、怎么处理。听我这么一通诉苦后,他提议一切都由他来办。我吃了一惊,说这怎么好意思,姑且拒绝了。结果绵贯说不用客气,这类杂务他很熟。说实在的,对我们来说这是好事,我们并没有其他可以依靠的人,所以真的是遇上救星了。绵贯值得信赖,而且我觉得他应该很了解弥生的情况。最后我答应了,说这可帮了大忙,那就拜托了。几天后,他就拿着委托合同来了。"

"关于主动承担杂务的理由,绵贯先生怎么说?"

"理由?"低语过后,久惠思索片刻,"好像没什么。他说得知弥生被害后,他就在考虑自己能做些什么。他想到遗物整理之类的事老人多半处理不了,就来联系我们了。"

如果这是真心话,绵贯要么极度热心,要么就是喜欢管闲事。现在的确没有证据断言绵贯的性格如何,但预想他另有目的显然更为合理。

"在委托合同上签名盖章后,绵贯先生就马上回东京了吗?"

"不,没那么急,他还问了不少弥生的情况。"

"问了什么?"

久惠歪了歪头,惊讶地看着松宫。"我说,把杂务交给绵贯处理有什么问题吗?托女儿的前夫做这些事不行吗?"

"不不,"松宫摆了摆手,"当然可以。只是凶手已经抓到,但案子还没有完全了结,所以对于相关人员的行为,我们希望能给出合理的解释。对不起,公事公办。"

松宫不知道这样的解释能否让对方信服,而久惠则说了句"原来是这样",不再表示疑问。

"绵贯先是问我们最近和弥生聊过些什么。这段时间弥生很少来这里,我们基本只在电话里聊,她很关心我们的身体状况,毕竟老头子去年得了胃溃疡。"

"弥生女士说过自己的情况吗?绵贯先生应该很想知道吧?"

"这个他也问了。弥生不太提自己,也就是工作劲头还不错、店那边很顺利之类的,我也都说给绵贯听了。"

"绵贯先生满意吗?"

"他问我弥生有没有提到最近生活发生了什么变化,我说我没怎么听弥生讲过。"

"变化?"

"有没有让人高兴的事、有没有遇上意想不到的人之类的。我回答说什么都没听说。"

让人高兴的事、意想不到的人……松宫想,这些指的是什么呢?从久惠的话来看,显然绵贯心里已经有了一个大致的猜想。

"对了,"久惠在胸前双手合十,"接下来他又说想看看相册。"

"相册?"

"我们家的相册。他说想看看弥生小时候的照片。"

"为什么?"

"谁知道呢,他只是说想看看。"

"您给他看了吗?"

"给了,又不是什么见不得人的东西。"

"能不能让我看看?"

"嗯,可以啊。稍等。"久惠说完,起身离开了房间。

松宫陷入沉思。他完全猜不到绵贯的意图,难道是自己想多了?

久惠回来了,双手捧着一本厚厚的相册。"就是这个。"她把相册放到了矮桌上。

松宫把相册拉近。封面由皮革制成,翻开则是硬纸板装订成的内页。这种东西最近不多见了。

他小心翼翼地翻开。第一页上贴着婴儿的照片,感觉是刚出生没多久的时候,不是黑白照,但彩色部分褪色严重。看惯了现今的高画质照片,这画质说不上清晰。照片旁用钢笔写着"弥生 出生后满三周"。这以后暂时都是婴儿照。弥生是花冢家唯一的孩子,他们兴高采烈地拍了很多。

接下来是进入幼儿期的弥生,她穿着幼儿园制服的模样十分可爱。然后是小学入学仪式,照片中的久惠朝气蓬勃。

"很活泼的女孩子啊。"看着弥生在攀登架上玩耍的身影,松宫说。这应该是她小学低年级的时候。

"她就是个野丫头,一刻也闲不住。"久惠说着,按了按内眼角,大概是想起了弥生孩提时代的往事,再次切实感受到了女儿已不在人世的事实。

又翻过几页,弥生容貌中的稚嫩渐渐消失,女性气质取而代之,由内而外散发出来。有些拍摄角度看起来就像是成年人。

松宫翻到这里,一种微妙的熟悉感油然而生。他觉得很奇怪,自己明明第一次看这本相册。

翻到某一页时,松宫一惊——原本贴在那里的照片被撕掉了,看衬纸上的痕迹就能明白。

"这里的照片呢?"松宫问。

久惠望着白色的纸面,睁大眼睛。"不知道。这是怎么回事?我不记得撕过啊。"

那就是绵贯做的。他为什么偏偏撕下这一页里的照片呢?

松宫翻到下一页,这里的照片还在。弥生已完全长大,比起"少女时代",用"青春期"这个词来形容更为恰当。

看到其中一张照片时,松宫不由得屏住了呼吸,同时意识到刚才所抱有的熟悉感究竟是怎么回事。

这怎么可能!极度的冲击令他的思维陷入混乱。

18

行伸时不时地看一眼墙上靠近天花板处的电视，默默地动着筷子。今晚他点了味噌汤青花鱼套餐，汤里的菜是蚬贝。

吃完饭后，他看了看表，刚过晚上八点。想必萌奈也已经吃完晚饭，躲进自己的房间了。他叫来店员，准备结账。

那个姓松宫的刑警去过学校后，萌奈变得有点奇怪。她说看过花冢弥生的照片后，发现花冢弥生经常来看网球部练习。

"那个阿姨为什么会到我们学校来呢？"

面对萌奈的疑问，行伸歪着头说："谁知道呢。应该是去那附近办事，顺便参观一下吧。我想她并不是特地去看你的。"

十四岁的女儿显然对这个回答并不满意，微微皱起的眉头将情绪表露无遗。不等女儿抛出下一个问题，行伸便逃进了自己的房间。

今天早上两人只相处了一会儿，但萌奈像是有话要说。行伸装作没有注意到，匆忙逃出家门。他害怕与萌奈面对面。萌奈已经不是小孩子了，敷衍之辞恐怕无法让她信服。

行伸付完账,走出定食屋。他拖着沉重的脚步正要往家走,听到身后有人唤他。

"汐见先生!"

他停住脚步,往后一看,不由得皱起了眉头。松宫正向他走来。"看来你已经吃过晚饭了。"松宫应该是在餐馆附近监视自己。

"又是什么事要找我?"汐见面露不耐烦的神情。

松宫保持着爽朗的笑容,说道:"上次我应该说过,我们希望你能给予协助,直到真相大白。"

"死缠着我这样的人,不会给你的调查带来任何帮助。"

"我不这么认为,所以今天才又来见你。能否腾出一点时间?三十分钟就行。"

行伸夸张地叹了口气。"如果这是最后一次,聊一小时、两小时都没问题啊。"

"不,那毕竟还是太强人所难了,三十分钟就够。我们走吧?"

"走?去哪儿?"

"我已经找好地方,可以两个人好好说话。"松宫说着,用右手指出方向。

无奈之下,行伸迈开了步子,与松宫并肩而行。"你在刑警里算是优秀的吧。"

"为什么这么说?"

"我算是一个老好人吧,自己这样评价自己是有点奇怪,可有人求我做事,我总是没法拒绝。我这样的人都觉得自己对你态度过于冷淡。一般人应该会感到不快,不想再见到我,可你却还是一脸满不在乎的样子来找我。这大概就是刑警必备的素质吧。"

"你是在表扬我吗?"

"当然。"

"谢谢。不过呢,汐见先生,你并不明白。"

"不明白什么?"

"我完全没感受到你的冷淡。请求你,你就会协助我们——正因为我确信这一点,才总跑来找你。"

"真是服了你了。"行伸微微摇头,嘀咕了一句。

松宫带汐见去的是KTV。两人被引入店内,一路畅通无阻,看来已有预约,但屋里的卡拉OK设备没开。"因为不能被分散注意力。"松宫若无其事地说。

店员问他们喝什么饮料。松宫点了乌龙茶,行伸则要了啤酒,这样多少可以缓解一下紧张的心情。行伸打量着室内,心想已经好几年没来过KTV了。

"为了打起精神,要不唱一首?"松宫半开玩笑地问道。

行伸哼了一声,苦笑起来。"我去世的妻子很喜欢KTV,孩子出生前我们经常去,不过我不擅长唱歌,一直是听众兼负责点饮料的。你经常来玩吗?"

"我经常来,不过像今晚这样不开电源的情况比较多。"松宫爽快地说。

看来,把KTV用作问话场所是家常便饭。"原来如此。"行伸耸了耸肩。

这时,饮料端来了。行伸立刻把手伸向啤酒瓶,但在碰到之前又停住了,他不想让对方察觉自己因紧张而口渴的事实。

松宫喝了一口乌龙茶,说道:"好了,我想给你看一样东西。"

"什么东西？"

松宫将手伸进上衣的内侧口袋，拿出几张照片，并排摆放在桌子上。

所有照片拍的都是一个十三四岁的少女。看到照片的一瞬间，行伸的脸唰的一下白了，浑身都起了鸡皮疙瘩。他拼命克制自己不让表情发生变化，但根本不知道能否顺利地遮掩过去。他偷看了松宫一眼，与那捕获猎物一般的锐利视线撞了个正着。

"你有何感想？"年轻能干的刑警问道。

行伸干咳一声，打量着照片，摩挲起下巴来。"这照片有年头了，拍的是谁啊？"

"你没看出来吗？这是高中一年级时的花冢弥生女士。"

"是嘛！"行伸表现得有些刻意，"被你这么一说，倒确实有点像她。"

"这些照片由花冢女士的父母保管，我看到后非常震惊。汐见先生，你怎么看？"

"什么叫我怎么看？有什么会让我大吃一惊的吗？"

松宫拿起一张照片，朝向行伸。"你不觉得和谁很像吗？这个人你可是非常熟悉的。"

行伸故意歪起脑袋说："我想不出。"

"这就怪了。在我看来，她简直和萌奈一模一样啊！不，按出生顺序来看，应该说萌奈和这个少女一模一样。"

行伸收起下巴，抬眼看着刑警。"你到底想说什么？"

"不是我想说什么，而是我想确认一件事。汐见先生，我直说了。难道萌奈和花冢弥生女士有血缘关系？"松宫的话的确直接，仿佛一把刀笔直地插入行伸的胸膛。

"你这话说得奇怪。"行伸抬高音量,"萌奈和花冢女士有血缘关系?你的猜想到底从何而来?她们是两个完全不相干的人,没有任何关系。你要是觉得我在撒谎,可以去查户籍,随便查什么都行,直到你满意为止。对警察来说,这很简单吧?"

"我要说的不是户籍,而是血缘。"松宫指着照片,"我怎么也无法说服自己,她们是两个毫不相干的人。"

"这只是你的感受,我不觉得她们很像。就算很像,也是偶然罢了。这种事并不少见吧。"

"偶然长得一样确实很常见,据说每个人在世上都有三个和自己长相相似的人。可如果她们和同一家医疗机构扯上了关系,"松宫继续道,"就不能光靠这个理由来解释了。"

行伸神色大变,声音也颤抖起来:"你在说什么?"

"你故去的妻子怜子女士不是接受过不孕治疗吗?我问过怜子女士的母亲,萌奈是通过体外受精怀上的。那家医疗机构叫爱光妇女诊所,就在你们十多年前居住的公寓附近。"

"这又怎么了?"

"同一时期花冢弥生女士也苦于不孕,尝试了各种方法,而她就诊的医疗机构也是爱光妇女诊所。汐见先生,你还能把这归为偶然吗?"

行伸做了个深呼吸,回视松宫。"不是偶然又能是什么呢?"

松宫抿了一口乌龙茶,放下玻璃杯,抱起双臂。这动作从容冷静得让人恼火,像是在愉快地思考如何料理一条搁在烤架上的鱼。"我咨询过治疗不孕的专家,如果两个女人同时在同一家医疗机构进行体外受精，其中一个生下酷似另一个女人的孩子，会是怎么回事。那位专家很困惑，但还是回答了我的问题。他说，要么是体外受精时用了另一个女人的卵子，要么就是精子与卵子正确结合，但受精卵被错误地植入了另一个女人体内，除此之外别无可能。"

"请等一下。"行伸伸出右手，"松宫先生，你知道自己在说什么吗？"

"我知道我正在触犯个人隐私，但我并没有胡说。"

"不，你就是在胡说。这种胡话我无论如何也不能接受。松宫先生，你是在说萌奈不是我和我妻子的孩子，你知道吗？"

"我没有断言，只是在说有可能。"

行伸有些犹豫，不知该对松宫的话表现出怎样的态度。应该说一句"无聊透顶"然后一笑置之，还是怒斥对方无礼？抑或是饶有兴趣地表示"你的想法很有意思"比较好？

最后，行伸把手伸向玻璃杯，喝了一口啤酒，想让自己镇静下来，然而这很困难。"我问你，"行伸放下玻璃杯，看着松宫，"你觉得是为什么？"

"我不知道。"松宫没有迟疑，"无法正常排卵的女性请其他女性提供卵子，这样的个例也有，但我不认为一心想要孩子的花冢弥生女士会把宝贵的卵子提供给别人。最大的可能就是拿错了，是医疗机构的失误。受精时失误是难以想象的，失误只可能发生在受精后，因为受精卵需要保管一段时间，确实有风险。当然专家也说，各地的医疗机构都会严加管理，不允许这种失误发生。"

是的，不允许这种失误发生——行伸心里赞同，但忍住没有点头。"这种事真的有可能发生吗？我不太愿意去想象，但是松宫先生，你的话里有漏洞。"

"什么漏洞？"

"假如这样的失误确实发生了，那么院方发现时理应采取某些措施，不会走到分娩那一步。"

"是的，所以我想到两种情况。一，生下孩子之后意识到失误；二，意识到失误后还是决定生下孩子。无论哪种情况，"松宫将冷峻的目光投向行伸，"你都是知情者，但我不清楚你是什么时候知道的。"

"为什么你会这么想？"行伸自觉表情已开始僵硬。

"汐见先生，因为你去了弥生茶屋。"松宫说，"如果不知情，你应该到现在都不会知道花冢女士这个人，更不会想到去见她。"

"上次我说过吧？我去弥生茶屋——"

"只是因为在附近办完事后，偶然进入了那家店，对吗？那好，你能否详细地告诉我，去的是哪里、办的是什么事？"

行伸的视线飘向斜上方。"已经过了好几个月了，我哪里还记得住。"

"那么，能否请你查找一下呢？公司里应该有记录吧？"

行伸无言以对。为了掩饰窘态，他板起脸将玻璃杯送到嘴边。

"汐见先生，"松宫说，"你对花冢女士提起过萌奈吧？"

"你想说什么？"

"这样想一切都能说得通了。花冢女士去看网球部练习也合情合理。知道世上有一个和自己有血缘关系的孩子后，想去见一见理所当然。"

行伸瞪着松宫，目光如炬。"如何想象是你的自由，但别在外面乱说,否则我会起诉你。"

"未经你的许可,我绝对不会外传。但是不查清这一点,我们无法结案。"

"为什么?凶手不是已经抓到了吗?"

"凶手已经抓到了,但她很有可能没说实话。就这样将她送上法庭,谁能保证她会得到公正的裁决呢?我们必须查明凶手杀害花冢女士的真正动机。"

"对不起,这与我无关。"

"真的吗?我必须告诉你,我认为如果你没有对花冢女士提及萌奈,她就不会遇害。"

"够了!这些话我不想听,恕我先走一步。"行伸猛然起身。

"汐见先生!"松宫叫住对方,"我不明白你为什么要向花冢女士提及萌奈,但我非常理解你现在的心情。你是想让一切都成为秘密吧?这是为了萌奈好。花冢女士的前夫,即萌奈生物学上的父亲也打算隐瞒真相,那个凶手恐怕也是如此。"

行伸回过头来,双目圆睁。

"只要你不说,他们也不会说。不,是不能说。真相永远无法大白,这样真的好吗?"松宫继续说道,"一切都取决于你。"

行伸摇摇头,说了声"抱歉,我先走一步",打开了包厢的门。

19

目送汐见行伸离开后，松宫重新坐回椅子，喝完剩下的乌龙茶。也许是哪个房间的房门忘了关，隐约能听到歌声。松宫这才发现，没有点亮荧屏的 KTV 竟是如此寂寥。

汐见的反应在他的预料之中，所以他并不感到特别意外。从对方的态度来看，他可以确信自己的推理没错。

看到花冢弥生小时候的照片，不难察觉出她与汐见萌奈之间的关联，因为两人是如此相像。仔细想来，现在说弥生就是萌奈的母亲，大家也都会相信吧。

她们是什么关系？如果有血缘关系，一定会留下蛛丝马迹，然而任凭松宫怎么调查，也查不出两人在户籍上的关联。那么，难道只是偶然相似吗？难道萌奈很像汐见去世的妻子，而汐见只是被同一类型的女性所吸引？

为此，松宫再次赶赴长冈会见竹村恒子，提出想看一下怜子小时候的照片。恒子不明白松宫的意图，但还是拿来了老相册。

看完照片，松宫陷入沉思。萌奈和小时候的怜子完全不像。他指出这一点时，竹村恒子点头道："可不是嘛！萌奈生下来的时候就一点也不像怜子，但她肯定是怜子的孩子，现在哪还会抱错婴儿啊。我家老头子说了，因为是人工造出来的才不像吧，结果他还被大家嘲笑了。"

松宫问"人工"是什么意思，对方告诉他是指体外受精，而且恒子还记得怜子就诊的医疗机构的名字。"应该是一家叫爱光的医疗机构。爱情的爱，光明的光。记得怜子告诉我的时候，我还说这名字听起来挺吉利的呢。"

脑海中浮现出"爱光"二字的瞬间，松宫突然心下一动。他总觉得在哪里见到过这两个字。

在回东京的新干线上，他找到了答案。原来花冢弥生的手机通讯录里保存着这家医疗机构的电话号码。

调查过程中，已经有多人证实花冢弥生曾苦于不孕，那段时期与汐见怜子的就诊期正好重合。

松宫难以相信这只是单纯的偶然，于是咨询了治疗不孕的专家，答案令他震惊——受精卵有可能拿错了。

莫非汐见行伸知道花冢弥生是萌奈生物学上的母亲？他去见了弥生，还对她提及萌奈。弥生得知后大吃一惊，前往学校，想看看萌奈的样子。之所以去了好几次，想必是她乐在其中。几位常客证实，最近她看起来心情不错。

如此想来，弥生时隔十年联系绵贯哲彦的动机也隐隐露出端倪：她觉得有必要通知萌奈的亲生父亲。

今天白天，松宫拜访绵贯就职的营业所，质问他为何擅自撕掉花冢弥生中学时期的照片,绵贯说他不记得做过这样的事。

"你说实话吧,否则我们可以让花冢夫妇报案说照片被偷了。"

绵贯脸上的肌肉抽搐起来,怄气似的侧过头。

"你是想找出和这张照片上的少女样貌相似的女孩吧?"松宫说着,在绵贯眼前亮出照片。那是花冢弥生高中一年级时的照片。"你从弥生女士那里得知,这个世上有你们的孩子,但她不肯说出详情,所以你打算靠自己去找。主动承担弥生女士的身后事,也是因为想得到她的个人信息。我说得对吗?"

绵贯拒不承认,坚称听不懂松宫的话,进而说道:"如果真有这样的女孩,就请你把她带来吧。我倒是很想见见。"

这话应该不假。绵贯想见孩子,但他不认为自己有权揭晓这个秘密,只有那孩子的父母才具备资格。难道中屋多由子也是这样考虑的?她的杀人动机与绵贯哲彦和花冢弥生有后代一事有关,但她认为自己不该公开此事。

或许真是这样,松宫想。这个秘密会改变一个少女的命运,绝无道理由至亲以外的人揭开。

同理,即便是我,即便是警察,也没有这个权力,不是吗?

松宫甚至没有把这些推理告诉加贺。

20

行伸走出KTV，室外空气中的阵阵凉意令他打了个寒战，回过神时才发现全身已冒出冷汗。湿漉漉的衬衫紧贴着皮肤，感觉很不好受。他的心脏仍快速跳动着，没有丝毫平静下来的迹象。刚才他好不容易才脱身离去，但毫无疑问的是，松宫的怀疑非但没有消除，反倒进一步加深了。

当对方展示花冢弥生小时候的照片时，自己肯定面色惨白，现在却脸上发烫。行伸陷入了半混乱的状态，迷迷糊糊中想着，这一天终于来了。他在心中的某个角落对此早已有所准备，但做梦也没想到会是以这样的形式。

他停下脚步，仰望夜空。今晚天气晴好。如果是在怜子的老家长冈，或许能看到很多星星，但他只能辨认出其中一颗。望着那颗星，行伸喃喃自语："怜子，我该怎么办？"

行伸从未忘记十五年前那一天发生的事。那一天，终获一线曙光的喜悦被击得粉碎；那一天，希望彻底化为绝望。

那是一个星期六的早晨。行伸吃完烤面包和煎蛋，正在喝咖啡。怜子说希望行伸能陪她去一趟爱光妇女诊所。"院长说有重要的事要谈，希望今天我们能一起过去。"怜子显得有些不安。

行伸将视线移向妻子的小腹，问："出什么问题了吗？"

怜子面色不悦，歪了歪头。"上次检查时，他们明明说很顺利。"

"会是什么事呢？"

"我也不知道……"

怜子怀孕已有九周，连妊娠反应都令她觉得幸福。平安无事地撑到生产的那一天，是夫妇二人共同的愿望。

难道是发现胎儿有异常？高龄产妇生下残疾儿的概率较大，这一点院方最初就做过说明。

"不会是唐氏综合征吧？"行伸脱口而出。

"现在还没到能检测的时候。"

"那是其他毛病？"

"有可能。"怜子用严肃的目光看着行伸，"你会陪我去吧？"

"当然。"行伸点点头，"我们一起去找院长。"

"我把话说在前面，我是不会放弃的。"

"放弃什么？"

"这个孩子。"怜子说着，摸了摸肚子，"不管有什么毛病，我都要把这个孩子生下来，然后养育长大。"

行伸深深地吸了口气，直视着妻子的眼睛，慢慢吐出气来。"当然，这还用说嘛。"

"那就好。"怜子的表情终于稍稍缓和。

下午，夫妇二人一同前往爱光妇女诊所，刚一到达就被带进了院长室。那里有两人正在等他们。一个是院长泽冈，自最初讲解不孕治疗以来，已见过数面；另一个是五十岁上下的小个子男人，此前行伸从未见过，他自称神原，是负责体外受精的医生。

"前些日子检查的时候，我对夫人说进展顺利，但之后我接到了神原的报告……"说到这里，泽冈支吾着，望向身旁的神原。

"是发现什么问题了吗？进展不顺利？"行伸问。

"不不，那个……顺利是顺利，但……"神原舔了一下嘴唇。他脸色发白，表情有些僵硬。"用一句话来说，就是太顺利了，所以我觉得有点奇怪。"

"你说什么？"行伸与怜子对视一眼后，将视线移回神原身上，"什么意思？太顺利了有什么不对吗？"

"其实……"从喉结的活动可以看出神原咽了一口唾沫，"此前夫人的受精卵就算状态良好，也很难发育成熟。这次的情况也一样，受精卵的状态甚至称不上良好，所以我们抱着很有可能失败的念头进行植入……这些我们也对夫人讲过。"

"确实讲过。"怜子答道，"我和我先生商量过了，如果这次不行就放弃。"

"可是现在已经顺利怀上，发育得也不错，难道不是吗？"行伸问。他不明白医生们到底想说什么，声音不由得尖锐起来。

"是这样的，"神原苦着脸，看上去十分难过，"我们有可能弄错了。"

"弄错了？弄错什么了？"行伸的语气听起来更严肃了。

"弄错了……受精卵……"

"你说什么！"行伸的心脏在胸腔内剧烈地跳动起来。

"我们可能拿了其他患者的……卵子……受精卵……然后植入了……夫人……体内……"神原声音颤抖。

怜子在行伸的身边双手掩面,无力地垂下了头。

神原突然跌下沙发,两手撑地,额头紧贴地板,向两人下跪谢罪:"我必须向你们表示由衷的歉意。真是太对不起了!"

一旁的泽冈表情苦闷地站起身,一言不发,深深地低下了头。

行伸脑中一片空白。他看了看眼前两个低头的男人,望了一眼身旁垂着头的妻子,最终将目光落在了自己的手表上。一个看似离题的念头瞬间在脑中一闪而过:接下来有什么要做的事吗?

行伸立刻意识到,接下来必须抗议,必须让对方做出解释。他的心底涌起一股冲动:就算为此耗费再长时间也在所不惜!

"这到底是怎么回事?"行伸语调平和,但他只是没有余力表露情感罢了,"请你们解释一下究竟发生了什么,请详细说明。"

"神原,"泽冈说,"给汐见先生他们做一下解释。"

"是。"神原抬起头,"我们把受精卵放在有营养液的器皿中培育,盖子上面贴着写有患者名字的标签。这个盖子可能盖错了,然后我们就这样,错误地把那个受精卵植入了夫人的……"他的声音越发虚弱。

"为什么……"行伸呻吟似的说道,"为什么会这样?你们不是在操作我们的受精卵吗?为什么还混有其他人的受精卵?"

"是这样的……另一个患者寄存了两个受精卵。我们确认发育情况后,选择状态更好的一个收进了保管库,另一个则留在了操作台上。我们本打算处理掉的。"

"那为什么不马上处理?就是一直放着才会弄错的,不是吗?"

"您说得对。"插话的是院长泽冈,"不在操作台放置两个以上的受精卵是基本原则,也是我院定下的规矩。"

"所以是这个人违反了规定?"行伸指着神原说。

"是的。我问了一下,当时其他职员在忙着做别的检查,所以他必须一个人完成几项工作。"

"这个能拿来当借口吗!"

"当然不能,这完全是神原的失职。"

"对不起……"神原一直在道歉。

行伸一把揪住头发。他无法平息情绪,想痛骂对方却又觉得有其他更该做的事。为了厘清思路,必须先冷静下来。他反复做了几次深呼吸。

两个医生一直保持沉默。

"你说的是有可能,对吧?为什么不肯定地说是弄错了呢?"

"现在还……不能……"神原始终不抬头,说话也吞吞吐吐的。

"现在还不能肯定。有可能弄错,但也有可能没弄错,是不是这样?"

旁边的怜子好像突然动了一下。

"根据现有的情况来看,还是拿错的可能性更大……我觉得应该是我弄错了……"

神原含糊不清的说明令行伸心烦意乱。"什么情况?请你仔细说清楚!为什么你们直到现在才发现弄错了!当时都没发现的话,现在也不可能发现啊!"

"不,这个……刚才我也说了,按夫人的……受精卵的状况,我觉得不太可能顺利发育到目前的阶段。我回顾当天的操作记录,想到或许是自己犯下错误，于是来找院长商量。"

"听了神原的说明，我吓了一大跳，觉得必须尽快告知你们夫妇，于是联系了你们。说实在的，我们再怎么道歉也无济于事，只能说，请允许我们怀着最大的诚意来解决这个问题。"泽冈一脸苦涩地接过话茬。

行伸看了看身边的怜子，只见她刚刚捂着脸的手现在搭在腹部，仿佛是在轻轻询问肚子里的孩子。

"可能性……并不为零，对吗？"行伸对神原说，"我的意思是，现在我妻子肚子里的孩子是我们的可能性并不为零，对吧？你说你犯下错误的可能性很大，但也不是百分之百确定吧？还是有可能没拿错的，对吗？"

"话是这么说……"

"那就确认一下吧。这孩子究竟是不是我们的，应该有办法确认吧？不检查一下，什么都不好说。"

"这个……"神原只说了两个字，便咬着嘴唇不再吭声。

"请你们做一次检查，"行伸说，"越快越好。如果是我们的孩子，那就什么问题都没有；如果不是，到时再请你们承担相应的责任。"

神原抬起头，眼睛因充血而发红。"确认亲子关系必须做羊膜穿刺检查，至少需要怀孕满十五周。如果那时再决定终止妊娠，夫人的身体所承受的负担就太大了。"

神原颤声说出的话，令行伸的烦躁达到顶点。他用尽全力拍打面前的桌子，怒吼道："这叫什么话！难道没有别的办法了吗？"

神原的下半张脸不受控制地颤抖着。"还有一种方法，是绒毛取样……"

"绒毛取样？"

"绒毯的绒，毛发的毛。绒毛是胎盘的组成部分，所以采集到绒毛就可以鉴定亲子关系。"

"这个检查可以在现阶段做，是吗？"

"理论上可行，只是技术上有难度，而且很危险，所以日本几乎不做。流产的风险非常高。如果你们做好了流产的心理准备，我们可以安排检查。"

行伸拼命克制揪住对方衣领的冲动，什么叫"做好了流产的心理准备"啊！你知道我们为这次怀孕倾注了多少心血吗？

怜子始终一言不发，她的眼泪落在地板上。

"我们考虑一下。"行伸来回打量着泽冈和神原，说道。

回家路上，行伸和怜子都没有说话。一到家，怜子便倒在卧室的床上。行伸以为她会掩面哭泣，却没有听到呜咽声，后背也没有一丝轻微起伏。

"怜子。"行伸唤道，"你说怎么办？"

妻子没有回应。

是啊，她也给不出答案，行伸对自己说。他独自来到客厅，喝起了加冰的威士忌。不喝点酒是无法冷静思考的。

只能同意检查，这就是他的结论。冒着流产的风险也得查。问题在于检查的结果。

如果是我们的孩子，那就谢天谢地了。两人只要和之前一样关注怜子身体的变化，祈祷孩子平安长大即可，可如果不是，如果那不是我们的孩子……

那就不能生下来。放弃，也就意味着终止妊娠。

行伸握紧手中的古典杯。终止妊娠，然后该怎么办呢？再次接受不孕治疗吗？不是已经决定这是最后一次了吗？

听到有动静传来，行伸抬起头，见怜子朝客厅走来。她低垂双目，走近餐桌，在行伸对面坐下。

"你还好吗？"行伸问。

怜子短促地"嗯"了一声，视线落在行伸手边，好像是在看古典杯。

"要不要来点？"

怜子迟疑似的舔了一下嘴唇，随后摇了摇头。"我现在不能喝。"

"也是，"行伸点点头，"还不知道检查的结果。"

孩子是我们的可能性并不为零。

怜子轻抽鼻翼，做了个深呼吸，凝视着行伸的眼睛，说："不做检查。"她的语气斩钉截铁。

"啊？"行伸感到困惑。

"今天早上我说过的话，你还记得吗？"

"我得想想。"

"不管有什么毛病，我都要把这个孩子生下来，然后养育长大。我是这么说的吧？"

"我记得这句话。"

"所以……"怜子用双手紧紧护住腹部，"我们不做检查。"

行伸眨了一下眼睛，终于明白妻子在说什么了。"等一下，你要知道，这孩子有可能不是我们的。这和孩子得了什么病可完全不一样！"

"一样的。"怜子眼神坚定，"这种病叫遗传基因上没有关联，而且还不确定，只是有可能罢了。我们不检查就不会知道，只要一直不知道就行了。你不这样想吗？"怜子一口气说完这些，没有丝毫停顿。

行伸挠着头，不知所措。现在的局面完全超出他的预想。

"这可是最后一次了。"怜子将目光落在腹部，"这孩子是最后一个了，是我们可能孕育的最后一个孩子。现在放手的话，就再也得不到了。我很清楚。所以，我要生下来。"

怜子的语气十分淡然，令行伸无法反驳。他也有同感，这将是最后一个。

第二天是星期日，两人再次来到爱光妇女诊所，将共同的决定告知泽冈和神原。

医生们难掩惊讶。

"这样真的没问题吗？"泽冈再三确认。

"这是我们两个人共同的决定。"行伸瞥了一眼身边的怜子，开口说道。

怜子的眼角没有泪痕。自从宣布要生下孩子后，她再没哭过。

"既然你们说没问题，我们当然尊重你们的决定。"泽冈说，"这么一来，会有几个问题……"

"我知道。你是说，如果孩子生下来后发现不是我们的，该怎么办，对吗？"

"没错。"

"关于这一点，我们已经讨论过。首先，我们无意检查孩子是否为亲生，这是一个大前提。好在我是 A 型血，我妻子是 B 型血，无论孩子的血型是什么都不矛盾。既然如此，我们不如选择相信，相信这肯定是我们的孩子。所以,"行伸继续道,"你们也必须做出承诺,绝不能曝光这件事。不仅如此,还要请你们忘掉所有的一切。这里没有发生过拿错受精卵的事故,院方也从未对我们做过说明。汐见怜子生下的孩子无疑来自于她自己的受精卵——无论今后发生什么事,都希望你们能够一口咬定。"

泽冈在一旁听着,神情微妙。想必他心中五味杂陈。此事一旦公开,院方的名声将一落千丈,行伸夫妇起诉并要求巨额赔偿也是理所当然。现在事态竟然能就此平息,无须付出任何代价,着实出乎意料。身为医生,他良心受到谴责,却感觉死里逃生。当然,始作俑者神原更是松了一口气。

"能不能做出承诺?"行伸问。

"我们保证。"两个医生低下头说。

此后,怜子换了一家医疗机构,行伸夫妇再也没去过爱光妇女诊所。行伸和怜子约定不再谈论此事。他们互相发誓,绝不怀疑孩子是否为亲生。

两人遵守约定,绝口不提此事。行伸一如既往地关注着妻子的身体状况,什么也不去想,一心盼望着预产期。久而久之,他们已差不多淡忘了泽冈和神原的话。忘了就好,把它当成一场噩梦就好,行伸这样告诉自己。遗憾的是,记忆并不能完全从脑中消失。

如此这般,光阴似箭,怜子平安生下一个女婴。

就是这一次。就是这个孩子。望着熟睡的宝宝,行伸暗自发誓,这一次,就算拼上性命,也一定要让这个孩子幸福。

然而——

那令人忌讳的想法——也许这不是我们的孩子的想法,总是牢牢地吸附在脑中一隅，无时无刻不在刺激着行伸内心深处最敏感的地方。

前来庆生的人们异口同声：孩子像哪边呢？女孩子应该像父亲吧？好像不太对啊，还是像母亲多一点吗？也有人满不在乎地说，跟哪边都不太像啊。当然，行伸知道他们没有恶意。

即使在这种时候，怜子也总是报以一笑，好像完全不在乎。行伸很想知道妻子的真实想法，但他问不出口，也不能问。

就这样，汐见家重新扬帆起航。这不管怎么看都是一个幸福的三口之家。知道他们悲惨往事的人都很佩服他们能重新站起来。

那份幸福很真实。一抹不安与疑惑仍驻留在内心深处，但只要和萌奈在一起就能暂时忘记。行伸觉得自己对萌奈的感情和对待绘麻与尚人的感情没有什么不同。遗传基因又怎样？她就是我们的孩子，无论谁说了什么，她都是我家的孩子。

但是，如果有人说这只是他一厢情愿，行伸将无言以对。毕竟，如果确信萌奈是自己的孩子，又怎么会如此反复琢磨呢？

他绝不能在态度中表露出这种纠结，特别是对怜子。绝不能让怜子察觉到自己的想法。行伸自认为是一个好父亲，用对待绘麻和尚人的方式对待萌奈，然而，这些瞒不过怜子的眼睛。

行伸是在病房里明白这一点的。

白血病病情进一步恶化，怜子瘦弱得像变了个人，但她眼里还有神采。她握住行伸的手，说有话要讲。"关于萌奈……"

行伸咽了口唾沫。"什么事？"

"孩子他爸，你一直很痛苦吧？"

"为什么这么说？"

"你很烦恼,不知道该怎么和她相处吧?"

不是约好了不谈这个话题的吗——行伸没能将这句话说出口,因为怜子一定是做出重大决定后才开口的。"我自己倒没觉得……你这样认为吗?"

怜子轻声笑了起来。"最初我以为你只是有点不知所措,这也难怪,男人本来就要花很长时间才能切身体会到自己已为人父,绘麻和尚人在世的时候,你也多少会这样。可是孩子他爸,你对萌奈的态度还是有点不一样。没多久我就明白了你的真实想法。你肯定很内疚吧?"

妻子的话令行伸心头一震,不是因为被说中了心事,而是因为她指出的问题令他出乎意料。行伸什么都没说,只是默默地注视着妻子的脸,等待后续。

"你在困惑,真的可以就这样把萌奈当成自己的孩子养大吗?不是一天两天,从萌奈一出生起你就是如此。不对,没准从出生前就开始了。你在想,我们的行为是否违背了生而为人的原则,毕竟我们可能抢了别人家的孩子。萌奈真正的父母现在怎么样了?如果他们得知自己的孩子在一个他们不知道的地方出生,会怎么想呢?这就是你的烦恼吧?面对萌奈,你总抱有一种负罪感,犹豫应不应该告诉她真正的父母另有其人。你一直在烦恼。"怜子的唇边挂着浅笑,仰头看着行伸,"怎么样?被我说中了吗?"

"你认为萌奈不是我们的孩子吗?"

"萌奈是我的孩子,这一点无可动摇,是我生下了她。"怜子强有力地断言道,"我们女人,不,我们做母亲的人,就是这么自私又任性。我不管受精卵是谁的,只要是我生的,那就是我的孩子。

这个和遗传基因没关系。基因算什么东西！不好意思，我没有一丁点负罪感，这样挺好，不过前提是现在的生活可以一直维持下去。情况变了，要选择的路也就变了。"

"情况变了？"

"如果我能一直当萌奈的妈妈就没问题，但现在看来是不行了，所以我才要和你说这些。"

"怜子，说这种话可不太……"

怜子躺在床上，笑容依旧，摇了摇头。"孩子他爸，我在讨论现实问题，你配合一下。我要是不在了，你肯定会更烦恼。萌奈可能不是我们的亲生女儿，今后能不能和她顺利相处，要不要告诉她真相……你知道吗？现在DNA鉴定很方便，说不定哪天你和萌奈必须做亲子鉴定。到那时，你肯定难以冷静面对现实。"

行伸低头不语。怜子全部说中了。即使遗传基因上没有关联，怜子毕竟是萌奈的生母，而自己是怜子的丈夫。这个想法一直支撑着他。失去这层关联，他和萌奈会怎么样呢？他光是想想都很不安。

"孩子他爸，"怜子轻声说道，"等我死了，你想怎样做都可以。"

"什么意思？"

"如果你是为了萌奈好，告诉她真相也没问题。如果你累到无法继续隐瞒，即使不确定是否为了她好，也可以实话实说。一切都由你来决定。只是，在我还活着的时候不能说出真相，因为我想当萌奈的妈妈，直到死。"

"怜子……"

"对不起，我是一个狡猾的女人。"说着，怜子缓缓闭上眼睛。

行伸只是紧紧握住她的手，什么话也说不出来。

恐怕怜子很早——也许就在刚生下孩子后不久，便意识到萌奈不是自己的孩子了。她没让行伸察觉到一丝迹象，从始至终都完美地履行母亲的职责。"我就是这么自私又任性……没有一丁点负罪感……"话虽如此，行伸并不清楚怜子的真实想法。她也有难言之隐，不是吗？

没过多久，怜子离开人世。

与萌奈的二人生活即将开始，行伸更加混乱与不安。他坚信这个女儿是自己仅存的精神支柱，可他又怀疑生活是否真的可以这样继续。假如总有一天要说出真相，那还不如早点说。怜子的话正中要害，行伸的良心确实受到了谴责。自己所做的事真的是为萌奈好吗？到头来还不是只为满足自己的欲望？萌奈真正的父母就在这世界上的某处生活着，行伸对他们的负罪感也一直没有消失。

答案无从寻觅，唯有时光不断流逝。正处于青春期的女儿敏感多思，不可能接收不到父亲的烦恼与纠结。就在发生"手机事件"的那一天，萌奈再也无法忍受父亲这沉重的念想，将积蓄已久的愤懑全部发泄。

那天之后，行伸一直很苦恼。到了最近，他开始觉得是时候对萌奈说出真相了。

今年年初，他决定去见泽冈他们。萌奈马上要升入初中二年级，两人已经几个月没在一起吃饭了。行伸说想面谈，泽冈没有拒绝。

爱光妇女诊所翻盖了新楼，泽冈和神原老了不少。神原不直接参与治疗，只做技术指导。行伸本想问问神原能指导什么，但忍住了。他并不打算翻旧账。

行伸简单说明了近况。泽冈和神原对于怜子的病故都很吃惊，神情悲痛。

"问题是我的女儿——取名为萌奈的这个孩子。"行伸说,"我直说了,受精卵确实是拿错了。我们并没有做检查,但在一起生活就知道,女儿不像我们。我感觉不到遗传基因上的关联。"

行伸看出两人的表情开始僵硬。神原哭丧着脸,双手抱头。

"请不要误会。"行伸说,"我并没有因此觉得我们当时的决定错了,我坚信我们的选择是正确的。萌奈拯救了我和怜子,这个家得以再次幸福。怜子命数不长,但她还是度过了一段安稳而快乐的时光。现在怜子去世了,考虑到将来,我认为隐瞒真相不太好。"

"您要向您女儿说明真相吗?"泽冈以谨慎的口吻问道。

"如果这对她有好处的话。"

"您的意思是……"泽冈侧头表示不解。

"我女儿知道真相后,肯定会受到很大的冲击,那时我必须给予她坚定的支持,帮她渡过难关。只是,当她振作起来,想必心里还是会有疑问:自己真正的父母是谁?现在在哪儿?在做什么?我已经决意挑明真相,自然需要告知部分信息,所以首先得了解情况。反过来说,如果不知道萌奈真正的父母是谁,我也很难对她开口。"

泽冈看着行伸,神情紧张。"您是要我说出那个受精卵的所有者,对吗?"

行伸直视对方的眼睛,说道:"我理应有权知晓。"

"可当时你们不是说,彻底忘掉这件事,就当没发生过吗?"

"对外是这样,今后我无意公开,也会让女儿保密。我保证。希望你能告诉我。"

"如果我拒绝呢?"

"请不要拒绝,我也不想把事情闹大。"行伸低下头,说了声"拜托了"。

"把事情闹大的意思是指……采取法律手段吗?"

"如果你们拒绝,我会考虑。"行伸注视着地毯。

室内陷入沉闷的死寂,行伸只能听到隐约的呼吸声,也不知是泽冈还是神原发出的。

"我很理解您的心情,"泽冈说,"但是,无论出于何种理由,我们都不能侵犯患者的隐私。即使您要诉诸法律或向媒体公开,我也无意改变立场。希望您能理解。"

行伸抬起头,看到了泽冈的头顶。泽冈正双手抵着桌子,神原也在旁边低着头。

行伸想,他们大概已经认定他不会这样做。他的确无意公开事实。公开没有任何好处,只会伤害萌奈,说不定自己也会遭到抨击:明知有可能拿错了受精卵还选择把孩子生下来,如今又来找麻烦,太卑鄙了。

行伸叹了口气,说道:"那就没办法了。"

"您能够理解我们,真是太好了。"

"我不接受你们的说辞。其实我早就知道求你们也没用。"

"非常抱歉。"泽冈再次低下头。

行伸背负着徒劳感和无力感踏上归途。一想到萌奈,他便情绪低落。他完全不知道今后该怎么和女儿相处,自己又该怎么办。

行伸拜访爱光妇女诊所后过了三天,神原联系他说有要事相商,于是两人约定在行伸公司附近的咖啡馆见面。

"今天和您见面的事,我没对泽冈说。"神原表情僵硬地开了口,"联系您是我个人的决定,希望您今后也不要对泽冈说起。"

行伸调整呼吸,说道:"你会告诉我,是吗?那个……受精卵的所有者是谁?接到你的电话后,我一直在期待。"

神原缓缓眨眼,略微颔首,从外套内侧拿出一个茶色信封,将其放在行伸面前。"姓名、住址和联系方式都在里面。"

"我可以现在就看吗?"

"请。"神原简短地答道。

信封里面有一张折叠起来的纸,打开一看,上面写着"绵贯弥生",此外还有住址和电话号码。

行伸吐出一口气,凝视神原,问道:"你为什么又想告诉我了呢?明明前几天你们还那么顽固。"

神原挑起一边嘴角,皱起了眉头。"泽冈和我立场不同。院长如果泄露了患者的个人信息,一旦曝光,损害的是机构的名誉。我个人擅自行动,只要我受到惩罚,机构的名誉不至于全失。"

"你已经做好了心理准备?"

神原轻轻点头。"这十几年来,我一直很烦恼。越是回想,越是确信自己犯下了错误。我满脑子都在想,让一个女人生下了别人家毫不相干的孩子,这可如何是好。我盼望着就这样无事发生,但又觉得不可能。我预感到,终有一天我将不得不通过某种形式承担起这个责任。听泽冈说汐见先生来电,我就想这一天终于到了。"

行伸将目光落在手中的纸上。"你觉得给了我这个,就算承担责任了?"

"不是的。"神原摇了摇头,"我没这么想过。相反,现在才是开始。"

"现在才是开始?"

"如何使用这份个人信息,是汐见先生的自由,一切由您决定。至于因此而造成的一切后果,则由我来承担,对此我已做好了心理准备。"与医生身份不符的低调而谦恭的措辞,传递出了神原的真情实意。

"我确实看到了你的诚意,也明白把这种东西交给外人是一个重大的决定,我不会草率行事。采取行动时,我会联系你,当然也可能事后报告。"

"您能这么做,我感激不尽。说实话,我很在意,不过我不会干涉。一切都由您做主。"

"好,"行伸的表情逐渐柔和,"谢谢你。"

神原的表情却扭曲起来。"您还说谢……"他没再说下去。

行伸知道了萌奈的生母,但接下来该怎么做,他无法马上给出答案。不知道对方是怎样的人时,不可草率地去联系。思考过后,他决定先做个调查,了解一下对方住在什么地方、过着什么样的生活、有无家人等。

行伸决定趁休息日前往神原告知的住址。他不打算与本人见面,姑且只确认一下住址。这样能一定程度上了解对方的生活水准。他推测此人应该不属于低收入阶层。爱光妇女诊所的治疗费用不低,更何况如果经济上不宽裕,又怎么会去做不孕治疗呢?

行伸没有猜错。对方住在一个清静的高级住宅小区,然而此处的名牌上写的不是"绵贯"。行伸又转了一圈,都没有找到这个姓氏。他困惑地在周围徘徊,这时附近的独栋住宅里出来了一个主妇模样的中年妇女。看她并无急事的样子,行伸叫住了她,说正在找一户姓绵贯的人家。

"绵贯家搬走了,"女人点了点头,"好几年前……可能十几年前就搬了。"

"您知道他们搬去哪里了吗?"

"没听说,但两人似乎离婚了。"

"离婚了?"

"先是绵贯先生搬了出去,绵贯夫人一个人住了一段时间后,把房子转手了。"

"孩子呢?"

主妇对行伸摇了摇头。"他们没有孩子,所以离婚才那么顺利吧。具体情况我也不太清楚。不好意思,我还有事。"

"打扰了。"行伸还想打听绵贯夫妇的为人,可惜缺少留住对方的借口。

他们没有孩子——这句话引起了行伸的注意。行伸想,这还真是讽刺。神原说他们从对方的两个受精卵里挑选发育状况良好的那个放进了保管库,准备把另一个处理掉。这个多余的受精卵被植入怜子体内,使她怀孕并生下了萌奈,然而那个理应状况良好的受精卵,最终却没能让绵贯弥生怀上孩子。

如果没有拿错受精卵,萌奈自然不会出生。要问这样是不是更好,行伸依然感到迷惘。这个问题没有答案。

行伸给神原打电话说明了情况。神原自然不知道绵贯弥生离婚和搬家的事。

"手机号码可能没变,但我也不能贸然打过去,正在想到底该怎么办。"行伸说。

"我打过去也很奇怪。人家会怀疑为什么现在还来找她,毕竟我们最后一次打交道是在十五年前了。"

那是自然……行伸陷入沉默。

"现在只有一个办法,"这时神原开口道,"也许能成功。"

"什么办法?"

"前几年机构改建的时候,我们销毁了一批已过保管期限的个人信息,但我可以不提此事,对绵贯女士说我们打算寄一些相关文件给她,想知道她现在的住址。如果用机构的固定电话打过去,我想对方不会怀疑。"

行伸觉得这是个好主意,便问神原能否帮忙。神原回答说能做的一定会尽力。

这个方法十分成功。几天后,神原发来邮件,里面写着一个位于世田谷区的地址。原来对方离婚后恢复了旧姓,现在叫花冢弥生。

行伸赶在下一个休息日去了一趟。地名叫上野毛,住址是公寓楼里的一个套间。公寓楼非常漂亮,感觉不是穷人能住得起的。问题在于,行伸连这个名叫花冢弥生的女人长什么样都不知道,在公寓楼旁蹲点也无济于事。

他想到一个主意——委托信用调查公司。学生时代的一个朋友经营着几家餐厅,雇用新员工时曾用过类似服务。他决定请朋友介绍那家公司给他。

"你要调查谁?是你女儿有男朋友了吗?"可以想象电话那头的朋友一脸坏笑的样子。

"怎么可能,那丫头还只是初中生呢。不是这个,是亲戚托我办的,具体情况我也不太清楚。"

得知调查对象是个五十岁出头的女人时,朋友一下子没了兴趣,语调随之平淡:"那家信用调查公司收费不低,不过工作细致,值得信赖。"

朋友把联系方式告诉行伸,行伸马上打了过去。先提朋友的名字再谈正事,接下来就好办多了。双方当天就见了面。行伸给出花冢弥生的住址和电话号码,委托对方调查其职业、爱好、人际关系等,凡是和这个人有关的信息都可以。

一周后,行伸收到了调查结果。报告书涵盖花冢弥生日常生活的方方面面。从报告书可知,花冢弥生正在经营一家名叫弥生茶屋的咖啡馆,至今单身,没有固定交往的男性。

行伸犹豫了很久,终于决定去拜访弥生茶屋。那天是他第一次来到自由之丘附近。

见到花冢弥生的一瞬间,行伸大感震惊,不再怀疑。待萌奈长大成人、再上点年纪之后,一定会成为这样的女人。萌奈和她的气质一模一样。也许是因为他和萌奈朝夕相处,才会感触颇深。

那天之后,行伸一有空就去弥生茶屋。当他开始和弥生进行比较私密的交流时,他意识到自己十分享受和她一起度过的时光。

不久他开始想,如果这个女人能成为萌奈的母亲该有多好。她们是货真价实的母女,血脉相连,倒不如说本就应该生活在一起。

和她结婚,是否就可以实现这个想法?想到结婚,行伸立刻感觉门槛高了许多。弥生没有固定交往的男性,但未必会接受行伸的求婚。之所以单身,想必她有自己的人生观,更何况行伸还需要顾及萌奈的感受。

思来想去,他终于做出决定。

行伸趁打烊时进店,对弥生说有要事相商。也许是他脸上的表情过于紧张,弥生的眼神中甚至流露出一丝害怕。

行伸说出爱光妇女诊所的名字,问弥生十五年前是否在那里接受过不孕治疗。

弥生露出吃惊的表情,目光闪烁,问行伸怎么会知道。

"是爱光妇女诊所的人告诉我的。出于某种理由,我一直在找你。我来这家店并不是偶然,而是为了见你,为了确认你是一个怎样的人。从见面到现在,我一直都在说谎。"

"为什么要找我?"

行伸做了个深呼吸。他注视着弥生的眼睛,继续说道:"你可能是我女儿的母亲。"

弥生略微睁大眼睛,发出一声低呼。她应该无法理解刚刚听到的话。这也难怪。

"十五年前,我的妻子也在那家机构就诊,通过体外受精怀孕,但是很快我们就从院长和主治医生那里听到了令人震惊的消息。我妻子肚子里孕育的可能是别人的孩子。"行伸讲述了整件事的来龙去脉。

起初弥生一脸困惑,听着听着,她的眼神逐渐严肃。

"两年前我妻子去世,在去世前她曾对我说,如果是为了萌奈好,可以告诉她真相。此后我一直很烦恼。最近,我越来越不知道该如何与女儿相处,于是我意识到是时候这样做了。我决定先调查受精卵的所有者,因为一旦说出真相,萌奈肯定想知道亲生父母是怎样的人。"说完这些后,行伸等待弥生的反应。他完全想象不出对方的态度,是悲伤,抑或是愤怒,还是……

弥生的嘴角浮现出笑容，问道："那调查结果呢？"她的声音沉稳而温和，"汐见先生认为被拿错的受精卵的所有者，令爱的亲生母亲是一个怎样的人呢？"

"是一个优秀的女人。"行伸直视着弥生的眼睛，"我死去的妻子是一位了不起的母亲，至于你，如果是你生下我女儿，女儿应该也会很幸福吧。"

弥生笑容依旧，但目光忽然伤感。"院方什么都没对我说。"

"也许是因为那个受精卵原本打算处理掉，对方觉得没有必要解释吧。当然，我认为既然你们的孩子有可能在别处出生，对方还是有义务说明的。主治医生姓神原，如果你想找他问个明白，我可以从中牵线。"

弥生点点头，用低沉的声音答道："我会考虑一下。"不过直到最后，她也没说想见神原。或许她觉得，事到如今再听对方解释已无关紧要。相比之下，她更想见萌奈，她问行伸是否可以。

"如果你想见她，我无权拒绝，不过考虑到女儿的心情，希望你慎重行事。"

"嗯，我也这么想。知道真相后，她本人受到的冲击会比我大，因此我不认为可以马上见面。时机由汐见先生来定，但我认为慢慢来，多花点时间会比较好。"

"我打算什么也不说，把女儿带来这里。如果她愿意亲近你，开始喜欢你，那就再好不过了。"

弥生苦笑起来，歪了歪头。"能那么顺利吗？"

"不能吗？"

"不要小看十几岁孩子的敏感程度。再说了，正因为令爱与你想法不合,你才会如此苦恼,不是吗?"

弥生的话一针见血。行伸无言以对,陷入沉思。

"我觉得耍花招不太好。如果早晚要说出真相,就应该在我们见面之前说清楚。如果你打算什么都不说就带她来见我,那么以后也别说出来。"

"你的意思是,我也可以选择不对女儿说出真相?"

"这是汐见先生的选择。"

"那她永远也不会认你做母亲,这样好吗?"

"没办法。养育令爱的是你们夫妇,我没有选择的余地。"

见弥生神情落寞,行伸也很难过。"我准备对女儿说出真相。她可能会很受打击,但真相也会让她有所收获。如果她知道自己还有一个母亲,而且是这样一位优秀的女性,肯定会受到鼓舞的。"

"我明白了。"弥生低下头去。她保持着这个姿势静止片刻后,抬头莞尔一笑,用双手捧住面颊,"我可以说我现在的真实感想吗?"

"请讲。"行伸困惑地说。他也很好奇。

"简直就像做梦一样。"弥生的双眸熠熠生辉,"我早就已经放弃了生育,在爱光妇女诊所的第三次治疗是我最后的努力。我和我当时的丈夫谈过,这次不行的话就分手。结果确实没成功,所以我们离婚了,从此我再也不想这些,直到今天。我觉得没有孩子的人生也不坏,可我简直不敢相信,我的孩子——不是比喻,是与我血脉相连的孩子——竟然诞生在这个世界上,好好地活着。除了说像做梦一样,我还能说什么呢?如果真是梦,我希望永远不会醒来。不过,"她眨了眨眼,继续说道,"我还是很想自己生啊。生下孩子,给她哺乳,看她长大,感知育儿的不易,体会她一天天成长的欣喜……"

弥生的语气听上去很沉着，然而在行伸看来，那是她心灵的呐喊。她的心想必快要被懊悔和遗憾撕裂。行伸轻轻点头，不知该如何作答。

弥生问有没有照片，行伸掏出手机。他存有几张萌奈的照片，但都是旧照，最近没有机会拍。最新的一张是萌奈上初中前买学生制服时拍下的。

弥生闭上眼深呼吸后才开始看。她倒吸一口气，随即脸色发白，眼眶迅速泛红，只片刻便满盈泪水。弥生用纸巾按着眼角，向行伸道歉："对不起，她太可爱了，看起来也很聪明。由我来说这种赞扬的话可能有点奇怪，但我想这一切都归功于你们精心的养育。"

"谢谢。"道谢的话语自然而然地涌到了行伸的嘴边，"我会努力让你们早日相见。"

弥生摇了摇头，表示不用勉强。"我只要能看到萌奈的身影就满足了，远远看着也行，比如上下学的路上。"

"有一个地方比上下学的路上更好。"萌奈上初中后开始打网球，学校的网球场从校外也能看到。

那天他们就聊到了这里。行伸怀抱着一种成就感，仿佛完成了一项重大的使命，但同时又感到一阵虚脱。他感觉自己已踏上一条不归路。与萌奈的分离也许就在前方，但他应该没有做出错误的选择。这么做没错吧？回家路上，行伸问了一遍又一遍。探问的对象不用说，自然是怜子。他总觉得彼岸的她正温柔地朝自己点头。

花冢弥生的态度着实令行伸吃惊。自己的孩子在全然不知的情况下于某地出生，生活在这个世上——这种事可能会发生在男人身上，但通常不会涉及女人。说出真相前，行伸完全可以想象弥生会如何怒不可遏。夫妇二人并非有意为之，但行伸已做好准备承受对方因夺子之恨引发的怒火。出乎意料的是，弥生自始至终都异常冷静，甚至还顾虑到行伸和萌奈的心情。

行伸再次觉得有必要对萌奈说出真相。他确信，让女儿知道自己与品格如此高尚的人有血缘关系，对她必有好处。

话虽如此，这件事还是对弥生造成不小的冲击。弥生茶屋临时歇业三天，常客说是因为店主身体欠佳，不过按弥生的说法，只有最初两天是身体不舒服，最后一天则是因为外出。她去了萌奈的学校，看萌奈练习网球。

弥生茶屋打烊后，店里只剩下行伸与弥生两个人。弥生按着胸口，说道："我好感动。我当年放弃的那个孩子在茁壮成长，像小鹿一样神气地满场奔跑。我总觉得眼睛都花了，无法好好直视她，可又怎么都移不开视线。"

弥生说怕被怀疑，所以没拍照片。

"不过，我把她的样子牢牢地刻在心里了。要是在某处擦肩而过，我有自信一定能认出她。"弥生自豪地说。

即使远远地看过去，也能自然而然地感受到母女间的血缘关系。

"我得减肥。"弥生又说，"汐见先生已过世的妻子肯定很漂亮吧？要是萌奈发现自己真正的母亲皮肤松弛，还是个胖胖的阿姨，肯定会失望的。"

行伸表示弥生一点也不胖，没有必要操那个心，但弥生不认同。"请你给我留出至少三个月的时间，我要减掉十公斤。"说着，她按摩起脸来，眼神极其认真，"我还有一个请求。"

弥生说想做一次亲子鉴定，倒不是怀疑什么，但她还是希望得到医学上的证明。"十五年前不也是医生操作失误吗？我只想确定这次真的不会再错了。"

这话合情合理，亲子鉴定迟早要做。行伸答应了，心情却十分复杂。

是否该做亲子鉴定——这是在萌奈年纪更小、怜子还在世的时候，行伸就一直在考虑的问题。他始终没能下定决心。他清楚这个孩子没有继承他与怜子的基因，但仍对确定事实真相心怀抵触，因为他还没有做好接受现实的心理准备。

鉴定结果不出所料。萌奈是弥生女儿的概率在百分之九十八以上，是行伸女儿的概率则为零。

行伸觉得颇为讽刺。他为鉴定提交的是萌奈的脐带。这原本是连接萌奈与怜子的纽带，如今却成为两人并无血缘关系的铁证。

当务之急是在何时、如何告知萌奈，为此行伸很是苦恼。父女之间的关系依然紧张，平日里根本没怎么好好说过话。在这种情况下说出"其实你不是亲生的"，萌奈一定会胡思乱想，认为怪不得爸爸不爱她。行伸希望与女儿互通心意，但又想不出办法，因而十分焦虑。

没想到不久之后，令人震惊的事发生了。

弥生遇害了。

行伸脑中一片空白，原本描绘的理想蓝图彻底碎裂。他已经不知道应不应该告诉萌奈真相。得知真正的母亲遇害，会对她的人生有益吗？

弥生遭遇了什么？是谁杀害了她？行伸毫无头绪。

说到弥生在健身房和美容院入会的理由,他倒是心里有数。为了迎接与萌奈相见的那一天,弥生正在努力使自己变得更年轻、更美丽。这份苦心令行伸胸口发烫。

松宫的话犹在耳边回响:只要你不说,真相永远无法大白,一切都取决于你。

21

下班途中,绵贯顺道去咖啡馆吃了一顿简单的晚餐,回到丰洲的公寓已是晚上九点多。他很久没回家了。多由子被捕的两天后,警方入室搜查,从那以后绵贯一直住在商务旅馆。警方说房间可以马上使用,但他总觉得没心思回去。

室内并无异状。说是搜查,警方也没拿走太多东西,只不过是多由子的部分衣服和鞋子。至于为什么需要这些,警方没有解释。

绵贯坐在沙发上,环顾四周,总觉得室内多少有些寂寥。多由子已经不可能再回到这里了吧。

他回想白天松宫来公司时两人的一番交谈。明明凶手已被逮捕,那个刑警为什么还要继续调查?多此一举,究竟想要做什么?不能就此停手吗?

绵贯拽过公文包,从内侧的暗袋里取出六张照片。这些都是初中时的弥生,拍摄角度各异,表情也全然不同。

松宫已看穿真相,也清楚绵贯未经许可撕下照片的理由。"你是想找出和这张照片上的少女样貌相似的女孩，对吧？"

松宫的推论正中红心，让绵贯几近窒息。绵贯自然一口咬定"我完全不懂你在说什么"，但他不觉得能蒙混过关。他完全无法预料接下来的发展。与弥生见面时他做梦也没想到，事态竟会演变成今天这样。

弥生打来电话说有要事相商、询问能否面谈时，绵贯以为和钱有关。离婚时两人曾充分沟通，财产划分上应该没有不公平之处，弥生也同意了。分手后不久，绵贯被查出另有资产，一千多万日元的金额也不能说是小数目。绵贯想，难道弥生因某种契机知道了这件事，现在想来抗议？

两人约好在银座的咖啡馆见面。许久未见，弥生和十年前相比几乎没有变化，倒不如说身形更为紧致，皮肤状态也显得很年轻。他指出这一点时，弥生说了声"谢谢"，显得非常高兴，表情也柔和起来。

两人先各自报告了近况。听说弥生开了一家咖啡馆时，绵贯吃了一惊。他知道弥生很能干，但没想到竟是如此强悍。

绵贯也讲述了自己的情况，当他说到有同居女友时，弥生问道："结婚呢？不考虑吗？"

绵贯想了想，说："还是怀不上。"

"她多大了？"

"三十八。"

"嗯，再不抓紧就难了。"

"我也觉得该有个结论了。"

"又要分手吗？就像我们那时一样？"

"确实，我觉得是该考虑分手了。对方还年轻，还能重新来过，找其他男人的话，没准还有机会生出孩子。"

绵贯之所以和弥生离婚，怀不上孩子是一个很大的原因。原本他就是因为想要孩子才结婚的。有些夫妇的二人世界也很幸福美满，但他知道自己不是那种类型。弥生对此心知肚明，所以最后一次治疗以失败告终后，她没有反对绵贯关于离婚的提议。

不和多由子结婚的原因也一样。绵贯打算对方一怀上就登记结婚，但多由子一直没能成功。

"哲彦。"弥生语气郑重地开口道。被她呼唤名字已是很久以前的事了，绵贯心里咯噔一下，只听弥生继续说道："我们没能生出孩子，你觉得是自己的问题吗？"

绵贯耸了耸肩。"不知道，我觉得应该是吧。你为什么问这个？"

弥生没有回答，又问："对方在做不孕治疗吗？"

"没有。"绵贯摇了摇头。

"为什么不做呢？"

"我觉得是白费功夫。"

这时，弥生用力挺直身体，目光却犹豫不定。

"怎么了？"绵贯问道。

"我有一件很重要的事要对你说。你肯定会非常吃惊，觉得难以置信，但请你不要认为我是在开玩笑或胡说八道。"

"到底是什么事？这么突然，你到底想说什么？"

"孩子。我和你的孩子。你肯定在想我们哪有什么孩子，对不对？我也这么想，可是我们有。今年已经十四岁了。"

绵贯疑惑地盯着弥生的脸，不明白她的意思。我们的孩子，这是某种比喻吗？他想不出指的是什么。

"受精卵，"弥生说，"受精卵拿错了。我们的受精卵被植入另一个女人体内了。"

"啊！"绵贯惊呼，"什么时候？"

"十五年前，在我们做最后一次体外受精的时候。主治医生失误了。"

"失误？什么失误？我完全没听说过！到底是怎么回事！"

"你冷静一点，我会解释的。"

据弥生说，一位男性客人近几个月频繁光顾，最近向她袒露了令人震惊的故事：对方的妻子在十几年前通过体外受精育有一女，但植入受精卵后没多久，院方便告知他们有可能拿错了受精卵。对方的妻子选择生下孩子，然而随着孩子渐渐长大，拿错受精卵的事实也渐趋明朗。

听完弥生的讲述，绵贯一时说不出话来。自己的孩子竟在全然不知的地方诞生、成长，他当然不可能马上相信。"你确定？不会是哪里弄错了吧？"

"我已经通过亲子鉴定确认过了。"弥生喃喃自语。

绵贯的思绪陷入混乱，这完全令他出乎意料。他对自己有孩子这件事感觉很不真实，但如此荒谬的失误也让他愤怒不已。"这也太荒唐了！"他厉声说道，"对我们这边没做过任何解释，为什么会出这种事？院方说什么了吗？"

"说话不要这么大声。"弥生皱了皱眉头，"我没联系院方。"

"为什么不联系？不抗议怎么行？"

"就算我们抗议，也没什么意义了。"

"怎么没有？这明明是我们的孩子，却成了别人家的！"

"我都说了，那个受精卵原本是准备销毁的。这么说来，这孩子的出生简直是个奇迹。"

面对冷静的弥生，绵贯想不出如何反驳，但又难以释怀。"那你打算怎么办？是要领回这个孩子吗？"

弥生恍然大悟般苦笑一声，说道："这怎么可能由我决定，孩子本人还什么都不知道呢。我完全无法想象她知道真相后会作何反应。我和对方商量后决定优先照顾孩子的感受，绝不强求。如果孩子说不想见面，那也没办法，我们只能耐心等待，直到她愿意见我们；如果孩子说想见面，那我会去见她，无论如何我都想见她。但是，"说到这里，弥生停了下来，胸口急剧起伏，像是在调整呼吸，"我才想起在此之前，我还需要和另一个人商量。"

绵贯皱起眉头，撇了撇嘴。"看来，你把我这个前夫忘得一干二净啊。"

"与其说忘了，倒不如说是我不愿去想。你迈向新的人生，也可能已经组建新的家庭。我不说，你很可能永远也不会知道真相，但是不告诉你，我又于心难安，毕竟那孩子也是你的骨肉。如果我有见她的权利，那你也应该有。我不能凭一己独断，剥夺这个孩子与亲生父亲见面的机会。"

弥生的话令绵贯为之一震。此前他脑中像蒙着一层雾霭，还有些无法正常运转，如今一切突然变得清晰起来。他感觉能看到自己所处的位置了。绵贯意识到了一个极为简单纯粹的事实——自己已为人父。

"能见面吗？我能去见孩子吗？"绵贯问。

"我不是说了吗,还不知道。"弥生答道,"一切都看她本人的意愿,我们只能等。"

"那至少告诉我她是谁吧。她叫什么名字?住在哪里?"

"对不起,我不能说。"

"为什么?"

"我说了你就会去见她,不是吗?我不允许。"

"我不会去见她,只是想知道而已。"

"那一直不知道不就好了?一旦知道,你就会想去见她,不是吗?你不觉得克制这种欲望很辛苦吗?"

绵贯无法反驳。他能够想象,自己肯定会产生想见孩子的冲动。于是他反问道:"你真的还没和她见面吗?"

"没有,只是远远地看到过。"

"看到过啊……她比较像谁?"

"说起来可能比较像我吧,和我初中的时候简直一模一样。"

即使听了这话,绵贯也想象不出女儿的样貌。"你应该有照片吧?给我看看。"

弥生摇了摇头。"我没有。"

"骗人!"

弥生解锁手机,放到绵贯面前。"你不相信可以检查,随便查。"

绵贯叹了口气,将手机推回。"如果能见面,你可要通知我啊。"

"我就是有这样的打算,所以才来找你。放心,我不会抢先的。我去见她的时候,一定会通知你。"

"明白了……"绵贯低语道。随后他再次注视弥生,注视这个十年前还是自己妻子的女人。"我的心情很微妙,没想到我们竟然有一个孩子。"

"我觉得就像做梦一样。"

"梦？可能真的是梦呢。"

素未谋面的女儿的身影模模糊糊地浮现在绵贯脑中，他想象起一家三口手牵着手的情景来。女儿已经十四岁了，但在他心里仍是一个幼小的女童，脸上还打着马赛克。

弥生所说的一切在绵贯的脑海中挥之不去。无论在做什么，他都会不由自主地思念起于世间某处生活的女儿。每当在街上看到十四五岁的少女时，他都会放任自己去想象，想象女儿究竟长成了什么模样。在家里他也总是心不在焉，要么忘了多由子吩咐的事，要么明知快递要到了还出门，差错接二连三。

"发生什么事了吗？你最近可有点奇怪啊。"多由子皱着眉问。绵贯敷衍说是因为操心工作。

想见女儿的心情一天比一天强烈。他望眼欲穿地等待着弥生的消息，好几次想主动打电话过去，但又决定相信弥生所说的"我不会抢先的"。想必她也正在煎熬中度日如年。

他用手机查过如何领养，发现只凭他一个人的意愿很难完成，但又总是忍不住幻想。

出乎意料的是，警视厅来了一个姓松宫的刑警，告诉他弥生遇害了。

绵贯难以置信。他想起一周前两人再会时的情景。弥生所说的事情确实令人震惊，但并无迹象显示她本人被卷入什么纠纷。

姓松宫的刑警问他最近有没有联系过弥生。他认为拙劣的隐瞒只会雪上加霜，所以老实交代了自己与弥生曾在银座会面，但是关于见面的目的,他不能说实话。既然没有接到弥生的联络,说明那家人还没有把真相告诉女儿。就算是为了查案,他也不想让对方为此遭受警方骚扰。

绵贯解释说他与弥生只是单纯报告近况,姓松宫的刑警好像不太相信,但他仍一口咬定。

他关心案子的进展,但更想知道女儿的消息。女儿现在如何?是否已经知道真相?弥生死了,他再也无法了解对方的任何信息。

绵贯苦思冥想,终于想到可以联系弥生的双亲。他知道两位老人住在宇都宫。当时并非因为外遇而和弥生离婚,因此他自觉不会受到冷遇,便试着打了个电话。

前岳母的反应如他所料,她相信绵贯打电话来是因为担心老人处理弥生的身后事有困难,并表达了谢意。

"包括房子和店铺的处理,后续的一切都可以交给我。"

面对绵贯的提议,前岳母用盼来了救星似的语调连声称谢。

事不宜迟,绵贯立刻赶赴宇都宫会见弥生的双亲。两位老人比上次见到时更显消瘦和衰老,因弥生的死完全丧失了活力。经过商议,他们就财产处理和歇业事宜办理了必要的委托手续。

绵贯想得到弥生茶屋的顾客信息,其中应该有那个养育自己女儿的人。不料,警方口风极严。他提出暂时只需要手机里的信息,但警方仍以案件尚未告破为由拒绝了。

无奈之下,绵贯只好凭记忆走访弥生经常出入的店和亲朋好友的家,然而毕竟时隔十年,他没能找到任何了解弥生近况的人。

绵贯想知道弥生最近频繁出入的地方,他们的女儿很有可能出现。从弥生老家偷来的照片正好可以派上用场,他有信心认出女儿。

没想到的是，多由子被逮捕了。这简直犹如噩梦一般，绵贯只觉得是哪里弄错了。他确实对多由子提起过弥生茶屋，但也仅此而已。她有什么理由杀害弥生？绵贯认为警方马上就会明白抓错了人，然后释放多由子。

可事态朝着预想之外的方向发展。多由子竟在接受警方问话时自首。

为什么会这样？绵贯拼命思索，能想到的原因只有那个孩子。可能多由子和弥生聊起孩子时发生了冲突。

只是，在刑警转述的内容中，绵贯注意到，多由子只说以为弥生会夺走他才刺杀了弥生，刑警完全没有提及拿错受精卵的事。

要么是多由子不知道孩子的事，杀人动机与孩子无关，要么是她知道但没有说。绵贯内心迷惘，辨不清何为真相。

应不应该把原委告知警方呢？

不行！绵贯即刻做出判断。一旦事态发酵，上了新闻，可能会毁掉素未谋面的女儿的人生……

22

刚一打开玄关处的门,行伸就感到不太对劲。家里和往常有些不同。他一边脱鞋一边思索,但想不出个所以然来。萌奈上学时穿的鞋整齐地摆在原处。他将自己的鞋摆到旁边。

行伸和往常一样打开手边的门,正要进自己的房间时,突然改变心意,沿着走廊来到了客厅。

客厅的灯亮着,萌奈不见踪影。餐桌上收拾得很干净,看来她已经吃过饭了。厨房里没有水声,看来碗也洗好了。

行伸走近萌奈的房间,侧耳倾听,听不到一点声音。他呼唤了一声,没有回应。

行伸犹豫地转动把手,打开了门,迎面并没有飞来"不许随便进来"的喊声。

屋子里的灯亮着,但萌奈不在。笔记本平摊在书桌上。

行伸转身向玄关走去。卫生间和盥洗室的灯都暗着。他打开玄关的壁橱,里面摆着几双萌奈的鞋。他记不清女儿最近穿什么鞋,但架子上确实空出了一双鞋的位置。

行伸掏出手机拨打萌奈的号码,很快就听到了呼叫音,但电话没人接。时间已过晚上九点,这种时候女儿会去哪里呢?

他再次回到客厅,然而并没有找到类似留言条的东西。他面朝玄关又打了一次电话,还是无人接听。

他心急如焚,穿上鞋奔出家门,出了公寓楼后又愣在原地。他根本不知道该去哪里找。

这种时候萌奈能去哪里呢?行伸拼命思索着。她在温习功课时中途跑出去,是因为需要什么东西,必须出门去买吗?文具、书或者电池?

行伸快步走着,他觉得萌奈应该在附近便利店中的一家。他走进第一家便利店转了一圈,不见萌奈的身影,又匆匆离店而去。男店员显得很惊讶,但行伸已经顾不上这些了。

他立刻向第二家进发。走着走着,他开始感到不安。两人会不会正好走岔?与其漫无目的地四处搜寻,还不如待在家里等着。万一女儿被卷入了纠纷或发生了事故,电话很可能会打到家里。犹豫再三,行伸决定原路返回。他越想越觉得走出家门过于草率,着急得连走带跑。

行伸在公寓楼前止住脚步。他看到穿着粉色帽衫的萌奈正从另一边踢踢踏踏地走过来。

"萌奈!"行伸喊着跑上前去。

萌奈猛然站住,像是吓了一跳,把手里的东西藏向背后。

"都这么晚了,你跑哪儿去了?"

萌奈没有回答行伸的质问,气鼓鼓地把头撇向一边。

"回答我！你去哪儿做了什么？为什么不接电话？"

萌奈抬眼瞪着父亲。"和你没关系。"

"说什么呢！我很担心你！"行伸向女儿走近一步，"你身后藏的是什么？"

萌奈后退一步。"没什么。"

"没什么就给我看一下。到底是什么？"

"不要！"

"给我看！"行伸扳住萌奈的肩头，试图让她转身。女儿手里提着一个白色的塑料袋，行伸想把它抢过来。

"不要！你放手啊！"

"快给我看！"

行伸用了蛮力去抢，塑料袋一下子掉落在地上，里面的东西滚了出来。行伸一下子没反应过来那是什么，直到萌奈慌忙捡起才意识到——

原来是生理期用的卫生巾。

行伸伫立良久，说不出话来。趁他发呆的间隙，萌奈向公寓跑去。行伸茫然地目送萌奈的背影，直到那背影消失在视野中。

萌奈来了初潮，行伸却完全不知道。他本该对此有所准备，可是脑子里完全没想着。原来不知不觉中，女儿的身体已经能够孕育生命了。

行伸步伐沉重，种种思绪在他脑中交错，其中多是感到后悔、想要辩解和试图逃避。这种时候如果怜子在身边就好了——这个想法最为强烈。

玄关的门没锁。两只运动鞋胡乱地散落在换鞋处。

行伸沿着走廊来到客厅。客厅旁的房间房门紧闭。他走到房门前,敲了敲门。"萌奈,我可以进来吗?"

"不可以!"房间里传出萌奈略带沙哑的声音。

行伸调整了一下呼吸。"对不起。"他大声说道,"我完全不知道是因为这个……真的很对不起。我向你道歉。"

没有回应。萌奈的怒气应该还没有消。行伸放弃了,他正要离开,又听到萌奈说:"没什么,我又不是不知道。"

"你知道什么?"行伸问。

仍然没有回应。

行伸追问:"你到底知道什么了?"

不久,行伸听到女儿唤了一声"父亲"。"我知道你讨厌我。"萌奈说。

"讨厌?"行伸皱了皱眉,"说什么蠢话。这怎么可能?为什么爸爸要讨厌萌奈啊?"

"因为我……不是你的孩子啊……"

行伸瞪大双眼,吓得说不出话。女儿是怎么知道的?

"果然!我一直觉得奇怪,因为大家都说我们长得完全不像。眼睛也好,鼻子也好,嘴巴也好,一点也不像。我也觉得是这样。"萌奈的声音里已经带上了哭腔。

"不……这个……"说什么好呢?该怎么解释呢?行伸的额角渗出冷汗。

"是妈妈的错,对吧?"萌奈的话令行伸困惑,他只好保持沉默。这时,女儿说出了意想不到的话:"我是妈妈出轨和别人生下的孩子,对吧?所以你才讨厌我,恨我恨得不行!"

行伸一脸愕然。这真是天大的误会！要不是现在情况特殊，或许他还能当个笑话来看。"说什么呢！你可不要说这种奇怪的话。"行伸转动把手，但门从里面上了锁。

"萌奈！"行伸唤道，"你先开门！"

"不要！我已经受够了。你走开！"

行伸气血上涌，思绪混乱不堪，但还是冷静地迅速展开了分析。

一切都说得通了。对容貌不像父母的事实，萌奈本人不可能不在意。一般没有人会认为自己不是母亲亲生的，要怀疑也就是怀疑父亲那边。怜子在世时，萌奈也许还能对这种莫名其妙的想法一笑置之，然而现在，可以依靠的母亲去世了，和父亲又日见疏远，曾有过的怀疑通通化为确信。

行伸简直想骂自己，他竟然如此粗心大意，甚至没有意识到这样的危险。

"萌奈。"行伸平静地唤了一声女儿，"希望你能听爸爸说几句。"

"我不想听！"

"这件事早晚都得说，现在刚好。"

萌奈没有回应，但她应该正在倾听。

"你不是已经来月经了吗？"

沉默依旧。行伸的眼前浮现出女儿皱眉的样子。

"关于女性的身体构造啊、怀孕是怎么回事啊，学校里都教过吧？你听说过受精卵这个词吗？"行伸闭上眼睛，反复做了几次深呼吸，随后舔了舔嘴唇，开口道，"那个……受精卵啊，医生拿错了。"他感到不安，心脏加速跳动。

终于说出口了，他已经没有退路。

片刻过后,门内传出微弱的声响。咔嚓一声,锁开了,门被缓缓推开。

萌奈站在那里,以通红的双眸直视着行伸。

行伸咽下一口唾沫,直面女儿的双眼。

他已经逃避女儿的视线太久了。

23

自案发以来，侦查会议已不知开过多少次，这次创下了最短的会议时间纪录。特搜本部即将解散，余下的工作说白了就是收尾，许多侦查员正忙着写各自的报告。原则上来讲，即便是与逮捕凶手不直接相关的活动内容，也必须留下记录。

松宫刚坐下准备应对这些他提不起劲的工作，肩头就被用力拍了一下。扭头一看，加贺正站在身后。

"陪我走走。"说着，加贺不等对方回应便迈开脚步。

松宫急忙赶上去。加贺走得很快，直到出了礼堂，松宫才好不容易追上他。

"你那边情况如何？对方有没有再说些什么？"加贺向前走着，问道。

"对方？"

"金泽那边没联系你吗？"

原来不是说案子啊。松宫点了点头。"前几天芳原女士来过一个电话,说有要事商量,希望尽早见面。"

"要事?"

"可能和我母亲隐瞒的秘密有关。"

"有点意思。你怎么说?"

"我说等案子告一段落后再联系她。"

"这样啊。"

走出警察局后,两人来到了一家开设在环状七号线路边的咖啡馆。这里的午餐种类相当丰富,松宫也来过几次。

靠窗的座位空着,能看到外面的马路。两人在那里坐定后,都点了咖啡。

"那你准备什么时候见面?"

"见面?和谁?"

"芳原女士啊。你没联系她?"

"还没有。"

加贺向松宫投以探询般的目光。"为什么不联系?"

"因为还有很多事要做。"松宫闪烁其词。

"很多是多少?凶手都抓到了,案件已经告一段落。"

"你这么说也行。"这时,咖啡来了。松宫瞥向窗外。

"我听长谷部说,你把走形式的核实工作都交给他办了,这段时间一直在单独行动。你在追查什么?"加贺并没有放过他的意思。

松宫把脸转向加贺,嘴角放平。"我没追查什么,只是在整理报告时追加调查了一些细节。这很正常吧。"

"比如什么细节?说来听听。"

松宫悠闲地喝了口咖啡,长出一口气。"恭哥为什么关心这个?

既然你觉得案子已经解决，那不管我去哪儿做什么都无所谓吧。"

加贺锐利的目光从深陷的眼窝底部射出，他目不转睛地盯着松宫。"果然。"

"果然什么？"

"你小子果然是在隐瞒什么。难怪我觉得这段时间你有点不对劲，就是从你去宇都宫走访花冢弥生女士的老家开始的。你是在躲我吧？"

"我没有。"

"少装蒜。你以为能骗过我的眼睛？你一直在留意汐见行伸先生，可他理应与本案无关。你是不是发现了什么？"

松宫又喝了一口咖啡，随后用手背抹了抹嘴角。"所以恭哥怎么想？"

"想什么？"

"这次的案子，你认为疑点全部解决了吗？"

"是我在问你问题。"

"我很难相信恭哥会认为，案子就此已全部了结。"

加贺抿着嘴，从鼻子长出一口气。"你说得对，我无法接受目前的结果。中屋多由子应该是凶手，但我总觉得她还在隐瞒什么。她在当时那种状况下干脆地认罪，一定有她的理由。我这么想的时候，发现有一个刑警形迹可疑。"加贺抬手指着松宫，"是个人都会觉得你在隐瞒什么。"

"要是真有什么异常，那个刑警会立刻上报。你是这么想的吧？"

加贺目不转睛地盯着松宫，将手伸向咖啡杯。"没错，"他抿了一口咖啡，放下杯子，"我确实有这样的疑问。有些刑警怕别人抢功,会独占线索,但你不是那种人。"

"我没那么小气。"

"是啊。那么,请问松宫警官心里到底在盘算什么呢?"加贺把胳膊架在桌子上,稍稍向前探出身子,"以及,为什么不向我报告呢?"

松宫轻轻闭上眼睛,做了个深呼吸,肩头骤然放松。他睁开双眼,说道:"我可以回到刚才的话题吗?"

"什么话题?"

"我和我那个在金泽的父亲。"

加贺觉得有些莫名其妙,蹙起眉头。他看了看松宫,像是在揣测对方转换话题的目的。"说来听听。"

"知道自己真正的父母另有其人,当事人会感到幸福吗?了解真相的知情者,就应该把真相告诉当事人吗?"

加贺沉默片刻,开口道:"你怎么看?知道父亲的事以后,你是怎么想的?"

"说实话,我也想不大明白。我有时觉得什么都不知道的时候比较轻松,但知道了以后,又有强烈的意愿想要彻查到底。我的心情真的很复杂。我唯一笃定的便是此事非同小可,甚至会影响到某些人的一生。"

"那是当然。所以呢?你到底想说什么?"

"所以我在想,揭露他人的秘密总是正义的吗?家事更是如此。即使是为了探寻案件背后的真相,警察就有权揭穿谜底吗?"

加贺面无表情,但目光越发锐利。"看来你不光是在说你自己。"

松宫挺直了背脊。"我如此迷惘,是不是没有当刑警的资格?"

加贺把咖啡杯贴近嘴边，没有立刻回答，只是悠然自得地连喝了几口。"情况特殊，另当别论。你就忘了我刚才说过的话吧。"

"刚才说过的话？"

"不管你隐瞒了什么，我都不会再来问你。"加贺拿起桌上的账单，起身准备离去。

松宫也站了起来。"等一下。你什么意思？"

"就是一切由你判断的意思。"

"由我……"

"松宫，"加贺注视着他，"你小子是个好刑警。"

"讽刺我吗？"松宫对这意料之外的话感到困惑。

"不是。"加贺表情严肃地说，"以前我不是也说过吗？刑警并不是只要真相大白就好。总有些真相无法在审讯室中问出，但会由本人一点点吐露。因分辨何为真相而烦恼不已，这才是优秀的刑警。"

加贺确实说过类似的话，松宫还记得。一时之间，他想不出该如何回应，但加贺对他的烦恼予以了肯定，这还令他挺高兴的。

加贺接着说："有时，真相可以永远不见天日。只要你做好觉悟，为自己的一切判断负责即可。"

"觉悟……"松宫喃喃念道。

"就这样吧，回头见。"加贺转过身，向收银台走去。

松宫重新坐下，细细咀嚼着加贺的话。加贺既是他的表哥又是资深刑警，这一番话语沉重且深刻，却温和地鼓励着他。

没错，关键在于觉悟。现在的自己是否已做好觉悟？

松宫眼神放空，点了点头。他一口气喝完杯中剩余的咖啡，确定四下无人后，给芳原亚矢子打了电话。号码是最近添加的。他将手机贴近耳边。呼叫音响了三声后,电话接通了。

"我是芳原。"对方的声音很坚定,想必已知道电话来自松宫。

"我是松宫,请问现在方便吗?"

"方便。"

"我想了解你上次电话中说的那件很重要的事。"

"好的,什么时候可以面谈?"

"随时,看你安排。"

"那就明天如何?明天晚上十点,还是上次那家店。"

"好的,我会准时到。"

"顺利完成了?"

"什么?"

"你的工作。你说等调查工作有眉目了就来联系我。"

松宫点点头。"是的,已经结束了,没有什么可查的了。"

"那就好,祝贺你。"

"谢谢。"

"明晚见。"说完,亚矢子挂断了电话。

松宫收好手机,站了起来。出店后,他举起双臂,尽情地舒展身体。没有什么可查的了——说出这句话的瞬间,从某种束缚中解脱的爽快感占满他的内心。他当然还惦记着芳原亚矢子要说的事,但现在他只想沉浸在轻快的情绪中。

松宫刚打算回警察局,手机上显示有来电,号码很眼熟,松宫不由得屏住呼吸。

"喂,我是松宫。"

"那个……我是汐见。"

"你好,前些日子多有冒犯。"

"不,是我该说对不起,说走就走……"

汐见的道歉令松宫产生某种预感,他问:"有什么事吗?"

"是这样的,我有话对你说,能否占用你一点时间?"

"与你女儿有关?"

"是的,"沉默数秒后,对方声音低沉地说道,"与萌奈有关,与她的出生有关。"

松宫长出一口气。"我现在就方便。"

"那就……"汐见提议一小时后见面,地点是上次的KTV。

"好的。"松宫说完,挂断了电话。

松宫知道,汐见想说的只可能是那件事,恐怕他是要下定决心公开真相,没准已经对萌奈本人说过。萌奈反应如何,父女二人又聊了些什么……松宫很想听听。他忍不住苦笑。真是的,刚决定到死都要保守秘密,就给我来这一套,一点也不酷,还想多当一会儿孤独的英雄呢。毕竟要是把来龙去脉说给加贺听,一定会被取笑。

不过,这结局才符合自己的风格吧,他这样想道。

24

"有件东西请你过目。"负责多由子一案的检察官说着,递出信封。检察官四十岁左右,圆脸,言辞温和,接受他的调查并未让多由子过于痛苦。

"现在?就在这里读吗?"多由子问。

"没错。"检察官点了点头。

多由子接过信封,取出信纸。展开信纸的一瞬间,她猛地一怔。上面的字绝对出自绵贯哲彦之手。

多由子:

 写这封信是因为我想告诉你一件重要的事。

 你还记得那位姓松宫的刑警吧。他介绍我认识了一个男人,我们姑且称他为S先生吧。

 S先生是弥生经营的那家咖啡馆的顾客。他正在抚养一个与弥生关系甚密的女孩。就户籍而言,他是女孩的父亲。

我当面听 S 先生说了很多后，决定把之前隐瞒的事全部告诉松官先生，包括弥生约我见面的理由和当时的谈话内容。

　　松官先生说，你可能没说实话，没准和我一样有一些秘密不得不去隐瞒。一旦上了法庭，真相将会湮没。他问我这样可以吗，我回答说不行。

　　松官先生希望我写下这封信。他说，如果你为了 S 先生和他的女儿而隐瞒部分事实，现在已经没有这个必要了。

　　多由子，是这样吗？你为他们隐瞒了什么吗？

　　如果是，现在你就坦率地说出来吧。我了解你，你一定有不得已的苦衷。说出你的苦衷，法庭的人也更能理解你一点。

　　拘留所里是不是很冷？有没有伤着身子？需要什么尽管说，我会让人送进去的。

哲彦

　　多由子反复读了几遍，垂下了头。她的泪水不断涌出，滴滴答答地打湿了地面。

　　"如何？"检察官问，"读完这封信后，如果你想更改之前的供述，可以告诉我。"

　　"嗯，"多由子抬起头，止住呜咽声，"我要更改。"

　　"更改哪个部分？"

　　"我……我刺死……花冢女士的……理由，还有……"她调整呼吸，继续说道，"在这之前，我想补充一点我过去的经历……不说出来的话，我想其他人很难理解我。"

25

多由子出生于名古屋,与父母和哥哥一起生活。

她小时候家里很有钱,住漂亮又宽敞的高级公寓。父亲动不动就换新的高档车,母亲喜欢买衣服和包,壁橱塞得满满的。多由子想要什么,父母都会满足。一家人每周去好几次餐厅,暑假时还会去夏威夷旅游。

当时全日本经济泡沫正盛,中屋家仍然引人注目。学校里的朋友常说"多由子家这么有钱真好"。

好景不长,多由子上小学三年级的时候,各种人开始频繁上门,有见过面的,也有完全不认识的。每个人都板着脸。父母低着头,神色黯然,有时母亲还会哭泣。

不久,父母决定搬家,多由子也必须转学。由于事出突然,多由子很惊讶,得到的解释只是"出于父亲工作的需要"。搬完家后,她更是吃了一惊——新家是一间又破又小的公寓房,除了厨房只有一个房间。

一天晚上，大两岁的哥哥告诉多由子父亲已经辞职，准确地说，是被解雇。

父亲就职于当地的一家机械制造厂，负责财务方面的工作。哥哥用了"会计""挪用"之类的词，但当时的多由子既不知道汉字怎么写，也不知道它们的意思。

听哥哥说，父亲拿公司的钱当自己的花了。他用这些钱买卖股票、高尔夫球场会员证和不动产，用赚来的钱买房买车，让家里人过上奢侈的生活。

听到金额时，多由子脸都白了，竟然有两亿多日元。光是想想有多少个零，她就觉得头晕眼花。

"我们家已经没钱了，变成穷光蛋了。"

没多久，哥哥的话成为现实。餐桌上的饭菜日渐寒酸，新衣服也不再添置。父母总是吵架，大多是因为钱的问题。

多由子快上初中的时候，父母离婚了。兄妹二人被送到位于丰桥的老家，那里只住着祖母一个人。

"我很想带你们走，可是现在我养不起你们。等生活安定下来，妈妈就来接你们。"离别时母亲大概没想撒谎，只是这承诺最终也没能兑现，想来她也有自己的难处。

母亲在熟人开的居酒屋工作，在那期间与店长交往，没多久两人就开始同居。她与多由子兄妹见面的次数急剧减少，偶尔见面时，每次妆都会浓上一分。哥哥说看着就恶心。

多由子兄妹的新生活算不上愉快。祖母不是一个坏心肠的人，但也不怎么温柔。原本她就和多由子的母亲关系恶劣，彼此生疏，如今突然被迫照顾孙子孙女，她显然极不情愿。兄妹二人生活自理,也帮着操持家务,但从没得到过表扬。稍有差池,祖母便会数落他们"和你们妈妈一样蠢"。

父亲平时住在别处,偶尔才露个面。多由子完全不知道他在哪里、在干什么。祖母每次见到父亲,都会抱怨钱不够。

"上回明明给过了!""就那点票子,老早就花光了!""是你们太浪费!"有时多由子放学回来,还没进家门就能听到他们两人用三河方言吵架。

如此这般过了几年。多由子极少见到母亲,与父亲见面时也不说话。

哥哥高中毕业后,找了一家提供宿舍的公司。"我想我不会再回来了。"哥哥对多由子说,"人只能自己保护自己,任何人都靠不住。你也是,最好什么事都只考虑自己。"

多由子想,不用说我也知道。

即便生活如此,开心的事还是有的。升入高中没多久,初中时的学长向多由子表白,两人开始交往。学长长相帅气,身材高大,非常适合穿皮夹克。多由子对他仰慕已久。

男孩出身牙医家庭,家里有属于自己的房间。在那里,多由子失去了处女之身。对方好像也是第一次做那种事,很快,两人便沉湎于性爱。

他们的避孕措施做得相当马虎。没多久,多由子便发现身体出现异常。市面上有验孕棒出售,但多由子没勇气去药店购买。

一天早上,多由子吃饭时突然感到一阵恶心。她跑去卫生间吐,却什么也吐不出来。

走出卫生间时,只见祖母站在面前,用严厉的目光看着她说:

"多由子，咱们去医院。"

多由子不知该如何作答，只是呆呆地站着。

祖母突然换上了温和的面孔，说："去医院吧，奶奶陪你。"

"奶奶……"

"是牙医家那小子吧？我早就听说他是个混账！你喜欢他，我也拿你们没办法，可难不成怀了还想生下来？"令人吃惊的是，祖母早已注意到孙女身体的异常，甚至比多由子本人还要敏锐。

祖母带多由子去医院一查，果然是怀孕了。她们当即决定堕胎。医生丝毫不显惊讶，那样子像是在说，这种愚蠢的女高中生我见得多了。

多由子以感冒为由向学校请了三天假，在三天内了结了一切。所幸祖母对她温柔体贴，承担了全部手术费用。祖母说这件事不必告诉父亲，因为告诉他也毫无意义。

"更要紧的是，你别再去找牙医家的小子了。那小子只知道把女人的身体当玩物，就是个混账！"

多由子嘴上答应，但其实下不了决心。她还是一如既往地喜欢学长，对方一打电话约她，她就瞒着祖母去了。

多由子没提怀孕堕胎的事，一无所知的学长还想向多由子发泄旺盛的性欲，多由子拒绝了他，于是他像一个被宠坏了的孩子一样大发脾气。

无奈之下，多由子说出实情，一瞬间学长的脸变得煞白。他们就这样断了联系。偶尔在街上遇见时，学长一看到多由子就会落荒而逃。

此后，多由子不再和别的男生交往，也没有遇到过密友。索然无味的时光匆匆流逝。

有时多由子会想起那个被打掉的孩子。如果生下来会怎样？这想象总是扰乱她的心绪。明明知道那时别无选择，为什么又不愿承认自己选择的路正确无误呢？多由子每次看到带着孩子的女人就会心里一痛，有时甚至一整天情绪低落，觉得自己没有资格活着。

不久，多由子升入高三，不得不考虑毕业后的出路。上大学简直是白日做梦，她早已放弃，工作是唯一的选择。

应聘了几家公司后，多由子进了东京都调布市的一家食品加工厂。工厂生产的是多由子非常熟悉的速食产品，还提供宿舍。

第一次领到工资，多由子买了毛毯，回丰桥时送给畏寒体质的祖母。祖母满是皱纹的脸皱成一团，眼里闪烁着喜悦的泪光。这是多由子第一次看到祖母的眼泪。祖母其实心地柔软、为人善良，堕胎时多由子就发现了这一点。

有一天，多由子打电话问候祖母，一问才知道，祖母正因为感冒发着高烧。

第二天她又打去电话，但没人接。她忧心忡忡，请了假回到祖母家。狭小的和室内，躺在被褥上的祖母早已身体冰凉——祖母的心脏一直有问题。

久别重逢的父亲开口第一句话竟是"幸好没瘫在床上要人照顾"。多由子的心头涌起一股杀意。如果手边有刀，没准她会刺死父亲。

多由子也打电话通知了哥哥，但他没有回来。

父亲卖掉了丰桥的房子，问他价格，他只说"不值几个钱"。看来父亲没打算把钱分给儿女。

这世上已经没有我的容身之处了，多由子想。

此后几年，除了从宿舍搬进一间狭小的公寓外，多由子的生活基本一成不变。她和几个男人谈过恋爱，但都不长久，问起将来的打算，他们每个人都支支吾吾。

她想结婚，想有个家。多由子想，如果有人能带来这些，就算他不是自己喜欢的类型也没关系。

有一次，总公司派来了一个男人，说是采集生产线上相关数据的研究员。上司命令多由子前去协助。研究员微微一笑，对她说"拜托了"。男人眼角的皱纹和洁白的牙齿令人印象深刻，他是多由子喜欢的类型。

采集数据任务艰巨，在正常上班时间内完不成工作，实在是家常便饭。

有一天，研究员说："对不起，辛苦你了，今天我请你吃饭吧。"

那天，男人带多由子去了日本料理店，还预订了包间。男人颇为健谈，也擅长聆听。两人相谈甚欢，但只有一件事打击到了多由子——他有家室，儿子在上幼儿园。

算了，多由子转念一想，就算这位总公司派来的精英是单身，也不可能看上自己。

吃完饭，多由子刚起身想要回去，男人不动声色地靠近了她。对方想吻她，她没有抗拒，反倒用双臂环住了他的后背。

"下次我还请你。"男人说。

"好的。"多由子点点头。

一周后，两人在多由子的家发生了关系。

厂内的数据采集工作告一段落，男人不再去多由子的工厂了，但两人并未分手。男人频繁地发来短信，文字简短，事情琐碎，反而令多由子感到欣喜。

"你是我最重要的人，"男人在床上说，"我可以离婚，等孩子再大一点就离。等我。"

如今回想起来，这些净是大话，当时多由子却信以为真。更幼稚的是，她连男人说"希望你给我生孩子"都相信。即使在危险期忘了买避孕套，她也会说没关系。

得知验孕结果为阳性时，男人的脸上没了血色。多由子曾以为他会开心，如今本就聊胜于无的期待消失殆尽。

"你不用管。一直是我自己说没关系的，我会想办法处理，不用你负责。"多由子对男人说。

男人看起来安心了些，表示会出手术费，但多由子斩钉截铁地摇了摇头。"我不做手术，我要把孩子生下来。"

从发现月经没来的那一刻起，多由子就下定了决心。她回想起高中时代的痛苦经历。如果当年把孩子生下来会怎样？她一直想摆脱这份纠结，也一直责备怠慢生命的自己。这次，她不愿重蹈覆辙。她已做好吃苦的准备，再说，抚养孩子的单身母亲也不少。

男人很惊讶。他当然不会同意，并劝她改变主意：不要冲动，你的工作怎么办？你有收入吗？一个人养孩子非常困难，只会让你和孩子都不幸……他用各种理由劝说，接下来的一句话让多由子开始动摇："你再等我一段时间。一年，一年就好。我会离婚，和你结婚，我们再一起生一个孩子。"

结婚——这个词还是第一次从他嘴里说出来。多由子知道这只是为了劝她改变主意，但还是被打动了。

"你只是现在说说而已吧?"她的声音绵软无力。

"不,我下定决心了,真的。"他的声音洪亮有力。

多由子想要选择相信他。

仿佛看出了她的迟疑,男人开始讲述未来的规划:婚礼就我们两人,不请别人;暂时租公寓忍耐一下,等攒够了钱就去买一栋小房子,在郊区,带院子,好让孩子在那里玩耍。

玫瑰色的梦含有附加条款,那就是放弃这个腹中的生命。

多由子说她再考虑一下,但男人不答应。"还有必要考虑吗?父母双全才对孩子好。你现在生下来,万一别人知道这是我的孩子就麻烦了,我很难离婚。"

男人的话没错。父母的陪伴对孩子有益,而妻子一旦知道丈夫出轨有了孩子,很可能会坚决拒绝离婚。

只是,男人的承诺中有一个巨大的陷阱——没人能保证一年后他真的会离婚,娶多由子。多由子对此心知肚明,但决定相信他。她不想为难他。

男人紧紧抱住多由子,说:"谢谢你。我一定会给你幸福。"

三天后,多由子做了手术。公司那边只请了一天假。那天她什么也没吃,只是在被窝里不停地流泪。

此后,两人又交往了一段时间,但男人的态度明显和以前不同了。两人的联系逐渐变少,终于男人不再主动来找她,直到连电话也打不通了。

多由子不知道男人的住址,便打电话到他的公司,得到的回应是对方外出办公。多由子报上姓名,说希望男人联系她,请公司的人代为传话。

当天晚上，男人来了电话，一上来便责备多由子给公司打电话不懂规矩。

"因为手机打不通嘛……"

男人沉默片刻，说希望暂时不要见面。"我思前想后，终于清醒了。我们两个都有点犯傻。我们就把它当成一段美好的回忆，从此各奔东西吧。"

听了男人煞有其事的说辞，多由子晕头转向。

一段美好的回忆？你难道要我把做手术堕胎当成一段美好的回忆？

"等一下。离婚的进展如何了？"

"我不是说了嘛，我清醒了，我错了。我们分手吧。"

"分手……太过分了……那我以后可怎么办？"多由子哭着说。

"我明白了，"他说，"我们当面谈。"

等到下一个休息日，两人在多由子家附近的购物中心里见了面。多由子一声不吭地跟在同样沉默的男人身后。她以为他们会进哪家店，不料目的地是停车场。男人说就在车里谈，大概是想避人耳目。

多由子第一次见到他的车，是一辆小型 SUV。

她刚坐上副驾驶席，男人就掏出一个信封。"对不起，能拿的我都拿出来了。"

多由子一看，里面有几十张一万日元的纸钞。"你什么意思？"

"你还年轻，无论如何都能从头来过，不是吗？这个就算是给你的补偿吧。"

多由子脑中一片空白，不明白对方在说什么。什么叫从头来过？

她注视着男人的侧脸,余光突然瞥到了驾驶席正后方的儿童安全座椅。男人的妻子坐在副驾驶席上伸出手照料孩子的情景,浮现在她的脑海中。

"我说,"多由子将视线移回男人身上,"你是在骗我吗?你不是说要和我结婚的吗?那些都是假话?"

"当时我是认真的,也是那么想的,但还是不行。对不起。"

"对不起?道个歉就完了吗?那你为什么不让我生下孩子?我原本打算一个人抚养的。"

"这怎么行,当时我也很无奈。"

"什么叫你也很无奈?"多由子一把抓住男人的肩膀,"还给我!把我的孩子还给我!我不要钱,我要你把孩子还给我!"

男人脸色一变,拨开多由子的手。"不要这样!"

"对啊!可以再怀一次,再怀一次孩子。现在我们就去酒店!怎么样,走吧?这点事你总能做到吧!"

男人忍无可忍似的下了车。他绕过车头,打开副驾驶席一侧的车门,拽起多由子的胳膊。"到此为止吧!"

"什么叫到此为止?你要陪我生孩子!你不是很喜欢做爱吗?"

"不要再胡闹了!"

多由子的胳膊被狠命往外一拉。回过神时,她发现自己正趴在地上,男人已经回到车里了。

多由子茫然目送着他发动引擎,扬长而去。此后她的记忆相当模糊。

醒过来时,她发现自己正躺在医院的病床上,四肢缠满绷带,头上也被紧紧包扎着。她听说自己是从购物中心的楼顶跳下来的,

255

但她一点也不记得了。她没有想自己怎么会做出这种事，反倒非常理解。原来如此，可能是我想死吧。于是她又非常遗憾没能死成，气自己连跳楼都能搞砸。

她觉得住院只有一点好处，那就是和同病房的老婆婆关系处得不错。老婆婆平时住在养老院，经常给多由子讲述养老院里的生活，当然，说的几乎全是护工的坏话。老婆婆直白的话语总让多由子想起祖母。

出院后，她辞了职，开始寻找护理方面的工作，最后找到一家足立区的养老院。这份工作比想象中更辛苦，给一个外表瘦弱的老人洗澡都极其耗费体力。辅助进食也很麻烦，稍不留神就会发生食物堵住喉咙的事故。有时只是辅助排泄和清扫厕所，一天就过去了。

尽管如此，多由子一听到老人们的感谢就又能打起精神。她能切实感受到自己对别人有所帮助。她意识到，其实自己只是想得到原谅，想通过帮助他人延续生命，为两簇本该降临于人世却被她生生掐灭的生命之火赎罪。

生活不易。无奈之下，多由子决定去做兼职。熟人给她介绍了一家上野的夜总会，她去了才知道，陪酒的工作原来比护理轻松得多。醉客的恶作剧没什么大不了的，毕竟在养老院也有袭胸的老头。

原本她没打算工作太久，不想一转眼就过去了三年。那时，绵贯哲彦开始频繁出入夜总会。起初他只是公司董事的随行人员，后来便经常自己带客户过来。绵贯总是点她陪酒，也许是很中意她的服务吧。

绵贯多少也有粗鄙之处，但为人豪爽、活力充沛的一面极具魅力。多由子和他在一起时非常开心。

不久，绵贯约她下班后出去玩。两人单独去了其他酒吧，喝到很晚。他们第一次互相诉说各自的经历，多由子得知绵贯结过婚。

"我很想要孩子，"绵贯醉醺醺地说，"现在就想要。我想奉子成婚，所以下次要结婚的话，对方得先怀上。"他并不知道多由子灰暗的过去，只是单纯表露自己的真实想法，但这句话和这一夜一起深深镌刻在了多由子的心底。

"希望你可以遇到一个愿意为你生育的女人。"

听到多由子的话，绵贯赤红着脸，情绪高涨。"对，没错，就是这样。我还没放弃呢！"

之后两人又喝过几次酒。一天晚上，绵贯打车送多由子回家时，多由子试探性地问道："要不要喝点茶再走？"

绵贯犹豫了一下，随后小声答道："也好。"

多由子已经不是小孩，她清楚接下来会发生什么，倒不如说是她在主动邀请。她已做好心理准备，也知道绵贯并非轻浮之人。狭小的床上，两人的身体相互纠缠。绵贯不算熟练，但举止间能让人感受到十分体贴。

"还记得我上次说过的话吗？"中途他的表情突然严肃起来，"我，想要孩子。"

"嗯。"多由子点点头，"我也想要。"

"你愿意为我生孩子吗？"

"当然。"

"太好了。"绵贯喜笑颜开。

多由子环抱住他的背脊，祈祷自己能够怀上孩子。

此后没过多久,绵贯搬到比较宽敞的住处,两人决定同居。多由子辞去了夜总会的工作。他们举香槟庆祝,因为这样什么时候有孩子都没问题了。

这是多由子好不容易得到的普通人的安定生活。她和父亲、哥哥早已多年未通音信,就算正式登记结婚也不会通知他们。

同居生活安稳而幸福。不用担心钱,有个能一起过日子的伴侣,多由子不曾了解这样的生活竟如此令人感激。休息日的白天,两人会去看电影,然后在附近的家庭餐馆边吃午饭边交流感想,简直幸福极了。

唯一的担忧就是多由子迟迟没有怀孕。考虑到绵贯的年龄问题,他们的性生活已经足够频繁,然而多由子完全没有怀孕的迹象,每逢生理期她都非常沮丧。绵贯什么也没说,但始终听不到好消息,他肯定很失望。

多由子想过去医院,但下不了决心,因为她清楚自己为何无法怀孕:两次堕胎。都说多次堕胎后很难再怀上,这种话她不想再听。她不愿绵贯知道此事,害怕绵贯向自己下最后通牒。

日子一天天过去,多由子三十八岁了,放在过去已经算是高龄产妇的年纪。她感到不安,如果像这样一直怀不上,绵贯会不会放弃自己?

我想奉子成婚,所以下次要结婚的话,对方得先怀上——绵贯说过的话回荡在耳边。当时多由子觉得绵贯说得很动听,如今这话却像镇石一般压在心头。

你总是怀不上,我们还是分手吧——多由子每天都心惊胆战,担心绵贯有一天会这么说。

最近绵贯说接到前妻的电话,两人准备见面聊聊。至于要聊什么,绵贯表示自己也毫无头绪,这让多由子颇为在意。

从此处开始,情况与她最初向警方供述的内容大体相同。第二天,绵贯见过前妻后,声称两人互相交流了近况,对方在自由之丘经营一家名为弥生茶屋的咖啡馆。

从那以后,绵贯的样子明显变得有些奇怪,令多由子心生怀疑。只有一处不同于之前的供述:多由子发现绵贯背着自己在手机上查询了什么,所以趁他睡着时偷看了浏览器的搜索记录。看到"如何领养孩子"时,多由子猛地呼吸一滞。

绵贯打算领养?就因为自己迟迟没有动静?这件事还和前妻有关,究竟是怎么回事?

多由子茶饭不思,工作时也总琢磨这些,不停失误,受到同事非议。她觉得不能再这样下去,于是决定去见绵贯的前妻,毕竟面谈最为直接。

多由子前往自由之丘,在弥生茶屋第一次见到了花冢弥生。弥生怎么看也不像是五十岁上下的人,她的美貌令多由子害怕。

多由子自报家门后,弥生吃惊之余,对她的到来表示了欢迎,并为她沏上大吉岭茶。弥生问她吃不吃戚风蛋糕,她拒绝了。这时,她看到了切蛋糕用的长刀。

一切皆如供述所言。不过,之后的经过则有细微的差异。

"好了,"弥生在对面的椅子上坐下,"请说明你的来意吧。"

"前些日子,你不是和哲彦见过一面吗?我想知道你们都聊了些什么……"

"他什么都没告诉你吗?"

"他就是不说。"

"这样啊,"弥生垂下视线,又再次看向多由子,"那我也不能说。"

"求求你了,请你告诉我,我很想知道。他一直……很奇怪……"

"很奇怪?他怎么了?"

"他总是显得思虑过度,像在烦恼什么。"

"烦恼……"弥生轻声重复,摇了摇头,"不,我认为他不是在烦恼,而是要考虑很多。他正面临一个重要的抉择。"

"重要的抉择?什么抉择?"

弥生摇了摇头。"我不能说。"

"你怎么能……为什么?请恕我失礼,你已经不是他妻子了,对吧?你们只是前任夫妻,关系顶多就到这一层为止了,不是吗?我们还没登记,但我认为他现在的妻子是我。现在你和他之间有一个秘密,还不肯告诉我,这不是很奇怪吗?"

弥生原本表情平和,此时却突然沉下脸来。"只是前任夫妻……"她喃喃自语,随后将目光投向多由子,"如果不只如此呢?"

"啊?"多由子不禁惊呼出声,"你这是什么意思?"

弥生把茶杯拿到嘴边,长叹了一口气。"也是,你特意跑到这里来,绝对不会什么也没打听到就回去。这件事你迟早会知道的。"

"你肯说了?"

"本来我觉得你应该去问哲彦。"

"不用管他,现在就请你告诉我。你说你们不只是前任夫妻,这是什么意思?"

弥生闻言,一动不动地注视着多由子的眼睛:"夫妻一旦离婚就形同陌路,但是,血缘关系则是离婚也无法割裂的。"

"你说什么……对不起,我不懂你的意思。你该不会想说你和哲彦有血缘关系吧?"

"当然不是。我直说了吧,我和他有一个孩子,一个真正有血缘关系的亲生孩子。"

多由子的内心崩溃了,过度的震惊使她一瞬间喘不上气来。"你们竟然有孩子……可他一次也没……我是被骗了吗?"

弥生摇了摇头。"以前他不知道有这个孩子。别说他了,连我也不知道。我们的孩子在我们不知道的地方出生,然后长大了。"

"怎么可能……"

"你想说怎么可能有这么荒谬的事,对吧?这么荒谬的事就是发生了。"

弥生讲述了一个不可思议的故事。拿错受精卵——当然,任何人都不能保证绝对不会犯错,这也并非完全不可能。

"我听到这个消息的时候也难以置信,但亲眼看到那个孩子后,我相信了。那确实是我的孩子,我和他的孩子。如果可以,我真想冲上去一把抱住她,紧紧拥她入怀,告诉她我是她的妈妈。"

"如果可以?"

"孩子本人还不知道真相,不过她的养父表示早晚都会告诉她,到时我们就可以见面。我想这件事也得通知哲彦,因为接下来才是关键。"

"他很吃惊吧?"

"那是当然。一开始他怎么都不敢相信,这也难怪,不过我并没有胡编乱造。最后他还是信了。"

"他有什么打算?"

"还没讨论到那一步。我们姑且约好一起去见那孩子,至于今后怎么做,我们会另行协商。所以我说了,他不是烦恼,而是需要考虑很多。"

另行协商?多由子不由得产生了疑问:协商什么?怎么协商?

"他……哲彦好像在调查怎么领养孩子。"

"啊?是吗?"

"我看到他在用手机查。"

"哦……"弥生轻声笑了起来,"这倒是很像他的风格,还是那么性急。"

她的语气透着喜悦,多由子感到后背一阵寒意。他们是要领养那个孩子吗?领养,然后两人一起抚养吗?

所以下次要结婚的话,对方得先怀上——多由子仿佛听到了绵贯的声音,她不由得默念:"那……我怎么办呢?"

"什么怎么办?"弥生一脸错愕,似乎对多由子的问题有些猝不及防。

"如果他是孩子的父亲,那我是什么?"

弥生歪着头笑了。"这话说得奇怪,这件事与你无关啊。"

"无关……"

"这是我和哲彦的事。"

"可是我……"多由子想说,我才是他的妻子。然而并不是。她不是绵贯正式的妻子。没有生下孩子的她无法成为绵贯的妻子。

"你以你的方式努力就好,一定会邂逅幸福。"

"邂逅?"

"你还年轻,我想你一定会有一次美妙的邂逅。"弥生语气轻快,随后她从椅子上站起来,背过身去。

这一瞬间,多由子也站了起来。回过神时,她发现自己站在弥生的正后方,手里握着刀。这把刀深深刺进了弥生的后背。

弥生没有发出惨叫,径直向前倒了下去。

美妙的邂逅不可能再有了,多由子想。

26

"看来她误会了邂逅的含义。"松宫说,"她以为对方的意思是,放弃哲彦吧,总有一天你能邂逅新的男人,于是头脑一热,用手边的刀刺杀了对方。深爱的人可能会离她而去的恐惧、好不容易得到的家将被夺走的愤怒、对花冢女士以意外的方式拥有孩子的忌妒,其中哪条占的比重更大些,她说连她自己也不清楚。恐怕是各种各样的情感不断发酵,然后一口气爆发出来了。"

多由子与加贺交谈的时候,才意识到自己会错意了。

当得知花冢弥生珍视人与人的邂逅,并认为与母亲见面是婴儿人生中的初次邂逅时,她才恍然大悟,原来弥生所说的"一定会邂逅幸福",是指她和绵贯一定能生下孩子。

那个瞬间,她承受不住对弥生的歉意,忍受不了自己的愚蠢,决定供认罪行。

绵贯低着头听完松宫的话,不住地摇头。"不可能的。"

"什么不可能?"

绵贯抬起头来。"我和弥生不可能复合。我确实想见孩子,也考虑过领养,但我完全没想过和多由子分手,连类似的念头都没有。恐怕弥生也根本没考虑过要复合,她顶多将我视为孩子的父亲。说不定,她还希望多由子能怀上我的孩子,这样她就可以独占萌奈的感情了。"

"多由子女士无法像你这样冷静地思考吧。"

"归根结底,还是她太不信任我了。"

"不,是她太不信任自己。她应该更有自信才对。"

"唉……"绵贯重重地叹了口气,双手抱住脑袋,"还是我不好,没能让她自信起来,是我的过错。"

松宫无言以对,只能保持沉默。

此时,两人正在警察局的休息室里。松宫叫绵贯来是为了让他和多由子见面。

由于还没有进入起诉阶段,多由子仍被羁押在拘留所。

与绵贯见面是多由子提的要求。关于本案,多由子基本已供认不讳,但她说她还隐藏着一个秘密,如果能见到绵贯,会在他面前说出来。

"多由子到底想说什么?"绵贯歪了歪脑袋,"刚才那些已经让我震惊不已。"

"她说很重要,不能通过律师或我们转达,想要直接告诉你。"

绵贯的表情充满苦涩与疑惑。

"松宫前辈,"此时,长谷部走进休息室,"一切就绪。"

"我们走吧。"松宫向绵贯招呼了一声,从折叠椅上起身。

两人来到会客室,那里已备好两把椅子。玻璃挡板的另一侧还没有人。绵贯坐了下来,松宫站在他的斜后方,一起等待多由子的出现。

过了一会儿,门开了,多由子走了进来。她的身后跟着拘留科的警员。警员与松宫对上视线后默默行礼,应该已经知道这位搜查一科的刑警会全程参与会面。

多由子坐下后,对绵贯展颜一笑,那温柔的笑容让人无法相信她是嫌疑人。"好久不见,你还好吗?"

绵贯沉默片刻,说了一句"怎么可能",转而问多由子:"我倒是想问你那边还好吗?我在信里写了,你有没有伤着身子?"

"没有,我挺好的。"多由子点点头,瞥了松宫一眼,再次望向绵贯,"详细情况你都听说了?"

"听了个大概,我太吃惊了。"

"对不起。"

"原来你是觉得我会背叛你。"

"与其说背叛,不如说我觉得你会选择孩子,因为阿哲很想要孩子啊。"

"话是没错,可是这和我们分手有什么关系?你不觉得你的想法有些奇怪吗?"

多由子低下头,睫毛颤动不停。"奇怪……"

"当然奇怪了,为什么你会那么想?"

"我不知道。当时我满脑子都是这个念头,等清醒过来时已经犯下错误。"多由子凝视着绵贯,又说了一声"对不起"。

绵贯无力地垂下头,仿佛在说,我接受你的道歉也无济于事。

"已经见过了吗?"多由子问。

"见谁?"

"你的孩子。他们让你见孩子了吗?"

"还没有。孩子本人已经知道真相,正在犹豫要不要见亲生父亲……应该说是生物学上的父亲吧。她只有十四岁,我也不想太着急,一切都看对方的安排。我无权指手画脚。"

"这样啊。"听了绵贯的说明,多由子有气无力地说。她的目光有些涣散。

"对了,我听松宫先生说,你有一件事想告诉我。"

"嗯。"多由子点点头,注视着绵贯。

松宫看到她的眼睛,不由得心里一惊。那目光与之前的截然不同,仿佛其中隐藏着殊死一搏的决心。

多由子突然开口说道:"其实啊……我已经有了。"

"什么?"

"孩子……我有孩子了。"

绵贯半站起身。"不会吧!"

松宫吃了一惊,这完全令他出乎意料。拘留科的警员也抬起头,瞪大眼睛。

绵贯已完全起身,用双手抵住玻璃挡板。"真的吗?"

"以前我在书上读到过,被逮捕的犯人也可以生孩子。听说以前分娩时还要戴手铐,现在的话,在产房里可以取掉手铐。"多由子仿佛在说一件极其平常的事。

"多由子……"绵贯发出痛苦的低吼。

"不过,监狱里好像不能养育婴儿,你说,我该怎么办?"

"没问题的,我来养。"

"我可以生下来吗？阿哲，你会帮我抚养吗？"

"那还用说？你当然可以生下来。我会好好抚养，探望你的时候带孩子一起来。我们两个会等你出来，到了那天，我们就三个人一起过日子吧。"

多由子心满意足地笑了。她把右手伸向挡板，隔着玻璃与绵贯的手掌重叠在一起。"我好高兴，谢谢你。"

这个故事真是充满讽刺意味。松宫看着他们，心里难受极了。

如果多由子早一点发现自己怀孕，恐怕这个案子就不会发生。然而，多由子的下一句话令松宫怀疑自己是不是听错了。

"骗你的。"她说。

"你说什么？"绵贯的声音听上去十分困惑。

"说怀上孩子是我骗你的。我根本没有怀孕，对不起。"多由子把脸转向松宫，"对不起，松宫先生，你特地带阿哲来这里，而我却说了谎。我并没有向你们隐瞒什么。"

"你要他来就是为了对他说这句谎话？"

"是的。"多由子答道，随后向绵贯露出笑容，"真是太好了。我好高兴，人生中第一次有人为我怀孕而感到喜悦，告诉我可以生下来。光是这样就够了，已经足以支撑我活下去。"

"多由子……"

"谢谢你，阿哲。"多由子说完，手离开了玻璃挡板。那张一度浮现笑容的脸逐渐扭曲，她的眼眶也渐渐发红。当泪水从面颊上不受控制地滚落时，她立刻捂住嘴，背过身去。

27

松宫右手掌控方向盘,左手把罐装咖啡送到嘴边。从刚才开始,打哈欠的频率就不断上升。他觉得在这种路上开车,自动驾驶系统应该能派上用场。

车子穿过被树林包围的小路,行驶在漫长的直道上。道路两旁零星点缀着大型商店。松宫确认着招牌,除了常见的家居用品中心以外,园艺温室设计施工、各类树种树苗批发、园林建材展示销售等字样夹杂在其中。

他这才意识到,这是一个农业镇。

从东京出发大约已过了两个小时,从距离上来说应该有一百多公里。松宫本想乘电车,但找不到方便的换乘路线,考虑再三后还是租了一辆车。他已经很久没像这样长途驾驶了。

导航仪显示已接近目的地。松宫靠边停车,环顾周围。十字路口的前方立着便利店的招牌。

他再次发动汽车,开到便利店门口。宽阔的停车场内只有一辆小型箱式面包车。松宫把车停在离面包车稍远的地方,此时刚过下午三点。

下车后,他掏出手机,听着拨出电话的呼叫音环视四周。这时,便利店里出来了一位女顾客。她身穿牛仔裤和皮夹克,土黄色的宽檐帽遮住眼眉,脖子上缠着毛巾。

见女子稍稍抬起帽檐,松宫放下了手机。那人是克子。

克子感叹:"你竟然这么早就到了。"

"东京市内比较堵,我很早就出发了。你等了很久吗?"

克子轻哼一声,说:"对农民来说,这点时间算不得等。等春天、等下雨、等长苗……等就是老百姓的工作。虽说如此,毕竟时间就是金钱啊。我们走吧,你跟着我。"克子迈步走向箱式面包车。看来那车是她开来的。

松宫开车跟着克子的面包车,不到十分钟,便在一条横贯广阔田地的道路旁边停了下来。

见克子从车里出来,松宫也下了车。

"这一片就是我们的农场,我们每天都来。你看那里不是并排有三个塑料大棚嘛,我们的农场差不多就到那个位置为止。"

"你们种些什么?"

"茄子、土豆、番茄、黄瓜,还有其他各种各样的,我们什么都种。"说着,克子又钻回车里。

松宫被带到了克子和伙伴们的家。这是一栋破旧的日式木造住宅,和室里摆着廉价的沙发。

克子向松宫介绍自己的室友,三位女性年龄和气质各不相同,过去的职业也多种多样,都是移居此处后才开始务农的。

听说松宫是警察,其中一个看起来最面善的女人低头说"以前承蒙你们关照",让松宫有些吃惊。

克子说今天很暖和,不如在外面聊,于是松宫又被带到了院子。那里摆着木制桌椅,还周到地安装了遮阳伞。克子说让他稍等,走回屋内,出来时手里捧着托盘。托盘上搁着啤酒瓶和玻璃杯,还有盛放腌黄瓜和腌茄子的小碟子。

"给。"克子把玻璃杯放在松宫面前,要给他倒啤酒。

"不行啊,我还得开车回去呢。"

"一点点不要紧的。"

"不行就是不行,真是的。"松宫用手掌盖住杯口。

克子颇感无趣似的叹了口气。"你这小孩,还是那么没劲。"

"什么跟什么呀!"

"那我不客气了,开动!"克子往自己的杯子里倒上啤酒,一口气喝了半杯,"真好喝!"她把杯子放回到桌上,"好了,你打算怎么做?"

"你是指我要不要接受亲子关系认证吗?"

"当然,你来不就是为了说这个吗?"

松宫把带来的挎包放到腿上,说道:"前不久我和芳原亚矢子女士见了面,因为她说有要事相商。我听了以后很吃惊,完全没想到会是这样。芳原真次先生——我姑且称他为父亲吧,曾被迫过了很长时间难以言说的夫妻生活。你知道这件事吧,妈?"

克子移开视线,忽地站了起来,转身走向屋内。

"你去哪儿?我还没说完呢。"

"感觉你会说很长时间,我先去泡个茶,你又不能喝啤酒。"

松宫打开拎包,取出一个笔记本,封面上用马克笔写着"灯火"二字。这是五十多年前两个女高中生写下的交换日记。一个是芳原正美——亚矢子的母亲,另一个名叫森本弓江,是正美的密友。

松宫回想起亚矢子把日记交给他时的情景。

亚矢子说,森本弓江的妹妹一直保存着这本日记,不久前她刚刚联系了亚矢子。读完日记后,亚矢子十分震惊,因为里面满是互相吐露爱意的言语。

"母亲和弓江女士初中时就开始互相爱慕,这份感情直到成年后也没有改变。那个年代和现在不同,她们不能公开关系,弓江女士的妹妹是唯一的知情者。"

芳原家必须有继承人,于是正美在父母的撮合下和真次结了婚。森本弓江也通过相亲结了婚。

"两人都有丈夫,但她们的感情一直没变,结婚后仍经常约会。学生时代的好友频繁见面,谁也不会觉得奇怪。"

不料,森本弓江的丈夫发现了。

"他看到了两人发誓相爱的信,疯了似的勃然大怒。弓江女士把这件事告诉了妹妹,然后……"

数日后,载着森本夫妇和芳原正美的车发生事故,森本夫妇当场死亡,正美则身受重伤,留下严重的后遗症。

"弓江女士的妹妹说她一直很在意,不相信那是意外。要说还有谁知道真相,那就只有我父亲了。话虽如此,她又下不了决心来问,如今听说我父亲病危,这才终于来联系我。"

只是,亚矢子也为如何应对而伤脑筋。她不觉得事到如今真次还会说出真相,病情也不容许他这么做了。

"所以我才来联系你。"芳原亚矢子对松宫说,"我想你母亲应该知道些什么。"

松宫万万没想到会有这样的隐情,不过他理解亚矢子话中的含义:假如除芳原真次之外还有人知道真相,此人非克子莫属。

克子看完交换日记,听着松宫讲述两个女学生的恋情,表情并无多大变化。她嚼着腌黄瓜,喝着啤酒,就像在说"这又怎么了"。见杯子已空,克子边给自己倒酒边问:"亚矢子小姐怎么样?"

"什么怎么样?"

"没有崩溃吗?"

"因为母亲的恋情?不,她看上去没有。"

"我想她不可能毫无感觉,我指的不是对母亲的恋情,而是对她自己的出生。正美女士结婚只为生下继承人,亚矢子小姐就是结果。我本不想说这些,但既然她已经从人家妹妹那里知道了,那就没办法了。"

"到底是怎么回事?说给我听听吧。你为什么和芳原真次先生分手?最初你们是怎么认识的?"

"催什么催,慢慢来。我是在二十二岁那年春天结婚的,对象是一个姓松宫的公司职员。"

"怎么从这里说起?"松宫表示不满。

"不从这里说起,怎么解释我姓松宫、在高崎生下你?别打岔,好好给我听着。"

克子移居高崎是因为丈夫工作上有调动。在此之前,克子家中发生了一件喜事:兄长隆正有了孩子,是个男孩,名为恭一郎。克子本想接下来就该轮到自己了，没想到丈夫的体内发现了恶性肿瘤。与病魔斗争了一年多以后，丈夫去世了，两人的婚姻只维持了五年。

克子留在高崎，幸运地在附近的日本料理店找到工作。工资不高，但一个人生活尚可。

三年后，店里来了一个叫小仓真次的厨师。他出身石川县，曾在金泽的一家老牌料亭工作。除此之外他不怎么说自己的事，是一个谜一样的男人。

他们每天在店里见面，时间长了，克子渐渐被真次吸引，她感觉真次对自己也有好感。

一天，两人单独在一起时，真次问她是否愿意交往，同时向她坦白了一件大事。

真次在金泽留有妻女。妻子是他曾经工作过的老牌料亭的独生女，而他则是上门女婿。之所以离家，是因为妻子除了自己另有更重要的人。夫妇二人商议后决定，女儿一完成义务教育两人就离婚，对外宣称真次在东京进修厨艺。

真次将实情和盘托出，问克子能否与他交往，克子答应了。她原本也没有强烈的再婚意愿。

不久，两人在克子的家开始同居生活。表面上看他们也许很像一对夫妻，克子也经常使用小仓作为自己的姓氏。和真次同居这件事，她没有通知其他亲戚，只告诉了隆正。

克子的丈夫死后，隆正挂念妹妹，两人时不时还有联系。对真次有妻女一事，隆正没有过多评论。

你能接受就行，有什么困难随时来找我——兄长的话在克子心中有力地回响着，她想不久的将来就带真次见见隆正，然而遗憾的是，这一天终究没有到来。

同居约一年后，真次突然要去一趟金泽。他说他接到了妻子出车祸的通知。

目送真次出发前往金泽时，克子难以平静。她有一种预感，真次去了就再也不会回来了，因为他所前往的，正是他原本应该回去的地方。

真次最初表示两三天就可以打理好一切，后来说有事拖延，迟迟没有回来。

难道不祥的预感应验了？就在克子心中的不安膨胀到极限时，真次打来电话说他现在就回来，只是声音听上去很消沉。

当真次终于在克子面前现身时，他看上去神情苦涩。"我不得不回金泽了。"

他对克子解释说，去医院一看，才发现妻子的情况比想象的还糟，即使看到他也毫无反应。她能出声，但几乎无法与人对话，吃饭和排泄都需要他人协助。

"这是我的错。"真次说，随后他讲述了一个令人意外的故事。

他曾对克子提起妻子另有更重要的人。那个人不是男人，而是女人。她们在外人眼里是学生时代的挚友，而实际上是恋人关系。生下孩子后，妻子向他坦白了一切。真次颇受打击，但只能无奈地接受现实。夫妇二人决定择机离婚。

就在最近，妻子联系了真次。原来，恋人的丈夫发现这个秘密后勃然大怒，要求大家一起谈谈。妻子问真次能否陪她一起去，真次拒绝了，表示此事与他无关，就此挂断了电话。

第二天，车祸发生了。

真次觉得那场车祸多半不是意外，应该是对方的丈夫想拉两人同归于尽。这是唯一的可能。

真次很后悔。如果当时自己去了，也许不至于发生如此惨剧。至少，当无辜的真次还在车里时，对方应该不会鲁莽行事。

令真次内心动摇的因素还有一个，那就是家中刚满六岁的女儿。看到久别重逢的父亲，女儿哭着一把抱住真次，说道："爸爸，不要再离开我了。"

真次紧紧地抱着女儿瘦小的身体，落下泪来。

他和岳父母讨论后事如何处理。二老不清楚真次夫妇分居的具体原因，但隐隐意识到自家女儿也有责任，所以没有责备真次，只是恳求真次回来继承旅馆和家业。

无论如何都不能逃避——经过一番思想斗争后，真次决定回到金泽。

克子觉得这很像真次的风格。看到陷入困境的人，他无法撒手不管，更何况对方并非陌生人，而是家人。

真次希望克子和他一起去金泽。"你住在附近，我们就能随时见面，好有个照应。我家那位已经这样了，就算我们的关系公开，应该也没有人责备。"

克子为这个提议感到开心，但她没有点头。经过一夜的思考后，她的结论是分手。"既然你已经决定回家，就不要藕断丝连。我不想被这么吊着。你女儿早晚会长大，一旦知道父亲和其他女人不清不楚，她肯定会受伤。我认为分手是最好的选择。"

真次神情悲痛，但并没有试图说服克子，只说了句"我明白了"。想来，在交往过程中，他已经很了解克子的性格，并为她最后给出的结论做好了心理准备。

克子站在屋内,目送真次提着大包出了门。

"你要健健康康的呀。"

"你也是。"

没有最后的拥抱,也没有最后的亲吻,这是一场平淡的离别。

和真次分手没几天,克子发现了身体的异常。她心存疑惑,前往医院就诊,结果预感成真了。医生说胎儿已有三个月大。

这令克子苦恼不已。现在生下孩子,显然会母子一起受苦,然而她还是想生下来。结婚的那些年始终求之不得,如今小生命终于如愿而至。她没有考虑过找真次商量。事到如今对真次说想生下他的孩子,只会给他带去麻烦。她根本无意让他负责。

最终,克子决定生下孩子。她已经做好万全准备。

克子抚摩着小腹,心想只要这个孩子平安出生,自己什么苦都能吃。

她精打细算,时刻注意健康。身体一天天变化,不安也随之不断升级。自己什么都不懂,真的能顺利生产吗?生下来后,真的能好好养育吗?

隆正已经很久没来电话了,这次也不像是有什么要紧的事,只是询问克子的近况。克子再三犹豫,还是告诉隆正自己怀孕并已和真次分手。兄长迟早会知道,不可能永远隐瞒下去,即使挨骂,现在也必须要说。

隆正非常吃惊,但他没有发怒,只是用严肃的口吻问道:"这样好吗?养育孩子很辛苦,又没人能帮你。一旦生下来,就不能再逃避。你可要想好了。"

"我知道。我就是想好了才做出这个决定的。"

"是吗?那就好。努力撑住,有困难就来找我。"说完,隆正挂断了电话。

第二年的初夏,克子顺利地生下一个男婴,取名脩平。孩子健康活泼,四肢强劲有力。

"接下来的事你都清楚了。我在高崎的夜总会工作,抚养你长大,然后在你上初中的时候去了东京,在哥哥的照顾下勉强生活。"

"考高中的时候,我发现户籍上父亲的那一栏是空着的。当时我问你怎么回事,你说因为父亲另有家庭,你们没有正式结婚。"

"这是事实,我哪一句话是假话?"

"可你说死了,说我父亲已经死了。"

"这有什么办法?要是我说还活着,没准你就想去见他了。"

松宫咂了下嘴,说:"当时我就觉得你在骗我。还说什么工作的料亭发生火灾,父亲被烧死了。"

"职业是厨师,这个也没骗你吧。"

"奇怪。"松宫偏着头说。

"什么奇怪?"

"如果你刚才说的全部属实,芳原真次先生应该不会知道有我这么个人,可他不仅知道,还在遗嘱里表示希望承认亲子关系。这是怎么回事?"

克子抿了一口啤酒,又重重叹了口气,说:"我让你们见过一次面。"

"啊?"

"在你上初中二年级的时候。"克子将视线投向远方,再次开始讲述。

克子来到东京,渐渐习惯了新的环境,终于放下心来过着安定的生活。就在这时,一个意想不到的人联系了她,正是芳原真次。克子并未告诉他新的住址,所以很惊讶。真次说有重要的话想说,希望能见面聊聊。

时隔十多年,两人在新宿的咖啡馆再次相见。真次长出了白发,但强健的体魄还和从前一样。

真次的妻子没能好转,已经因肺炎离世。真次挂念着克子,但没抱什么希望,因此一直没有联系。

最近他因公务去了一趟高崎,漫步在街头时重温旧梦,再也抑制不住感情。他来到曾和克子同居的公寓,那里却已经换了住客。他向邻居打听情况,对方告诉他松宫女士去年搬走了,儿子好像已经上六年级了。

真次计算了一下时间,不禁吃了一惊:难道是自己的孩子?

回到金泽后,真次坐立不安。他给信用调查公司打电话,委托调查一个曾住高崎、名为松宫克子的女子,进而知道了克子在东京的住址。

真次知道孩子的名字与生日,便向克子确认。克子承认了,毕竟隐瞒也无济于事。

"为什么不告诉我?"

面对真次的质问,克子笑道:"为什么要告诉你?我们都已经分手了啊。"

真次求克子让他和儿子见一次面,就一次。克子同意了,但前提是真次不能透露自己的真实身份。

脩平在初中加入棒球部,担任投手。真次听说后非常高兴,他在高中毕业前也打棒球,是接球手。

某场棒球比赛后,克子带真次来到运动场。克子截住比赛后正往家走的脩平,向他介绍真次:"我这个朋友从事高中棒球训练,他很想接一次你的球。"

真次特地带来了接球手的手套。在附近的公园里,两人练习了几轮投接球。克子看着两人的身影,久久难以平静。

投球结束后,克子拿准备好的拍立得相机给两人拍了照,并将照片交给真次。真次的表情仿佛感慨万千,只有脩平一脸莫名其妙。

"那是我最后一次和那个人见面,"克子把脸转向松宫,"他也没再联系过我。临别时他问能不能在遗嘱里承认亲子关系,我回答说你爱写就写呗,想不到他没开玩笑。我们可搬过好几次家,光是查住址就够累的了。"

松宫试图在模糊的记忆中找寻和一个素不相识的人练习投接球的场景,却因太过久远而作罢。

"对了,"克子继续道,"他说过,他不会放开这条线。"

"线?"

"他说,就算无法与对自己很重要的人见面,只要一想到两人被无形的细线相连,就已经足够幸福。无论那条线有多长,都令人充满希望。因此他不会放开那条线,直到死去。"

"希望啊……"松宫想象着那个身在远方、即将离世的人。他是否在病床上仍怀抱着希望,思念远在他乡的儿子呢?

松宫拿起空玻璃杯,递给克子。"我还是来点啤酒吧。"

"你能喝吗?"

"我在这里住一晚,明天早上回去。"

"行啊。喝酒难得痛快,我这里要多少有多少。"克子劲头十足地满上啤酒。白色的泡沫溢出杯口,打湿了松宫的手。

28

行伸醒来时，感觉有什么和往常不同。他支起上身，环顾四周。窗帘遮光，室内很昏暗，换下的便服被胡乱地丢在椅子上。这些都和往常一样。

他穿着睡衣走出房间，瞥了一眼玄关，见萌奈上学时穿的鞋还在。她总是比行伸晚出门。

上完厕所，他准备回房间换衣服。换好衣服，在盥洗室简单洗漱后直接出门，是他一直以来的生活模式。他一般在荞麦面馆站着解决早餐，没必要进客厅。

然而今天，他正要向房间走去，又站住了。

这个味道是——

家里飘出了柴鱼高汤的淡淡香气。自怜子去世以来，这还是他第一次闻到。

行伸走向客厅，犹豫着打开了门。

萌奈已经换好校服，正在吃早饭。餐桌上，在饭碗和盛有煎蛋的碟子旁边,摆着味噌汤的漆碗。萌奈动着筷子,朝行伸瞥了一眼。
"早。"

"呃……早上好。"行伸窥探厨房,燃气炉上放着一口锅。他上前打开锅盖,里面是豆腐味噌汤,汤汁的香味就是从这里来的。他走出厨房,看了一眼萌奈。"这个味噌汤,是你做的?"

"当然了,"女儿答道,甚至没有把脸转向父亲,"除了我还会有谁?"

"很厉害啊。"

"没什么,哪里厉害了。"萌奈把最后一口煎蛋送进嘴里后,开始收拾空碗,将它们叠起。

"放着放着,爸爸会洗的。"

"没关系,时间还早。"萌奈把餐具放到托盘上端进厨房,行伸只好呆呆地杵在那里。她从厨房出来后,拎起沙发上的包,然后对行伸说:"那个味噌汤,你要是觉得还行就喝点。"

"可以吗?"

"可能不太好喝。"

"怎么会呢?"

"你明明一口都没尝。"说完,萌奈向门口走去。

总得说点什么。行伸焦急起来,对着萌奈的背影问道:"今晚想吃什么?"

萌奈停下了脚步。"今晚?"

"作为味噌汤的回礼。"

"你会做饭吗?"萌奈没有回头。

"厨艺不精,但能做一点。"

"那就吃饺子吧。"

"好。"他没做过饺子，但上网查一查，总会有办法的。

"对了，"萌奈说着，回过头来，"上高中后，我要以艺大为目标。"

"艺大？"

"艺术大学。我想学电影。"

"你喜欢电影？"

见萌奈默默地点头，行伸吃了一惊，他还是第一次知道这件事。"爸爸也喜欢看电影。推荐你看……对了，比如《美丽心灵》，还有《肖申克的救赎》。"

"我知道，我都看过。"

"在哪儿看的？"

"是拿……你的DVD看的。"

"啊！"行伸惊呼。电影DVD就摆在他房间里的书柜上。"怎么不说一声就拿走了？"

"对不起。"

"没事，没关系。"行伸没想到，萌奈趁他出门时还偷偷翻过房间。

"还有……"萌奈舔了一下嘴唇，"把照片摆出来吧。"

"照片？"

"哥哥姐姐的，还有妈妈的。"

行伸在房间里保存着绘麻和尚人的照片，这些萌奈应该也都看到了。

"好的。"行伸说。

"那我出门了。"

"嗯,路上小心。"

萌奈莞尔一笑,走向玄关。

行伸走进厨房,打开燃气炉。热量积聚传导,味噌汤的表面缓慢泛起波纹。望着这一幕,行伸回想起向萌奈吐露一切的那个晚上。

首先,行伸必须向萌奈说明,他和怜子有多么渴求新的生命。不孕治疗需要时间、体力和金钱,最重要的是毅力。女性的负担尤其沉重。行伸告诉萌奈,他们不惜一切代价试图冲破阻碍,无论如何也想要一个孩子。

在此基础上,行伸将自己还记得的一切都告诉了萌奈:得知怜子体内可能孕育着其他人的受精卵时,自己内心所感受到的冲击、迷惘和苦恼,以及和怜子交流后最终决定相信孩子为亲生时的心理活动。

怜子临终时,曾经洞悉行伸内心的迷惘,这些他也都说给萌奈听了。

"你妈妈离开后,我一直在思考怎么做才是为了你好。思来想去,我觉得还是应该把实话告诉你。然而我还没准备好,出乎意料的案子就发生了。"

行伸坦言,萌奈生物学上的母亲遇害,导致他开始犹豫该不该说出真相。

"爸爸害你受了种种委屈,但这是爸爸认真考虑怎样对你最好后才做出的决定。无论如何,爸爸都希望你幸福,不想伤害你。如果要问为什么……"行伸稍加思索,说道,"因为爸爸很爱很爱你。"

在行伸讲述的过程中,萌奈一言不发,或许是过于震惊,以至于无法准确表达情绪。直到行伸说完,她仍然眼神放空,沉默不语。

"萌奈……"行伸小心翼翼地呼唤女儿的名字,"爸爸说的话,你明白了吗?"

萌奈反复眨了几下眼,直视着行伸,慢慢地张开粉红色的嘴唇。"不明白……"她轻声说道。

"啊?"

"你说的话太长了。"

"啊……我说的话很难懂吗?"

"也不是,其实是太啰唆。受精卵什么的,说白了根本无所谓。这很重要吗?"

萌奈出其不意的话语令行伸大为困惑,他完全没有预料到萌奈竟会是这样的反应。

"比起那个,"萌奈继续说道,"你只要对我说最后那句话就够了,至少现在是这样。"

"最后那句话?"

"我只想听那句话。"

行伸回想了一下,恍然大悟。那个瞬间,他终于明白了女儿真正渴求的是什么。

我果然是个愚蠢的父亲啊,行伸想。同时他告诫自己,萌奈说的是"至少现在是这样",这可绝对不能忘了。

29

陡坡的尽头便是寺门，能容纳五辆车的停车场空空如也。亚矢子把常开的 SUV 停在角落，抱着买来的花穿过寺门。昨晚下了一场小雨，地面有点湿。

寺内鸦雀无声，不见人影，佛堂的门也关着。绕过佛堂侧面，前方就是墓园的入口。亚矢子打开一扇小小的木门，走了进去。她在放桶的地方打完水，借用了那里的舀水勺和抹布。

芳原家的墓大致位于墓园中央。墓碑由深灰色的花岗岩筑成，层叠的基石上竖着碑身。买下这块墓地的人好像是亚矢子的外曾祖父，但亚矢子并不清楚前因后果，可能连外祖父母也不知道。

自盂兰盆节后，这是亚矢子第一次来扫墓。她捡起四周的垃圾，拔掉碍眼的杂草，用抹布清洁墓石。把带来的花插入花瓶后，她又点着线香并将其放入香炉。做完这些，她从口袋里取出念珠，再次抬头望向墓碑。

没想到女儿会比我们先进去——这是二十多年前正美的葬礼结

束，外祖父在安放骨灰时倾诉的话语。外祖母在他身边用手帕捂着眼睛，连连点头。

也许母亲还想更早一点进去——亚矢子对另一个世界的外祖父母这样诉说。

遭遇车祸后，母亲变得不再像是她自己，记忆随之模糊，有时甚至想不起自己是谁。但是亚矢子知道母亲身上只有一点从未改变，那就是对所爱之人的感情。

母亲的思考力和记忆力衰退了，唯有对森本弓江的思念留存心间。或许她已经记不起恋人的名字和容貌，但与那个人深深相爱的幸福片段仍残存心中，如余香般经久不散。

亚矢子会这样想，是有理由的。

当年，病重的母亲完全变了个人，但时不时会突然露出专注的神情，仿佛在凝视远方。她的瞳孔散发出少女般纯洁的光芒，静静落在空气中的某一点上。那眼神绝非失去意志的人所能拥有。对此，亚矢子一直很在意。母亲究竟在凝视什么？

直到与森本弓江的妹妹见面，看完母亲与恋人的交换日记，亚矢子终于找到了答案，也猜到了父亲离家的原因。

森本弓江的妹妹推测姐夫打算三人同归于尽，以目前能了解到的信息判断，这种可能性很大。即便如此，亚矢子依然认为不应一味指责弓江的丈夫。没人知道森本夫妇和正美三人谈了些什么，但想必他们都赌上了自己的性命。

弓江的丈夫决定同归于尽，想来或许是他认为无法让那两人断绝关系。正美和弓江的感情如此深厚，这么一想，反倒是弓江的丈夫惹人同情。

亚矢子双手合十，闭上了双眼。真好啊，母亲——她在心中对另一个世界的正美说道。

你们的交换日记，我已经读过了。真是一场轰轰烈烈的恋爱啊！那爱情火热、纯粹，甜蜜中带着些许苦涩。如今你已经和恋人一起生活了，请一定要幸福快乐！

为了家业后继有人，你才和父亲结婚，生下我。知道这些后我确实有点难过，但没什么大不了的。我不生气，也并不悲伤，毕竟托母亲的福，我才能来到这个世界。我正在努力过好无悔的人生，并为此感到庆幸。

我不会否定母亲的活法，所以请你也认可父亲的活法。请你原谅他在另一片土地上，爱上了另一个女人。

今天弟弟会来这里。他和母亲没有血缘关系，但我已经接受了这个弟弟。

母亲啊，请你也在天堂温柔地守望着他吧。

30

将近下午一点时,"光辉509号"列车抵达金泽站。从东京到金泽大约需要两个半小时,松宫在途中睡了一会儿,感觉一眨眼工夫就到了。他站起身,从架子上搬下行李。

这几周他来来回回出了好几次远门。上越新干线,东北新干线,然后是北陆新干线……只有今天这次不是出于工作需要。

他穿过检票口,走出站楼,巨大的玻璃顶棚令他睁大双眼。车站前方的门形似鸟居,他坐车时在手机上读到的报道说,这座门叫"鼓门",以金泽的传统艺术为设计灵感。许多观光客在拍照留念。松宫穿过人群,走向出租车候车点。

坐进出租车后,他报上医院的名字。那家医院似乎很有名,司机立刻发动了引擎。

松宫从内侧口袋掏出手机,给芳原亚矢子打电话。两声呼叫音过后,电话接通了。

"你好。"

"我是松宫。现在我已经坐上出租车离开金泽站了。"

"好,我在医院的大厅等你。"

"麻烦你了。那个,还……没问题吧?"

片刻停顿后,亚矢子答道:"没事,还有呼吸。"

"那就好。"

"待会儿见。"

"好。"松宫挂断了电话。

昨晚,松宫已经在电话里将克子所说的一切大致告诉了亚矢子。

"如果想见父亲,你要尽早来。"亚矢子说,"他从昨天开始一直昏睡,医生说可能不会再恢复意识。"

松宫回答说明天就去。他想,如果赶不上那也没办法了。

松宫在车内眺望街市风景。传统特色的古老住宅和现代风格的新式建筑相得益彰,沿着整洁的马路铺陈开去。他想,倘若人生的某个齿轮稍稍错位,恐怕他已经是这座城市的居民了。

出租车抵达医院,松宫从白色建筑的玄关入内,发现芳原亚矢子就站在前方。

"欢迎。"她笑盈盈地对松宫说。

"目前情况如何?"

"和昨天差不多。你要立刻见他吗?"

"是的。"松宫回答。他正是为此而来。

"请来这边。"亚矢子迈开脚步,松宫紧随其后。她带松宫来到缓和医疗楼的电梯间,芳原真次的病房在三层。

"我舅舅……我母亲的哥哥也是患癌症去世的。"松宫说。

"这样啊。"

"胆囊癌。发现的时候已经转移到身体各处,没法治疗了。他是帮助过我们母子的恩人,我经常趁着查案的间隙去探望他。"

"你舅舅想必也很高兴。"

"那就太好了,毕竟他的儿子——他唯一的至亲,直到他去世也没去探望过。"

"为什么?"

"说来话长。"这时,电梯门开了,两人走进电梯。

抵达三层后,松宫和亚矢子并肩在走廊上行进。

"别人来过了吗?"松宫问。

"今天只有我来探望,亲朋好友已经告别过了,不过只有几个人见到了清醒的父亲。"

和舅舅当时一样,松宫想。

"就是这里。"亚矢子停住脚步。滑动门旁边有一块金属门牌,上面写着"芳原真次"。亚矢子敲了敲门,里面没有回应。她并未感到意外,毫不犹豫地拉开门,进入房间,随后做出"请进"的手势。

"打扰了。"松宫踏入病房。

房间正中央的床上,躺着一位戴呼吸面罩的老人。他的脸看起来很小,大概是因为过于消瘦。那满是皱纹的眼睑闭合着,半张脸被面罩遮盖,看不清容貌。

亚矢子似乎猜到了松宫的心思,摘掉了面罩。

"这样不要紧吗?"

"摘掉一会儿不要紧,你离近些看他吧。"

松宫走近病床。真次正在沉睡,动也不动。松宫仔细端详老人的脸,说不清到底和自己像不像。

"父亲,"亚矢子在真次的耳边呼唤道,"父亲,醒一醒。松宫先生——脩平先生来看你了。父亲。"

老人没有反应。

亚矢子微微摇头,重新给真次戴上面罩。"你好不容易过来……"她懊丧地低语道。

"哪里。"说着,松宫转移了视线。一样摆在窗边的东西引起了他的注意。那是一个棒球,放在由球棒模型组成的球架上,球架旁立着相框。

"你对那个棒球有印象吗?"亚矢子问,"父亲把它当宝贝一样收着,我想肯定与你有关。"

"为什么你会这么想?"

亚矢子走到窗边,拿起相框。"这是从放球架的垫子底下找到的照片。"她把相框递向松宫。

看到照片,松宫的心仿佛漏跳了一拍。照片里有两个人,一个是小时候的松宫,看上去是初中生的模样,他的旁边站着一个体格健壮的男人。

亚矢子打量着松宫的脸。"看来你有印象啊。"

"嗯,"松宫点点头,"母亲都告诉我了。"

"好,等会儿你再好好讲给我听。"

"嗯。"松宫答道。今晚他会住在这里,辰芳已为他备好房间。

"我失陪一会儿。"亚矢子说完,离开病房。

亚矢子刚走,松宫便感到有些不自在,不由得开始担心病床上的人。真次仍在昏睡,一动不动,松宫甚至无法判断他是否还在呼吸。床边的监控器显示着各种数据,令松宫想起隆正去世时的情景。

也许医生也和那时一样，正在另一个房间里观察数据的变化。

松宫目光一转，发现老人的右手从被子侧旁滑落。那只手瘦得厉害，但手掌很大、手指很长，想必曾手起刀落，做出过无数美味佳肴。

松宫犹豫不决地伸出手去触摸。那只手柔软而温暖，和看上去的感觉完全不同。回过神时，他已经用双手包裹住了老人的手。

难以名状的情绪由此传递，向他倾诉着心意。

没错，松宫确信。这个人就是自己的父亲。

他再次望向老人的脸，心头一震。

真次的眼睛正微微睁开。

"爸！"他不由自主地呼唤道。

老人的表情有了些许变化，看上去像是在笑，然而下一个瞬间，他又闭上了眼睛。

松宫松开老人的手，为他盖好被子。

这时，滑动门开了，亚矢子走了进来。"怎么了？"她来回打量着真次和松宫。

"啊，没什么。我只是在感谢。"松宫低头凝视父亲，"感谢那条长长的线从来不曾中断。"

图书在版编目(CIP)数据

希望之线 / (日) 东野圭吾著；张舟译. —— 海口：南海出版公司，2021.4
 (东野圭吾作品)
 ISBN 978-7-5442-6270-5

Ⅰ. ①希… Ⅱ. ①东… ②张… Ⅲ. ①长篇小说－日本－现代 Ⅳ. ①I313.45

中国版本图书馆CIP数据核字(2021)第033893号

著作权合同登记号　图字：30-2020-109

《KIBOU NO ITO》
©Keigo Higashino 2019
All rights reserved.
Original Japanese edition published by KODANSHA LTD.
Publication rights for Simplified Chinese character edition arranged with KODANSHA LTD.
through KODANSHA BEIJING CULTURE LTD. Beijing, China.

本书由日本讲谈社正式授权，版权所有，未经书面同意，不得以任何方式做全面或局部翻印、仿制或转载。

希望之线

〔日〕东野圭吾 著
张舟 译

出　　版	南海出版公司　(0898)66568511
	海口市海秀中路51号星华大厦五楼　邮编 570206
发　　行	新经典发行有限公司
	电话(010)68423599　邮箱 editor@readinglife.com
经　　销	新华书店
责任编辑	张　锐
特邀编辑	徐晏雯　王　雪
营销编辑	王　玥　张媛媛　张丁文　李怡佳
装帧设计	韩　笑
内文制作	王春雪
印　　刷	北京盛通印刷股份有限公司
开　　本	850毫米×1168毫米　1/32
印　　张	9.5
字　　数	212千
版　　次	2021年4月第1版
印　　次	2021年4月第1次印刷
书　　号	ISBN 978-7-5442-6270-5
定　　价	59.00元

版权所有，侵权必究
如有印装质量问题，请发邮件至 zhiliang@readinglife.com